한국 현대소설의 생태 비평적 이해

곽 경 숙

역락

책을 내면서

엊그제 광주에도 첫눈이 내렸다. 유난히 여름 끝자락이 길어 아직도 푸른 잎을 매달고 있던 나무들이나 선홍빛으로 물든 나뭇잎들이 흰 눈을 이고 있는 모습은 아름다우면서도, 기이하고 낯선 풍경이 아닐 수 없었다. 어수선한 날씨의 변화에 어지럽고 당혹스럽기는 나무나 사람이나 매한가지일 듯하다. 남쪽 지방은 날짜 상 가을과 체감 상 가을의 간격이 길어 가을을 오랫동안 만끽하는 행운을 누릴 수 있었는데, 최근 들어서는 그렇지도 않은 것 같다.

생태계의 변화는 이제 일상의 삶 구석구석에서 체감된다. 기상청 발간 <한반도 기후 전망 보고서>에서는 한반도가 21세기 후반에는 아열대성 기후로 변할 것이라 전망했다. 이에 맞추어 의류업계는 잘 팔리지 않는 춘추복 대신 여름옷과 겨울옷 쪽으로 중심 방향을 선회했고, 날씨 변화에 맞추어 탈부착이 가능한 트랜스포머 옷도 선을 보였다. 먹거리의 경우에도 과일이나 채소의 재배지가 갈수록 북상하고 있고, 지중해나 동남아 등지에서 재배되던 아열대 채소나 과일이 한국에서도 재배되기 시작했다고 한다. 또한 명태나 대구와 같은 한류성 어종은 줄고, 멸치나 고등어, 오징어와 같은 난류성 어종의 어획량이 증가했다는 소식이다. 온난화로 인한 기후 변화는 우리의 삶에 다양한 변화를 가져오고 있다.

필자가 생태문제에 관심을 갖게 된 것은 박사학위논문의 주제를 생각하던 1990년대 중반이다. 당시만 해도 생태문학에 대한 논의는 활발하게 이루어지지 못했다. 다른 영역에 비해 문학 분야에서 환경문제에 대한 관심은 늦어 1990년대에 와서야 외국의 생태 이론에 대해 소개한다거나 생태 위기에 대해 각성을 촉구하는 형태로 논의가 이루어졌다. 그때에 비하면 지금은 생태담론도 풍성해졌고 관련된 연구 또한 상당히 축적되었다. 그 만큼 우리 사회의 환경 문제가 훨씬 더 심각하다는 의미일 것이다.

그때나 지금이나 필자는 기술지향주의가 환경 위기를 근본적으로 해결해주지 못한다는 생태지향주의자들의 견해에 동의한다. 우리의 삶에서 볼 수 있듯이 인위가 개입된 것에는 부작용과 폐해가 따른다. 어떤 문제를 해결하기 위해 개발된 것이 또 다른 부작용을 야기하는 일은 흔하다. 인간의 인식이 변화되지 않는 한 위기 극복은 요원한 일이 아닐 수 없다.

전통적으로 한국인은 인간과 자연을 유기적 관점에서 파악하고, 자연을 탈도구적 관점으로 이해해왔다. 이것은 생태지향주의의 관점과 일맥상통한다. 이렇게 볼 때 생태주의는 생태계 파괴 현실에 대한 인식을 바탕으로 서구에서 형성되어 유입된 개념이지만 우리의 전통적 사유와 크게 다르지 않다. 필자는 이러한 관점에서 한국 소설을 생태적 관점에서 재조명하고자 했다. 이를 통해 서구적 잣대에 의해 연속성과 전통이 분리되어 버린 한국문학을 계기적 관점에서 재해석하는 가능성을 찾고자 했다.

박사학위논문은 이러한 생각을 담은 첫 결실이다. 이후 몇 차례 한국연구재단의 지원을 받아 같은 주제의 논문을 쓰게 되었다. 특히 100여

년에 걸친 한국의 근·현대문학을 이론과 시, 소설 분야로 나누어 생태적 관점에서 고찰해보는 공동 연구를 하면서 연구 결과를 정리하여 한국의 생태문학사를 완성해서 책으로 발간하고자 했다. 공동 저서를 발간하려는 계획은 이루지 못했지만, 산발적으로 흩어져 있는 논문들을 책으로 묶어야겠다는 생각은 마음 한 구석에 늘 부담으로 남아 있었다. 더 이상 미루면 책을 낼 수 없을 것 같다는 생각에 빚을 청산하는 마음으로 용기를 내어 책을 내게 되었다.

이 책에 담긴 논문들은 박사학위논문과 「한국 현대소설과 생태학적 상상력」(『현대문학이론연구』, 현대문학이론학회, 2002. 12), 「1930년대 소설에 나타난 자연인식」(『현대문학이론연구』, 현대문학이론학회, 2004. 12), 「소설과 생태학적 상상력」(『녹색평론』, 녹색평론사, 2005. 1), 「개화기 소설에 나타난 자연인식」(『한국언어문학』, 한국언어문학, 2005. 10), 「산업화 초기 소설에 나타난 생태의식의 양상 고찰」(『한국언어문학』, 한국언어문학회, 2006. 9), 「조명희의 <낙동강>에 나타난 자연인식」(『현대문학이론연구』, 현대문학이론학회, 2007. 1), 「1990년대 소설에 나타난 생태의식」(『현대문학이론연구』, 현대문학이론학회, 2007. 8) 등이다. 책의 체제에 맞추어 통일성을 기하기 위해 일부 손질을 하고 내용을 보충했다. 최근의 연구물들을 더 많이 참고하여 보완하면 좋았을 터이지만 일단 책으로 묶자는 마음이 앞서 이것은 차후의 작업으로 남겨두었다.

책이 발간되기까지 도움을 주신 많은 분들께 감사드린다. 박사학위논문 심사에서부터 연구재단의 과제를 함께 해나가는 동안 거친 생각을 다듬고 발전시키는 데에 큰 도움을 주신 광주대학교 신덕룡 선생님께 가장 먼저 감사드리고 싶다. 또 공동으로 연구재단의 과제를 수행하면서 아이디어를 공유하고 다듬도록 도와준 경희대 김수이 선생님과 강남대 김행숙 선생님께도 감사드린다. 어려운 출판 사정에도 불구하고 책의 출판을 허락해 주신 역락출판사 이대현 사장님과 더 좋은 책으로 만들기 위해 애쓰신 권분옥 선생님 덕분에 나의 논문들이 빛을 볼 수 있었다.

생태문학 연구자들에게 이 책이 조금이나마 도움이 된다면 그것은 오랜 시간 책상에 앉아 궁싯거리는 나를 지켜주고 도와준 나의 오랜 친구이자 연인인 남편과 사랑하는 아이들 덕분일 것이다.

2013. 11.

저자 씀

차례

제1장
한국문학과 생태주의

●한국 현대소설의 생태 비평적 이해●

제1장

한국문학과 생태주의

1. 생태주의의 형성과 확산

현대인들은 인류 역사상 그 어느 때보다도 과학기술의 발달에 힘입은 물질적 풍요로움을 누리고 있다. 계절과 관계없이 넘쳐 나는 먹거리, 짧은 이동 시간과 편안한 승차감을 제공하는 운송수단, 자질구레한 일로부터 인간을 해방시켜준 가전제품, 그리고 눈부신 IT 기술 등에 이르기까지 이 모든 것을 가능하게 한 과학기술의 발달 속도는 실로 경이로울 정도이다. 컴퓨터가 대중화되기 시작한 것이 불과 얼마 전인데 상상 속에서나 가능했던 유비쿼터스의 실현과 함께 우리 사회는 사회 곳곳에서 일어나는 눈부신 변화를 실감하고 있다. 남녀노소를 불문하고 손 안에 인터넷이 들어오면서 사람들은 심심해할 겨를이 없다. 음악과 영상을 내려 받고, 다수의 사람들과 대화하기도 하며, 이곳저곳을 오가며 필요한 정보들을 가져오기도 한다. 마음만 먹으면 수십 년 전 헤어진 친구도 쉽사리 찾을 수 있고, 그 친구의 현재 일상도 들여다볼 수 있다. 길을 못 찾을까 염려할 필요도 없으며, 외출 중에도 집안을 통제할 수 있는 시스템 덕분에 위험 상황을 미연에 방지할 수 있다. 운전자가 운전하지 않아도 노면이나 교통 상황에 맞추어 자동으로 운전해주는 자동차도 조만간 상용화될 전망이다.

그러나 이러한 변화가 마냥 즐겁게 느껴지지만은 않은 것은 "공짜 점심은 없다"는 불편한 진실이 여기저기서 확인되기 때문이다. 매스컴들은 하루가 멀다 하고 환경생태문제들을 쏟아낸다. 수질과 토양오염, 지구온난화, 유전자조작, 생명복제, 환경호르몬 과다 노출, 그리고 이로 인해 야기된 피부암 환자의 증가, 해수면의 상승과 수몰 위기, 폭염, 호우, 태풍, 지진, 해일 등의 기상 이변, 생물 종의 개체 수 감소, 인류후손의 절멸 위기 등등 끝없이 이어지는 온갖 파괴상황은 현대인들이 직면한 불편한 진실이다. 특히 최근 들어 더욱 심각하게 제기되는 일본 후쿠시마 핵발전소의 원자로 격납고 파괴 사고는 이웃 나라인 한국뿐 아니라 전 세계를 불안으로 몰아가는 요인이다.

환경재단(Korea Green Foundation)과 일본 환경단체인 아사히그라스 재단(The Ashahi Glass Foundation)은 1992년부터 환경위기시계의 현재 시각을 매년 공동으로 발표한다. 이것은 지구환경의 악화 정도를 나타내는 표지로서, 전 세계 90여 개국의 정부, 지방자치단체, NGO, 학계, 기업 등 환경전문가를 대상으로 하는 설문조사를 바탕으로 전문가들이 느끼는 인류생존 위기감을 시간으로 표시한 것이다. 0시부터 3시까지는 '불안하지 않음'이고, 3시부터 6시까지는 '조금 불안', 6시부터 9시까지는 '꽤 불안함', 9시부터 12까지는 '매우 불안함'을 의미한다. 이 시계의

12시는 인류의 생존이 불가능한 마지막 시간, 즉 인류의 멸망시각이다. 그런데 2012년 9월 세계 환경 위기 시계는 9시 23분, 한국은 9시 32분으로 지구 환경이 매우 위험한 수준임을 나타내고 있다. 과학 기술은 풍족한 자연 자원을 바탕으로 인간에게 더할 나위 없는 풍요로움과 편리함을 주었지만, 그만큼 혹독한 대가를 요구하고 있다.

독일의 철학자였던 아도르노는 『계몽의 변증법』을 통해 인간과 자연의 관계를 '지배'의 관점에서 설명한다. 인간의 역사는 인간에 대한 자연의 지배에서 인간의 자연 지배로, 인간의 인간 지배로 이어진다. 자연의 기세 앞에 속수무책으로 당할 수밖에 없었던 인간은 과학적 이성을 가지고 자연을 도구화함으로써 자연 위에 군림한다. 이성의 힘이 마법과 신화, 무지와 몽매, 권위와 편견으로부터 인간을 해방시킨 것이다. 그런데 왜소하고 나약한 인간이 거대한 자연에 맞서 싸워나가기 위해서는 집단의 힘과 사회관계가 절대적으로 필요하다. 그래서 인간은 지배자와 피지배자라는 사회적 지배 양식을 발전시킴으로써 자연에 대한 지배를 완성한다. 아도르노가 제시한 마지막 단계는 손상당한 자연이 인간에게 보복을 가함으로써 인간사와 자연사가 다시 수렴하는 단계이다. 생태학적 부메랑 효과에 의해 인간이 자연에게 가했던 훼손과 파괴가 고스란히 인간에게 돌아오리라는 뜻이다. 오늘날과 같이 인간의 생존마저 불투명할 정도로 심각한 환경 위기 상황은 손상당한 자연이 인간에게 가하는 보복을 의미한다고 할 수 있다.

생태계의 대재난에 직면하게 되자 세계 각국에서는 생태계 파괴의 원인을 진단하는 동시에 위기의 타개책을 찾기에 부심하고 있다. 보수적 관점에서 기존의 틀을 유지하는 가운데 환경 위기를 극복하려 하기도 하며, 진보적 관점으로 기존의 지배적 패러다임에 정면 도전하는 양상을 띠기도 한다. 전자를 흔히 기술지향주의 또는 환경주의라 하고, 후자를 생태지향주의 또는 생태주의라 한다.[1]

기술지향주의 또는 환경주의는 경제적 합리주의를 토대로 발생한 이론으로서 환경 위기가 과학기술의 발달로 야기된 것이기 때문에 과학기술을 적절히 통제하고 활용한다면 문제는 해결될 것이라는 낙관적 입장을 취한다. 환경 친화적인 기술이나 재처리 기술과 같은 것을 적극적으로 개발하고, 개발된 기술을 적절히 통제하면 환경 위기의 해결이 가능하다고 본다. 이것은 현재의 사회적·정치적 생활양식을 변화시키지 않고서도 환경을 잘 관리하면 환경 문제를 해결할 수 있다고 보는 관리주의의 입장이다.

이에 비해 생태지향주의 또는 생태주의는 전통적 가치체계나 기술지향주의적 패러다임에 정면으로 맞서는 진보적 입장을 취한다. 기술지향주의가 환경 위기를 초래한 인간중심적 사고에 기인하므로 기술에 의지하는 한 환경 위기는 결코 해결될 수 없다는 것이다. 생태지향주의자들은 이보다는 모든 생물체의 상호 존중의 태도가 확립되어야 환경 위기가 해결될 수 있다고 강조한다. 특히 생태지향주의를 지지하는 심층 생태주의자들은 생물체간의 상호연관성과 생물 중심적 평등성을 토대로 생물체들이 '살면서 살리는'(Live and let live) 공생의 관계를 맺는 것을 목표로 삼아야 한다고 주장한다.[2]

환경문제에 대한 관심이 정확히 언제부터 시작되었는지 알 수 없지

---

1) 데이비드 페퍼, 이명우 외 옮김, 『현대 환경론』, 한길사, 1989, 56~65쪽. 한면회, 『동아시아 문명과 한국의 생태주의』, 철학과현실사, 2009, 17~23쪽. 이상헌, 『생태주의』, 책세상, 2011, 31~33쪽 참조.

2) Arne Naess, "The Shallow and the Deep, Long-Range Ecology Movements : A Summary", *The Deep Ecology Movement : An Introductory Anthology*, Ed. by Alan Drengson & Yuichi Inoue, North Atlantic Books, 1995, pp.3~9 참조.

만 이에 관한 본격적 논의가 시작된 것은 1960·70년대부터이다. 라첼 카슨(Rachel Carson)은 1962년에 출간된 『침묵의 봄』(Silent Spring)에서 핵무기나 화학 살충제 등의 폐해를 지적함으로써 인간의 과학기술이 지구 전체에 치명적인 결과를 가져올 수 있음을 경고했고, 베리 코모너(Barry Commoner)는 다양한 자료를 통해 오염의 실태를 구체적으로 밝혀내고 이로부터 생태학 제4법칙을 도출해 냈다.3)

생태문제에 대한 인식이 확산되면서 생태학은 일반인들에게까지 낯익은 이름이 된다. 생태학(ecology)이라는 말은 1866년 독일의 생물학자인 에른스트 헤켈(Ernest Haeckel)에 의해 처음으로 사용된 용어이다. 헤켈은 생태학을 유기체와 그 유기체를 둘러싼 외부 세계 사이의 총체적 관계를 연구하는 학문이라 정의했는데,4) 이것은 그간 전통 생물학의 관점이었던 분리주의 패러다임에서 벗어나 상관성의 패러다임으로 자연을 설명한 새로운 시도였다.5)

이후 생태학에 대한 학자들의 연구가 계속되는 가운데 상관성의 패러다임으로 자연을 설명하는 사고방식은 본격화된다. 생태계 속에는 상당한 자율성이 주어지지만 유기체들은 전체라는 기능 속에서 조화롭게 통일되어 상호의존적 관계를 맺고 있으므로 전체의 특성은 그 부분들의 상호 작용과 상호의존에 의해 발생한다는 것이다.6) 연결망 개념이

---

3) 코모너는 생태주의의 기본 원칙이라 할 생태학 제4법칙을 제시하는데, 생태학 제1법칙은 모든 것은 서로 연결되어 있다는 것이고, 제2법칙은 모든 것은 어디론가 가게 된다는 것, 제3법칙은 자연이 가장 잘 안다는 것이며, 제4법칙은 공짜 점심은 없다는, 다시 말해 생태계에서 인간에 의해 인위적으로 착취된 것은 어떤 식으로든지 대가를 지불하게 된다는 것이다(Barry Commoner, The Closing Circle : Nature, Man, Technology, New York : Knopf, 1971, pp.41~42).
4) 프리초프 카프라, 김용정·김동광 옮김, 『생명의 그물』, 범양사, 1998, 53쪽.
5) 한면희, 『동아시아 문명과 한국의 생태주의』, 철학과현실사, 2009, 28쪽 참조.
6) 프리초프 카프라, 김용정·김동광 옮김, 『생명의 그물』, 범양사, 1998, 55쪽.

생태학에서 점차 중요도를 더해 가자, 시스템 사상가들은 모든 시스템에 연결망 모형을 사용한다. 생태계가 개별 생물들의 연결망으로 이해되는 것과 마찬가지로 개별 생물 또한 세포, 기관, 기관계의 연결망으로 이해된다. 따라서 생태계 내에서 이루어지는 물질과 에너지의 흐름은 생물의 신진대사의 경로의 연속이다. 그리하여 생명의 그물은 연결망 속에 들어 있는 수많은 연결망들로 이루어진다는 생각을 낳게 하여, 자연에는 '위'도 '아래'도 없고 연결망만이 존재한다는 결론에 이르게 되었다.

생태학의 과학적 원리는 그레고리 베이트슨(Gregory Bateson)에 의해 인간의 차원으로 연결된다. 그는 자연생태계의 각 요소가 상호의존적으로 연결되어 있고 생태계 자체도 다른 층위의 생태계들과 연결되어 있듯이, 인간의 마음도 서로 연결되어 있을 뿐만 아니라, 이 층위가 다른 층위들과도 연결되는 등 자연생태계와 근본적으로 유사한 체계를 구성하고 있다고 하였다.[7] 생태학의 법칙이 인간의 영역으로 들어오면서 생태학은 자연 과학의 테두리를 넘어 보다 광범위한 분야로 확대되기 시작한다. 생태학의 기본 정신인 생태주의는 사회, 종교, 철학, 윤리, 신학, 문학, 공학 등 다방면에 수용됨으로써 학문의 영역을 확산시키게 된다.

---

7) Gregory Bateson, *Steps to an ecology of mind*, San Francisco : Chandler, 1974, pp.467~469 참조.

2. 생태주의의 유형

환경위기에 대한 경각심이 확산되던 1970년대 들어 생태주의의 트로이카로 불리는 이데올로기가 등장하는데, 심층생태주의, 사회생태주의, 그리고 생태 여성주의가 이에 해당한다.

심층생태주의(Deep Ecology)[8]는 1970년대 초반 아르네 네스(Arne Naess)에 의해 처음으로 정립되어 1980년대에는 미국과 유럽 등지에 널리 알려지게 된 분파이다.[9] 심층생태주의자들은 환경 위기가 인간 / 자연이라는 이항 대립적 관계에서 파악한 인간중심적 사고에 기인한다고 주장한다. 빌 드볼(Bill Devall)과 죠지 셰션(Georgy Session)에 의해 제시된 심층생태주의의 기본 원리에는 이러한 주장이 담겨 있다.

1. 지구상에 존재하는 모든 생명체는 인간을 위한 유용성과는 다른 내재적 가치를 가진다.
2. 생물체의 풍부함과 다양성은 그 자체로서 가치를 지니며, 생물체의 가치실현에 기여한다.

---

8) 심층생태주의를 근본생태주의라 하기도 한다. 근본생태주의라는 용어를 선호하는 쪽은 '심층생태주의'는 일본식 번역이며, 이 용어를 처음 사용한 아르네 네스의 의도를 고려해본다면 근본적(radical)이라는 의미로 사용하는 것이 바람직해 보인다고 주장한다. 즉 네스는 생태 문제가 위기 상황에 처해 있으며, 이를 해결하지 않으면 인류는 파국으로 치달을 것으로 보았기 때문에 대단히 근본적인 문제 해결, 즉 패러다임 전환을 요구했다는 점에서 '근본'이라는 관형사를 붙이는 것이 타당하다는 것이다(이상헌, 『생태주의』, 책세상, 2011, 65쪽 참조).

9) 심층생태주의라는 용어는 1973년 아르네 네스의 "The Shallow and the Deep, Long-Range Ecology Movements"라는 논문에서 처음 사용되었다. 심층생태주의는 죠지 셰션(Georgy Session)과 빌 드볼(Bill Devall) 등에 의해 본격화되며, 프리쵸프 카프라(Fitjof Capra)는 이를 현대물리학과 관련지어서 데카르트·뉴튼적 세계관에 함축되어 있는 기계적이고 환원적인 접근을 벗어나 유기적 상호의존성을 특징으로 하는 생태적 세계관으로 전환할 것을 주장했다.

3. 생존의 필요를 충족시키기 위한 목적을 제외하고는 인간은 생물체의 풍부함과 다양성을 감소시킬 권리를 가지고 있지 않다.

4. 인간의 삶과 문화의 풍부함은 인간 이외의 생명체들의 풍부함에 의해 유지될 수 있으므로, 인간은 과잉인구를 감소시켜야 한다.

5. 오늘날 다른 생명체에 대한 인간의 간섭은 지나쳐서, 상황은 급속도로 악화되고 있다.

6. 현재의 정책들은 반드시 바뀌어야 한다.

7. 보다 높은 수준의 삶에 집착하기보다는 내재적 가치와 관계있는 삶의 본래 특성을 이해하는 쪽으로의 이데올로기적인 변화가 있어야 한다.

8. 직접 또는 간접적으로 필요한 변화를 수행하려고 노력해야 한다.[10]

이들은 환경 위기가 인간의 과욕과 인간중심적 사고에서 기인하는 것이므로 여기에서 벗어나 생명 중심적 평등성으로 전환해야 하고, 정책적 뒷받침도 마련되어야 한다고 주장한다. 그러나 사회생태주의의 창시자 머레이 북친은 이를 비판한다. 심층생태주의는 환경 파탄의 원인이라고 거론한 인간이 누구인지 구체적으로 제시하지 않고 '인류'라는 신화에 의해 약삭빠르게 은폐됨으로써 인류라는 애매한 집단이 파괴세력으로 간주[11]되기에 이르렀다는 것이다.

사회생태주의는 환경 위기의 원인이 인간에 의한 자연지배가 아니라 인간에 의한 인간의 지배에 있다고 주장한다. 인간 사회에 내재하는 위계 서열의 지배 관계가 인간이 자연을 정복하고 파괴하는 결과를 가져왔다는 것이다. 이 입장에서는 사회와 자연의 차이를 무시하지 않고 다

---

10) Bill Devall & George Sessions, *Deep Ecology*, Gibbs Smith Publisher, 1985, pp.70~73 참조.

11) 머레이 북친, 박홍규 옮김, 『사회생태주의란 무엇인가』, 민음사, 1998, 11쪽.

른 한편으로 양자가 서로 침투하고 있는 정도에 주의하면서 어떻게 자연이 서서히 사회로 '이행하는가'를 보여주려고 한다.[12] 다시 말해 자연에는 다양한 존재들이 하나의 전체로 통합되는 '다양성의 통합(unity in diversity)'이 존재하고, 사회와 달리 비위계적인 질서가 있다. 그래서 자연은 인간 사회에 윤리적 토대(자유, 다양성, 창조성)와 사회 형성의 근거를 제공할 수 있는 것이다. 그런데 위계화된 사회관계가 자연 질서를 위계적인 사회 질서 안으로 편입시키면서 자연 질서의 다양성과 풍성함을 파괴했다. 그 결과 자연과 사회의 유기적 조화 관계가 파괴되고, 자연 질서를 통해 형성된 사회의 윤리적 토대가 붕괴되었는데, 이것이 바로 생태계 위기이다. 그러므로 생태계 위기란 단순히 자연환경의 파괴 정도의 문제가 아니라 자유와 다양성, 창조성을 제공하던 윤리적 토대를 위협하는 위기이므로 이러한 위기를 초래하는 위계 서열적인 사회 질서를 극복해야만 해결될 수 있다는 것이다.[13] 그러므로 사회생태주의의 관점에서 생태 환경의 문제는 자연에 대한 질문인 동시에 사회에 관한 질문이 된다.[14]

　사회생태주의는 마르크스 수용 양상에 따라 생태사회주의와 생태마르크스주의로 대별된다. 생태사회주의가 경쟁과 지배를 낳는 억압적 사회 구조를 생태 위기의 원인으로 진단하는데 비해, 생태마르크스주의는

---

12) 위의 책, 39쪽.

13) 이상헌, 『생태주의』, 책세상, 2011, 109~110쪽.

14) 심층생태주의자들이 생태적 세계관과 기계론적 차이에 초점을 맞추는 반면, 사회생태주의자들은 사회(특히 경제)와 생태 사이의 변증법이 문제의 초점이라 생각한다. 심층생태주의자들은 세계관을 변혁하고 대지와의 영적 관계를 회복하는 데 주안점을 두는 반면, 사회생태주의자들은 위계서열적 질서에 의해 자유로운 자연의 질서가 파괴됨으로써 윤리적 토대가 상실되었다고 보기 때문에 자연의 참여적 진화에 인간이 능동적으로 개입함으로써 생태적 발전과 사회 정의를 구현하는 데 중점을 두고 있다(위의 책, 112쪽 참조).

자본주의 경제 체제 그 자체에 생태 위기의 원인이 있다고 본다. 생태 사회주의는 인간 사회를 자연 생태계에 맞도록 재구성함으로써 인간의 자연성을 실현할 수 있고 환경 위기를 극복할 수 있다고 보는 반면, 생태마르크스주의는 자본주의적 생산 양식이 환경 위기를 가져왔으므로 그 생산 양식을 청산해야 한다고 주장한다.[15]

사회생태주의의 또 다른 한 갈래로 생태주의와 아나키즘의 결합 형태인 생태아나키즘(ecoanarchism)이 있다. 생태아나키즘은 아나키즘 고유의 반위계서열주의, 반권위주의, 반국가주의, 반자본주의, 시민 불복종 등의 체제 비판적인 이념적 토대를 가지고 자유연합과 상호부조에 기초한 소규모 공동체를 지향한다. 생태아나키즘은 심층생태주의와 같이 총체적이고 근원적인 통찰로서 반환원주의의 철학을 밑그림으로 그리고, 생태마르크스주의와 같이 합리적이고 분석적인 '노동교환이론'이나 '협동교환과 참여의 경제'라는 공동체의 정치 경제적 모델을 과감하게 그리는 등 나름대로의 철학적 기반을 갖추고, 그에 기초한 정치 경제적 사회 원리를 구체적으로 그려낸다. 그럼에도 불구하고 생태아나키즘은 환경운동과 환경윤리, 환경철학의 연결선상에서 어느 것에 중심을 두고 있는지 불분명하여, 아직은 내적인 자기 통일성이 부족하다는 문제점을 지니고 있다고 지적되기도 한다.[16]

생태계 위기를 인간 사회와 관련시키는 생태사회주의자들은 심층생태주의의 취약점으로 지적되고 있는 추상성을 극복하여 보다 구체성을 띤 실천적 대안을 마련하고자 했다. 그러나 북친이 주장하듯이 사회의

---

15) 이효걸, 「생태들의 빛과 그림자」, 『현대의 위기 동양철학의 모색』, 예문서원, 1997, 292쪽.
16) 위의 글, 296~298쪽 참조.

구성원들이 상호간의 조화를 이루지 못하고 있다는 바로 그 이유 때문에 사회도 자연과 조화를 이루지 못하고 있는 것인지는 의문이다.17) 사회 구성원들끼리의 조화가 반드시 자연과의 조화로 연결된다고 단정할 수는 없기 때문이다.

사회생태주의가 인간의 인간 지배에서 환경 위기의 원인을 찾는 데 비해, 생태여성주의는 남성의 여성 지배에서 위기의 원인을 찾고자 한다. 생태여성주의는 여성에 대한 남성의 지배와 자연에 대한 인간의 지배 사이의 상호 연관성에 대한 통찰을 바탕으로, 인간에 의한 자연의 타자화와 남성에 의한 여성의 타자화가 동시에 진행되는 과정에 주목한다. 이들에 의하면 여성의 개인적 능욕(individual rape)과 지구 전체의 생태학적 능욕(ecological rape)은 남성적 지배로 연결되어 있다.18) 생태여성주의는 여성성을 중시하는 정도에 따라 문화적 생태여성주의(cultural Ecofemnism)와 사회적 생태여성주의(social Ecofemnism)로 나뉜다. 심층생태주의의 영향을 받은 문화적 생태여성주의(cultural Ecofemnism)는 자녀의 출산 기능을 갖고 있는 여성이 생명체를 낳고 양육하는 자연과 동일하다는 점에서 지구를 어머니 여신으로 상징화하며 여성성을 고무하고 찬양한다. 그래서 지구를 구하는 데도 여성이 남성보다 앞선 역할을 할 수 있어야 한다고 주장한다. 반면에 사회생태주의의 영향을 받은 사회적 생태여성주의(social Ecofemnism)는 여성이 남성보다 우월하다는 인식은 가부장적 이원론을 뒤집은 것에 불과하다고 평가하면서 여성이 남

---

17) Warwick Fox, "The Deep Ecology-Ecofeminism debate and its parallels", *Deep Ecology for the 21st Century*, Boston : Shambhala, 1995, p.276.

18) Petra K.K., *Thinking Green! : Essays of Environmentalism, Feminism and Nonviolence*, Berkeley : Parallax, 1989, p.14. 강규한, 「Tomas Pynchon의 생태학적 상상력」, 서울대학교 박사학위논문, 1998에서 재인용.

성과 더불어 문제의 뿌리를 함께 해소하는 방향으로 나아가야 한다고 주장한다. 문화적 생태여성주의가 인간과 자연의 영성적 결속을 중시하여 가치관 전환에 초점을 맞추는 반면, 사회적 생태여성주의는 현실 사회제도를 개선하는 정치사회적 요인에 주안점을 두고 있는 편이다.[19]

이상과 같이 생태주의를 주장하는 일군의 철학적 비평적 입장들은 환경위기를 보는 관점과 대응 방식에 있어서 다소 편차가 있다.

3. 문학과 생태주의

자연은 인간에게 철학, 과학, 윤리, 종교 등 여러 영역에서 사고의 원천이 되어 왔으나 근대 이후 과학기술의 등장과 함께 도구적 대상으로 전락하고 말았다. 그러나 문학은 다른 학문 영역과는 달리 그 본질적 특성으로 인해 자연과의 친화력을 여전히 간직하고 있다. 작가는 자연 속에서 아름다움을 찾으며 자연을 잃어버린 현대인들의 고통과 소외를 텍스트 속에 그려내고자 한다.

심층생태주의에서 강조하는 것은 자아실현(self-realization)과 생명중심

---

19) V. Plumwood, "Feminism and Ecofeminism : Beyond the Dualistic Assumptions of Women, Men, and Nayure", *The Ecologist* 22, 1992, p.12, 한면희, 『동아시아 문명과 한국의 생태주의』, 철학과현실사, 2009, 46~47쪽 참조(여성이 남성보다 자연과 더 친화적이라서나 여성적 가치가 남성적 가치보다 우월하다는 식의 주장은 가부장제의 이분법적 도식을 그저 뒤바뀌놓은 것에 불과하다. 사회생태여성주의자들은 성별 특성이라는 것은 사회적으로 구성되는 것이기 때문에 이 사회화 과정에 적극적으로 개입하여 바람직한 성별 특성, 성 역할, 그리고 이에 기초한 생태 윤리를 만들어 내는 것이 중요하다고 생각한다. 즉, 남성이든 여성이든 '보살핌에 기초한 생태윤리'가 가능하다고 보며, 책임감 있는 대면 접촉 사회에서는 양육이 공동체적으로 행해질 것이라고 보았다. 이상헌, 『생태주의』, 책세상, 2011, 139쪽 참조).

적 평등성(biocentric equality)이다.[20] 여기에서의 자아실현이란 '큰 자아에 편입된 작은 자아(self in Self)'를 의미하는 것으로서 우리가 흔히 알고 있는 '자아실현'의 의미와는 차이가 있다. 이때의 자아는 쾌락주의적 만족이나 개인의 구원만을 위해 애쓰는 편협하고 고립된 현대의 서구적 자아(ego) 영역에서 벗어나 있다. 현대 서구적 자아(ego)는 우리를 혼란에 빠뜨리고 일시적인 유행을 쫓게 하므로 개체가 지닌 독특한 개성이 상실되어 있는 개념이다. 이에 비해 심층생태주의의 자아는 인간에 국한되지 않고 비인간까지 확대된 것으로서 비인간 세계와의 동일시까지도 포함하는 개념이다. 이 자아실현은 고립되고 편협한 경쟁적 에고의 틀에서 벗어나 가족과 친구, 그리고 인류에 이르기까지 다른 사람과 자신을 동일시할 때 시작된다. 그리고 당대의 문화적 자산과 가치, 그리고 우리가 머물고 있는 시공에 얽매인 진부한 학문을 초월하여 심오한 명상과정을 통해 획득된다. 이를 통해 한 인간은 유기적 전체라 할 큰 자아(Self) 속에 놓인 작은 자아(self)가 되어 큰 자아 안에서 자신의 생명을 발현하는 전인적 인간(a whole person)이 된다. 자아실현은 우리 모두가 살아야 개체적 존재—'나'라는 개인뿐 아니라 인류 전체, 고래, 회색 곰, 열대우림, 산, 강, 흙 속의 가장 작은 미생물 등등—도 살 수 있다는 인식의 체화(體化) 과정으로서[21] 생태의식의 계발과 연관된다.

　이 과정은 바위나 늑대, 나무, 강 들의 실체에 대해 더욱 알게 되는 것. 즉 모든 것은 연관되어있다는 통찰의 계발을 포함한다. 생태의식을 계발한다는 것은 침묵과 고독을 귀중히 여기는 것을 배우는 과정

---

20) Bill Devall & George Sessions, *op.cit.*, p.66.
21) *Ibid.*, pp.66~67 참조.

이고, 듣는 방식을 재발견하는 과정이다. 그것은 더 관대하고, 더 믿음직하며, 전일적 사고의 획득을 배우는 것으로서 과학과 기술을 비착취적으로 사용하는 것에 근거한다. 이것은 자신에게 정직해지는 것이고, 직관 속에서 명백한 원리를 찾아내어 그 원리에 따라 행동하는 것이다. 그 결과 우리는 행동의 주체로 책임감을 갖게 되며, 자아를 훈련시켜 공동체 내에서 정직하게 일하게 된다. 이는 단순하지만 쉬운 일은 아니다.[22]

생태의식의 계발은 자연에 대한 감수성을 높이는 일이다. 고독과 침묵 속에서 직관을 통해 모든 사물과 자신이 하나로 이어져 있다는 존재의 본성을 깨닫고, 그 속에서 생명력을 발휘하는 것이다. 이남호는 "세상에 존재하는 모든 문학이 다 녹색가치를 추구하는 것은 아니"지만, "대부분의 훌륭한 문학은 존재의 본성을 이해하고 또 생명의 온전한 발현을 존중하는 정신을 바탕으로 한다"고 말한다.[23] 곧 훌륭한 문학이라면 생태의식의 계발을 도와 자기실현에 이르게 한다는 것이다.

이것은 심층생태주의의 또 다른 원리인 생명중심적 평등성의 개념으로 연결된다. 심층생태주의에서는 생물권 안의 모든 사물은 살아가고 번영함에 있어서 똑같은 권리를 가지며, 큰 자아속의 작은 자아를 실현함에 있어서도 같은 권리를 지닌다고 주장한다. 여기에는 생태계의 모든 유기체들이 본질적 가치에 있어서 평등하다는 인식이 내포되어 있다. 그러므로 우리가 자연에게 해를 입힌다면 그것은 곧 우리 자신들에게 해를 입히는 것이 된다. 인간과 비인간 사이에는 어떤 경계도 없으며, 모든 것은 상호 관련되어 있다. 인간은 전체의 일부분에 불과한 존

---

22) *Ibid.*, p.8.
23) 이남호, 『녹색을 위한 문학』, 1998, 민음사, 22쪽.

재이며 모든 생명체들은 공경의 대상이다.24) 이남호는 "문학은 존재하는 모든 것들에 대한 사랑과 연민의 정신"으로, "눌리고 비뚤어지고, 착취당하고, 소외당하고, 고통과 죽임을 당하는 그 모든 것들에 대한 측은의 마음"이며, "온전한 생명과 온전한 아름다움에 대한 기쁨과 외경의 마음"이라 말한다. 존재하는 모든 것은 자신의 생명력을 온전히 발휘할 권리가 있음에도 불구하고 그렇게 하지 못하고 죽어가는 생명체에 대해 연민과 사랑의 마음을 가지는 것이 문학이라는 것이다.25) 곧 문학과 생태주의가 친연적 관계에 있다는 뜻이다.

문학의 장르 중에서도 시는 자아와 세계의 합일을 지향한다. 시적 사고의 토대는 은유이다. 은유적 사고가 상호 이질적인 사물들 사이에 유사성이나 일치성을 발견하는 능력이라고 한다면, 은유라는 것은 만물을 하나로, 형제로 보는 마술적 사고 혹은 신비적 직관에 뿌리를 둔 것이라26) 할 수 있다. 모든 것이 하나로 맺어져 있다는 생각은 시적 감수성의 본질이며 시의 마음의 핵심인 동시27)에 생태주의의 핵심 원리이다.

시와 생태학과의 관계를 '이안 맥하그(Ian McHarg)'는 엔트로피의 개념을 빌려 설명한다.

> 녹색식물은 지구상에서 가장 창조적인 유기체들이다. 그들은 자연의 시인이다. (…중략…) 시는 우리들 사이에서 녹색식물과 같다. 시인이 태양이라면 시는 녹색식물이라 할 수 있는데, 그들은 에너지가 엔트로피로 가는 것을 막아 사물들의 질서를 높여줄 뿐 아니라, 자아의

---

24) Bill Devall & George Sessions, *op.cit.*, pp.67~69 참조.
25) 이남호, 『녹색을 위한 문학』, 1998, 민음사, 25쪽.
26) 김종철, 「시의 마음과 생명공동체」, 『녹색평론선집 1』, 녹색평론사, 1998 / 8쇄본, 194쪽.
27) 위의 글, 76쪽.

영속(self-perpetuating)과 개체진화를 이루어 내게 하기 때문이다. 즉, 그들은 창조성과 공동체를 다시 창출해 내며, 그들의 에너지가 방출되어 다른 데로 흘러 나갈 때도 사물의 질서를 더 높일 수 있게 돕는다.[28]

열역학 2법칙에 따르면 외계와 접촉하고 있지 않는 계(닫혀진 계)에서 에너지는 질서 있는 상태에서 무질서한 상태, 즉 엔트로피 증가를 향해 나아가는 경향이 있다. 엔트로피가 최소인 상태는 사용이 가능한 에너지가 최대인 상태이며 가장 질서가 잡힌 상태이다. 반대로 엔트로피가 최대인 상태란 사용이 가능한 에너지가 완전히 사용·확산되었을 때를 말하며 가장 무질서한 상태이다.[29] 닫힌계에서 물질적인 엔트로피는 궁극적으로 반드시 최대로 향한다. 그러나 녹색식물은 광합성 작용을 통해 모든 동식물의 에너지원이 되는 탄수화물을 만들어 냄으로써 엔트로피 감소에 기여한다. 시가 녹색 식물에 비유될 수 있는 이유는 시에 내재한 생태학적 상상력이 이원론적 대립 구도 속에서 파괴와 분열로 치달은 사회를 다시금 회복시켜 공동체의 질서를 유지할 수 있게 하기 때문이다.

인간과 자연의 본질적인 조화를 꾀하는 시의 특성상 소설보다는 생태학적 상상력이 담긴 작품이 많이 창작되었으며 논의 또한 활발하다. 그러나 오랜 전통 속에서 시를 포함한 문학 전반이 추구해온 주제가 전체성 속에서의 인간의 존재 방식이었음을[30] 생각할 때, 생태주의는 문학의 공통된 지향점이라 할 수 있다.

---

28) William Rueckert, "Literature an ecology", *Ecocriticism Reader : landmarks in Liberary Ecology*, ed. by Cheryll glotfelty & Harold From, The University : by Georgia press, 1996, p.11.
29) 제레미 리프킨, 최현 옮김, 『엔트로피』, 범우사, 1998, 36~37쪽.
30) 도정일, 「시인은 숲으로 가지 못한다」, 『시인은 숲으로 가지 못한다』, 민음사, 1994, 361쪽.

4. 한국 현대소설과 생태주의

갑오경장 이후의 한국사는 근대사라 할 정도로 한국 사회는 다방면
에 걸쳐 근대성을 지향점으로 변화해 왔다. 문학 분야도 예외는 아니어
서 한국문학은 최근 수십 년간 근대문학을 지향해왔다.

근대성은 '이성에 대한 절대적 신뢰'와 '자연법칙의 계량화', 그리고
'진보의 교의' 등을 기본 이념으로 한다.[31] 근대성의 교리에 따라 인간
은 이성에 의해 스스로와 세계에 대한 진리를 찾을 수 있다고 생각했으
며, 자연은 물체들의 단순한 운동으로 이루어진 거대한 기계에 지나지
않으므로 이성적 인간이 스스로의 목표를 위해서는 얼마든지 이용하고
착취해도 된다고 생각했다. 인류의 역사 또한 유토피아를 향해 진보해
나갈 것이라는 인식을 가지고 있었다.

그러나 하이젠베르크의 '불확정 원리', 닐스 보어의 '상보 이론', 아
인슈타인의 '상대성 원리'와 같은 현대물리학 이론이 등장하고, 과학
무기를 이용한 히로시마의 원폭 투하, 유태인 대량학살 등을 겪으면서
이러한 생각이 오류였음을 깨닫는다. 자연의 원리란 절대적 개념의 시
간과 공간, 원인과 결과라는 공식으로는 해명될 수 없는 것이고, 과학
기술 또한 인류를 낙원에 이르도록 해주는 것만도 아니다. 오히려 근대
이후 인간 중심의 사고방식으로 자연을 착취한 결과 돌이킬 수 없는 환
경 위기가 초래되었고, 물질문명의 발달로 인간은 파편적 삶을 연명하
는 물질적 존재로 전락하고 말았다. 인간을 위한다는 명분으로 추구해
온 문명이 역설적이게도 인간의 죽음을 초래한 것이다.

근대성이 한계를 드러내자 한국 사회에서 근대에 대한 논의는 새로

---

31) 윤평중,『포스트모더니즘의 철학과 포스트마르크스주의』, 서광사, 1992, 16~19쪽 참조.

운 국면으로 접어든다. 한국 역사의 특수성으로 인해 전근대, 근대, 탈근대 등에 대한 논의가 전개되는 가운데 근대성이 현실태인지 가능태인지에 대한 논란이 끊이지 않았다. 이러한 문제는 지금도 여전히 명쾌하게 정리되지 못한 상태지만, 이제 한국문학은 근대지향 일변도에서 벗어나 다채롭게 전개되는 양상이다. 그 중에서도 그간 근대문학과 대척적 위치에 놓임으로써 문학사에서 소홀히 다뤄진 전통 지향적 문학 작품들이 새롭게 부각되는 양상을 보인다.[32] 이러한 현상은 서구의 지성들이 동양사상을 새로운 문명사 이념의 출구로 모색할 정도로[33] 동양적인 것이 새로운 대안으로 떠오르는 시대적 변화와도 밀접해 보인다. 이들 작품에 내재된 자연친화적 성향은 생태적 관점에서도 조명될 수 있어 전통 지향적 문학 작품들은 생태 비평적 관점에서도 중요한 의미를 지닌다.

생태주의는 인간과 자연을 일원론적 관점에서 이해하고자 한다는 점에서 한국의 전통적 사유와 밀접한 관련이 있다. 인간과 자연을 이원화시키지 않고 하나의 틀 속에서 이해하고자 하는 동양적 사유는 한국의 오랜 전통적 사유이다. 그간 동양과 서양을 구분하던 잣대가 쓸모없는 것으로 변했지만, 동양과 서양에서의 자연에 대한 태도가 다르다는 사실은 인정하지 않을 수 없다. 동아시아는 천인합일(天人合一) 사상을 적

32) 김윤식은 어느 나라이든지 문학은 외발적 동인과 내발적 동인의 이중구조의 변증법적 발전과정이라 볼 수 있다고 하였다. 전자는 모더니티지향성, 후자는 전통지향성(tradition orientation)으로 규성뇌는네, 춘원 이래 한국문학은 현저히 모더니티 지향성 일변도로 전개되었다. 외발적 동인의 일반적 대뇌다혈화(大腦多血化)는 그 발신측의 위축이나 파탄에 직면할 경우엔 돌연 방향성을 잃게 된다(김윤식, 『한국근대문학사상 연구 2』, 아세아 문화사, 1994, 329쪽 참조). 근대성이 한계를 드러내면서 근대성을 지향한 한국문학은 한동안 방향감각을 잃었다. 이러한 배경 속에서 전통지향적 문학이 새롭게 주목을 받았다.
33) 오세영, 「포스트모더니즘의 한국적 수용」, 『서정시학』, 2000. 3, 웅동, 67쪽.

극 수용하는 선에서 문화를 펼쳐 왔다. 자연과 인간 사회를 둘로 분리해서 보는 것이 아니라 유기적으로 연결되어 있다고 여겼다.[34]

삶의 방식 자체가 자연친화적인 동양에 자연친화적인 작품이 많다는 것은 분명한 사실이다.[35] 그런데 최근 활성화하고 있는 생태문학이나 문학론이 우리의 전통 사상과는 단절된 채 서구의 생태 이론에 의존하여 전개된다는 점은 문제가 있다. 물론 서구 개발 선진국의 문제가 뒤늦게 우리현실에 나타났고, 이런 현실을 해석하고 극복하는 데 서구 이론이 일정 부분 기여한 것은 사실이다. 그러므로 서구의 이론적 토대를 바탕으로 우리 문학을 점검하는 것이 잘못되었다는 것은 아니다. 문제는 생태 이론에서 강조하는 인간을 비롯한 모든 생명체의 평등성, 이를 전체로서 아우르는 일원론적 세계관 등이 이미 우리 문학의 전통 속에 자리하고 있던 사유라는 데 있다. 오히려 이러한 전통사상이 생태주의의 원형이라 하는 것이 옳으며, 서양의 경우 자연에 대한 분리주의 접근이 그릇됨을 뒤늦게 알고 최근 들어서 생태학적 인식을 발전시키기 시작한 것이라 할 수 있다.[36] 그렇다면 최근의 생태적 가치의 확산은 근대 지향 100년간 우리의 삶과 문학 속에 면면히 이어지고 있던 것을 외부적 충격에 의해 재발견했다고 말할 수도 있는 것이다. 그럼에도 불구하고, 이를 외면한 채 서구 이론에 기대어 생태문학의 범주를 산업화 이후의 작품으로 한정하는 점은 문제가 있다. 서구의 근대적 방법론이 우리 문학 연구에 도움을 준 사실은 부인할 수 없지만, 이로써 우리 문학의 계기성이 무시되고 전근대와 근대로 분리된 채 연구되는 폐해를

---

34) 한면희, 『동아시아 문명과 한국의 생태주의』, 철학과현실사, 2009, 54쪽.
35) 김욱동, 『생태학적 상상력』, 나무를 심는 사람, 2003, 74쪽.
36) 한면희, 『동아시아 문명과 한국의 생태주의』, 철학과현실사, 2009, 55쪽.

초래했던 것이다. 이것은 서구의 근대적 학문영역과 방법론을 바탕으로 한 연구를 선진적인 것으로 받아들이는 풍토가 여전히 답습되고 있음을 보여주는 하나의 예라 할 수 있다. 그러므로 생태 비평적 연구는 그 대상을 산업화 이후의 문학텍스트에 국한하지 말고 우리의 전통적 사유와 관련한 계기적 측면의 연구로 전환할 필요가 있다.

이런 맥락에서 한국 근·현대 문학을 생태적 관점으로 재독해하는 일은 중요한 의미를 지닌다. 이는 오늘날과 같은 위기적 현실에서 절실하게 필요한 생태의식을 고취시키는 데 기여할 수 있을 뿐만 아니라, '생태주의'라는 가늠자를 통해 그간 분리되었던 우리문학의 과거와 현재, 미래를 연속선상에 놓는 가능성을 발견할 수 있을 것이다. 이것은 그간 근대지향일변도 속에서 외면되었던 우리의 전통에 내재된 가치를 재발견하는 동시에, '근대'라는 잣대에 의해 편파적으로 진행된 한국문학을 총체적으로 검토한다는 의미도 지닌다.

최근에 대두한 '생태주의'라는 가늠자를 그 개념조차 없었던 기존 작품에 대는 작업은 자칫 환원론적 오류에 빠질 수 있는 위험을 내포한다. 하지만 생태주의의 지향점이 우리의 전통적 세계관과 다르지 않다는 사실에 비추어볼 때, 이 작업은 그 나름의 충분한 의미를 지닌다고 생각한다. 전통이란 당대 사람들에 의해 새롭게 선택되고 수용될 수 있는 것이라는 점에서 '생태주의'라는 잣대를 통해 단절된 우리의 근대문학사 복원 가능성이 열릴 것으로 보인다.

제2장
산업화 이전의 한국 현대소설에 나타난 자연인식

●한국 현대소설의 생태 비평적 이해●

산업화 이전의 한국 현대소설에 나타난 자연인식

1. 개화기 소설에 나타난 자연 인식

갑오경장을 전후로 해서 3·1운동까지를 지칭하는 개화기는 오랜 세월 굳게 닫혔던 문이 열리면서 서구의 문화와 문물이 폭주되던 시기이다. 당시 선각자들은 근대 지향을 중심 이념으로 우리의 것을 비근대적이고 비합리적인 것으로 매도하면서 서구의 문물을 받아들이기에 여념이 없었다. 하지만 외래 사조를 받아들일 준비가 되어있지 않았을 뿐만 아니라 새로운 사조를 배척하려는 사람들이 훨씬 많았던 당대의 현실로 인해 우리 사회에는 다양한 문제가 발생한다. 한국의 전통적 사유 또한 근대적 세계관과 충돌하면서 본래와는 다른 모습으로 변형되거나 굴절되기도 하고, 일부는 무의식 속으로 내밀화되기 시작한다.

따라서 개화기의 변모 양상을 담아낸 개화기 문학은 이후 100여 년에 걸쳐 전개되는 현대 한국인의 삶과 문학을 이해하는 데에 많은 도움을 주리라 생각한다. 일반 대중은 다양한 양상으로 유입된 서구의 근대 문물에 대해 어떠한 인식을 가지고 있었고 점차 이것을 어떻게 수용해 가는지, 또 근대화 과정이 본격화하면서 전통적 사유는 어떻게 유지되고 변형되어 현재에 이르게 되었는지를 이해하는 실마리를 제공할 것이다.

생태적 관점에서 개화기를 고찰하려 할 때 논의의 중심에 놓일 수 있는 것이 자연에 대한 인식, 곧 자연관이다. 그러므로 여기에서는 개화기에 창작된 소설을 통해[1] 근대적 자연관과는 다른 전통적 자연관이 근대와 접하면서 어떻게 변화되고 유지되어 가는지 살피는 한편, 당대 소설에 나타난 생태의식의 양상을 살펴볼 것이다.

1) 기차와 근대적 자연관

근대의 상징으로서 당대의 자연관을 획기적으로 변화시킨 매체가 기차이다. 기차가 지닌 매력은 무엇보다 자연의 질서를 가로지르는 속도에 있다. 기차는 산 넘고 물 건너 오랜 시간 걸려서야 갈 수 있던 곳을 단숨에 도착하게 해주는 신기하고 경이로운 물체였다. 이 시기에 창작된 소설에는 기차가 지닌 속도감에 대한 경탄이 여러 군데 드러나 있다.

---

[1] 여기에서 개화기에 등장한 소설 중에서 '신소설'이라는 명칭으로 기존 소설과의 차별화를 강조한 소설을 고찰 대상으로 삼았다. 또한 신소설 중에서도 번역이나 번안한 소설은 제외하고 순수 창작된 소설만을 대상으로 했으며, 이를 위해 서울대학교출판부에서 현대어로 표기되어 나온 신소설전집을 고찰 텍스트로 삼았음을 밝혀둔다.

　　부인이 기차 창문을 의지하여 초연히 내다보니 있던 산이 없어지고, 없던 산이 생기기도 하여 천태만상이 번개같이 달려가니 혼잣말로, "에그 빠르게도 간다. 그 동안에 벌써 얼마를 왔는지 저기 저 산이 어느 겨를에 아득히 보이네"2)

　　"인력거에서 급히 내려 동경까지 가는 연락 차표를 사 가지고 이등열차에 오르니 호각 소리가 '호르륵' 나며 기관차에서 '파 푸 파 푸' 하고 남대문이 점점 멀어지니, 앞길에 운산은 창창하고 차 뒤에 연하는 막막하더라. 그 빠른 차가 밤새도록 가다가 그 이튿날 아침에 부산에 도착하니. 안방에서 대문 밖도 자세히 모르고 지내던 정임이는 처음 이렇게 멀리 온 터이라."3)

　　1899년 9월 18일 한국 최초로 노량진과 제물포를 잇는 경인선이 개통된 이래 경의선, 경부선 등이 개통되면서 기차의 모습은 전국 각지에서 쉽게 발견되었다. 굉음을 내며 질주하는 기차를 보며 자연과 조화로운 삶을 영위하던 인간들은 이성의 힘에 주목한다. 인간의 이성으로 자연의 장애는 충분히 극복할 수 있으며, 자연은 도구적 대상이 될 수 있다는 사실을 깨닫게 된 것이다. 기차에 의해 전국이 하루거리로 들어오고, 세계일주가 현실화되는 것을 목도하며 과학적 이성이 지닌 위력에 압도당하게 되면서 전통적 자연관은 서서히 변화하기 시작한다.

　　강동지는 김승지 부인을 죽이고 침모의 집에 가던 그날 새벽에 그 마누라를 데리고 남문 밖 정거장 앞에 가 앉았다가, 경부 철로 첫 기

---

2) 이해조, 「홍도화」, 『한국신소설전집 4』, 서울대학교 출판부, 2003, 220쪽.
3) 최찬식, 「추월색」, 『한국신소설전집 7』, 서울대학교 출판부, 2003, 22~23쪽.

차 떠나는 것을 기다려 타고 부산으로 내려가서, 부산서 원산 가는 배를 타고 함경도로 내려가더니, 며칠 후에 해삼위로 갔다는데 종적을 알 수 없더라.[4]

'에라 내가 세상에 났다가 사람 노릇을 못하는데, 이 한 몸이 이 세상에 없는 셈치고 세계 주유나 하여 천하 각지의 인물, 풍경이나 구경하고, 울적한 암회나 소창하며 창창한 전도를 소견법으로 보내리라.' 하는 생각이 불현듯이 나서, 그 시로 금전을 준비하고 행장을 단속한 후, 그여 허락을 얻어 가지고 남대문 정거장에서 서관차를 타고 전 지구 일 주유를 먼 길을 떠나는데, 그 노모와 영자는 전별을 하는지라.[5]

기차가 가져온 최대의 성과는 사물을 보는 시야를 확장시켰다는 점이다. 차창 밖으로 빠르게 전개되는 바깥 풍경이 한 눈에 들어오면서 나무만을 보느라고 보지 못했던 숲이 서서히 보이기 시작한다. 미시적 관점에서 벗어나 거시적 관점을 확보하게 됨으로써 자신의 삶에 대한 근본적인 통찰이 가능해진 것이다.

옥순과 옥남이가 부산에 이르러서 경부 철도를 타고 서울로 향하여 오는데, 먼 산을 바라보고 소리 없는 눈물이 비 오듯 한다. 토피 벗은 자산에 사태가 길길이 난 것을 보면 '저 산의 토피를 누구들이 저렇게 몹시 벗겨 먹었누?' 하며 옛일 생각도 나고, '저 산이 언제나 수목이 울밀하게 될꼬?' 하며 앞일 생각도 한다. 산 밑 들 가운데 길가에 게딱지같이 납작한 집을 보면 저것도 사람 사는 집인가 싶은 마음이 든다. 옥순의 남매가 어렸을 때에 그런 것을 보고 자라났지마는 처음

---

4) 이인직, 「귀의 성(하)」, 『한국신소설전집 1』, 서울대학교 출판부, 2003, 249쪽.
5) 최찬식, 「안의성」, 『한국신소설전집 7』, 서울대학교 출판부, 2003, 153쪽.

보는 것같이 기막히는 마음뿐이라.[6]

차 창밖으로 전개되는 풍경을 통해 예전에는 미처 의식하지 못했던 우리나라와 민족이 처한 궁핍한 현실을 직시하게 된다. 국지적인 것들에 가려져 모호했던 실체가 고스란히 드러나고 있다. 국토는 헐벗었고 우리 민족은 토피를 벗겨먹으며 살아야 할 정도로 힘겨운 삶을 살고 있다. 빠른 속력으로 달리는 기차의 창문을 통해 '낯설게 하기'가 연속적으로 진행되면서 우리 민족의 삶은 "게딱지 같이 납작한 집"이라는 객관적 실체로 요약되어 선명하게 부각된다. 기차는 당대 우리 민족의 인식의 지평을 확장시키는 데 크게 기여했다고 할 수 있다.

"마차를 타고 막막한 광야로도 가고, 기차를 타고 화려 장대한 시가도 지나가고, 화륜선을 타고 망망한 바다로도 가서 어디로 가는지도 모르고 가다가, 어느 곳에서 기차를 내리매 땅에는 철로가 빈틈없이 놓이고, 하늘에는 전선이 거미줄같이 얽혔으며, 넓고 넓은 길에 마차, 자동차, 자전거는 여기서도 쓰르르 저기서도 뜰뜰하고, 십여 층 벽돌집은 좌우에 쟁영하여 각색 공자의 연기 굴뚝은 밀짚 들어서듯 총총하여 그 굉장한 풍물이 영창의 눈을 놀래니 그 곳은 영국 서울 런던이요, 스미트의 집이 곧 그 곳이라."[7]

기차는 빙산일각에 불과하다. 사실 이 모든 것을 움직이는 힘은 과학적 이성이 거두어 올린 산업혁명이라는 쾌거에 있다. 이 글에서 영국은 우리나라가 지향해야 할 공간으로 제시된다. 하늘과 땅을 가리지 않고

6) 이인직, 「은세계」, 『한국신소설전집 2』, 서울대학교 출판부, 2003, 85쪽.
7) 최찬식, 「추월색」, 『한국신소설전집 7』, 서울대학교 출판부, 2003, 39쪽.

근대의 세계로 도배된 이곳은 과학적 이성에 의해 기계를 등장시킴으로써 인간의 우월성을 입증한 곳이다. 인간의 무한한 욕구를 충족시키는 유토피아가 가능할 수 있다는 기대의 본산지이다. 영국의 런던 거리를 바라보는 '영창'의 경이로운 시선은 기차를 통해 근대의 위력을 경험한 우리 민족의 시선에 다름 아니다.

하지만 자연의 불가항력을 가로지르는 기차의 위용 이면에서는 반생명적인 국토의 침탈과 자연의 침탈, 인간의 침탈이 동시에 전개되고 있었다. 철로 확보를 위해 일본은 한국 정부에게 무상으로 부지를 제공하도록 강요했으며, 철로 부지로 선정된 지역의 논과 밭 심지어는 선산까지도 아무런 보상을 받지 못하고 침탈당하는 상황에 처한다. 또한 철도 건설을 위해 막대한 노동력이 필요하게 되자 한국인 노동자들의 노동력은 착취당하게 된다.[8]

문명개화를 전면에 내세운 당대 소설에서 이와 같은 부정적 측면은 은폐될 수밖에 없었다. 그럼에도 불구하고 기차의 어두운 그림자는 작품 이면에 내재되어 있는데, 그것은 주로 자살과 관련되어 나타난다. 기존 소설에서 자살이 행해지는 장소가 '물'과 관련된 곳이었다면, 개화기 소설에 나타난 새로운 변화는 '기차'가 자살을 가능하게 하는 수단으로 그려져 있다는 점이다.

내가 이대로 갔다가는 무슨 불측한 일이 있을는지 알 수도 없고, 설혹 아무 일이 없기로 무엇에 마음을 만나딘지 험한 석간을 만나거던 이 창문으로 눈 딱 감고 한 번만 뛰어내렸으면 그 자리에서 즉사를 하여 세상만사를 다 잊을 터이다.[9]

---

8) 권보드래, 『한국 근대소설의 기원』, 소명출판, 2000, 292~295쪽 참조.

그 말이 마치지 못하여 기차 하나가 풍우같이 몰려오는데, 옥남이가 언덕 위에 도사리고 섰다가 눈을 꽉 감고 철로를 내려 뛰니, 옥순이가 따라서 철도에 떨어지는데, 웬 사람이 언덕 아래서 소리를 지르고 쫓아오나, 그 사람이 언덕에 올라올 동안에 살같이 빠른 기차는 벌써 그 언덕 앞을 지나간다.[10]

기차는 무한한 매력을 발산하는 존재이면서도 두려움의 대상이다. 사람들은 무시무시한 속도로 달려가는 기차의 경이로운 모습에 찬탄하면서도 다른 한편으로 죽음을 발견한 것이다. 기차가 지닌 이중성, 곧 무지갯빛 꿈의 실현과 그 이면에 내재된 파괴적 모습은 바로 근대의 이중적 모습이기도 하다. 근대 이후 우리의 역사는 이 두 가지 상반되는 힘의 길항관계 속에서 전개되어 왔거니와 이 시기 기차는 우리 민족에게 근대가 지닌 두 얼굴을 최초로 경험하게 한 매체였다.

2) 속신과 전근대적 자연관

근대 문명이 홍수처럼 밀려들고 있었지만 당대 현실은 이들을 받아들일 만한 준비가 되지 않았고 오히려 이를 거부하려는 저항 세력도 만만치 않았다. 이런 까닭에 근대를 찬양하며 의식적으로 개화를 강조한 당시 소설들에서조차 전근대적 사유는 쉽게 발견된다. 그 중에서 생태적 측면과 관련된 것이 속신이다.

속신은 예로부터 사람들 사이에 전해져 내려오는 이야기다. 예컨대

---

9) 이해조, 「홍도화」, 『한국신소설전집 4』, 서울대학교 출판부, 2003, 220~221쪽.
10) 이인직, 「은세계」, 『한국신소설전집 2』, 서울대학교 출판부, 2003, 72~73쪽.

아침 까치는 반가운 손님이 올 것을 예고하고 저녁 까치는 불길한 사건의 전조로 이해된다. 속신은 오랜 시간 집단을 구성하는 사람들을 중심으로 형성된 것이므로 그 속에는 각 민족의 문화나 전통, 가치관, 생활양식 등이 담겨 있다. 따라서 한 사회의 속신을 연구해보면 그 사회의 특성을 알 수 있다. 우리나라의 속신에는 자연과 관련된 것이 많다. 이로 미루어 과거 우리의 삶 속에서 인간과 자연은 분리되지 않았고, 친연적 관계를 이루며 살아왔음을 알 수 있다.

개화기 소설에도 자연과 인간의 친연성을 보여주는 속신이 자주 등장한다. 이것은 때로 작품의 중심 모티프로서의 기능을 하기도 한다.

서창에 지는 해가 눈이 부시도록 비추었는데, 창 밖에 지나가는 그림자는 날아드는 저녁 까치라. 서창을 마주앉아 꼬리를 들었다 놓았다 하며 주둥이를 딱딱 벌리면서, '깟깟, 깟깟깟' 짖거늘 구기 잘하기로는 장안 여편네 중 제일 가는 전동 김승지의 부인이 시앗이니 무엇이니 하고 지향을 못 하는 중에, 저녁 까치 소리를 듣고 근심이 버썩 늘었더라.

(부인) "에그, 저 장정맞은 저녁 까치는 왜 남의 창밖에 와서 짖누. 저년의 저녁 까치가 짖으면, 기어이 고약한 일이 생기더라. 내가 처음에 시앗 보았다는 소문을 듣던 날도 똑 요만 때에 까치 한 마리가 저기 앉아서 짖더니, 춘천집인가 무엇인가 그 못된 년이 생겼지. 애 점순아, 어서 나가서 저 까치 좀 쫓아다구. (…중략…)"11)

인간에 새벽되는 소식을 전하려고 부상 삼백 척에 꼬끼오 우는 것은 듣기 좋은 수탉 우는 소리라.

---

11) 이인직, 「귀의 성(상)」, 『한국신소설전집 1』, 서울대학교 출판부, 2003, 123쪽.

그 소리 한마디에 인간에 있는 닭이 낱낱이 따라 운다. (…중략…) 전동 사는 김승지는 조상을 잘 떠메고 운수 좋게 잘 지내던 사람이라. 김승지 집 안뜰 아래 구앙문 위에 닭의 홰가 매였는데, 만호장안에서 꼬끼오 소리가 나면 김승지 지에서는 암탉이 홰를 톡톡 치며 깩깩 소리가 나니, 온 집안에서 암탉 운다고 수군거린다.

세상에 구기 잘하기로는 남에게 둘째 가지 않던 집이라. 사흘 밤을 암탉 우는 소리를 듣고 이 집이 망하느니 흥하느니 하는 공론이 부산하다. (…중략…) 작은돌이가 햇닭을 잡아 죽이는데 짐승의 소릴지라도 밤중에 닭 잡는 소리같이 쓸쓸한 소리는 없다.

그 소리 한마디에 온 집안사람이 소름이 쭉쭉 끼치더니 뜻밖의 일이 많이 생기더라.[12]

"네 목소리 반갑구나. 까치가 영물이다. 오늘 아침에 반기더니……."[13]

"깟깟."

소리가 나며 까치 한 마리가 황혼에 어두운 빛을 띠고 날아오더니, 오동나무 늘어진 가지에 앉아서 송도집을 내려다보며,

"깟깟깟."

송도집은 시름이 없이 앉았다가 그 소리를 듣고 오동나무를 치어다보며,

"저 방정맞은 까치가 왜 저녁에 와서 짖어, 슈어 슈어."

그 까치가 펄적 날아가다가 도로 그 자리에 와서 앉으며,

"깟깟깟."

쉴새없이 짖는지라. 송도집이 발바닥으로 내려가서 모래 한 줌을

---

12) 위의 책, 139~140쪽.
13) 위의 책, 150쪽.

들뿍 쥐어 휙 뿌리며,

"슈어."

그 까치가 그제야 쫓기어 가는지라. 방으로 들어앉아서 혼잣말로,

"에그 이상도 하지, 그년의 까치가 왜 자꾸 와서 짖을까. 저녁 까치가 짖으면 흉하다니, 무슨 흉한 일이 나려고 그러한구. 에그, 남의 첩 노릇을 하면서 속을 알뜰히 썩이고 살면 무엇하게. 진작 죽는 것이 상팔자이지."14)

위의 예문에서 보듯이 저녁 까치와 아침 까치 그리고 암탉과 관련한 속신은 다음 사건을 예비하는 복선의 역할을 한다. 속신은 그 타당성을 입증할 만한 아무런 근거가 없는 전근대적인 사고인데도 불구하고 이처럼 작품 속에서 강한 구속력을 지닌다. 근대 계몽에 앞장섰던 신소설 속에 속신의 의미가 그대로 차용되어 있다는 점은 실로 아이러니가 아닐 수 없다. 인간의 이성을 강조하고 과학과 합리를 내세운 근대적 관점에서 볼 때 속신은 지양되어야 할 비과학적이고 비합리적인 사고이기 때문이다. 이와 같은 현상은 당대 사람들이 의식적으로는 근대를 지향했지만, 무의식으로는 여전히 전근대에 머물러 있음을 반증한다. 다시 말해 계몽을 선도했던 사람들조차 과학적이며 객관적인 서구 문명을 받아들이면서도 여전히 직관적이고 주관적인 우리의 전통적 사유에 지배당하고 있었다는 뜻이다. 이와 같은 이중적인 모습은 전통적 사유를 이어받았으나 서양 과학 문명 속에 살면서 양자의 괴리와 상충을 경험하는 오늘날 한국 사회의 모습과 다르지 않다. 이런 점에서 서구의 문화는 한국인의 의식을 상당 부분 변화시켰지만 무의식까지는 완전히

---

14) 김교제, 「치악산(하)」, 『한국신소설전집 3』, 서울대학교 출판부, 2003, 141쪽.

변화시키지 못했다는 사실을 알 수 있다.

3) 생태학적 상상력의 문학적 형상화

전통적으로 인간과 자연은 하나의 틀 속에서 이해되지만, 현실 속에서 인간은 주체의 자리에, 다른 자연물은 객체의 자리에 놓이기 쉽다. 자기의식(self consciousness)이 있는 한 인간이 자기중심적 관점에서 벗어나기는 극히 어렵다. 그러므로 주체와 객체의 위치를 이동해보는 일은 의미가 있다. 주객의 위치 이동을 통해 자신의 삶을 객관화시켜 봄으로써 우리의 삶이 얼마나 자기중심적으로 전개되고 있는가를 살필 수 있기 때문이다.

문학에서 주체와 객체의 자리이동을 도모하는 양식이 우화(allegory)이다. 우화는 생태적 측면에서 중요한 의미를 지닌다. 객체의 위치에 있던 자연물을 주체로 이동하는 것은 자연물이 지닌 본연의 생명력이 회복된다는 의미이다. 객체의 자리에 있을 때는 주체인 인간의 관점에서 해석되고 인간의 기준에 따라 가치가 평가되지만, 주체의 자리로 이동했을 때 자연물의 내재적 가치는 비로소 회복된다. 대상을 위치 이동시키는 일은 "인간으로 하여금 타자와 타자적 존재의 고귀함을 알게 하고 그것의 관점, 가치, 언어를 배우게"15) 하는 방법이다.

이러한 점에서 안국선의 「금수회의록」은 주목할 만한 소설이다. 토론체로 전개되는 이 작품은 우화 형식으로 당대의 모순되고 부패한 사회 현실을 고발한다. 동물의 입장에서 인간의 삶을 관찰하다보니 거리

---

15) 도정일, 「시인은 숲으로 가지 못한다」, 『시인은 숲으로 가지 못한다』, 민음사, 1994, 362쪽.

두기가 가능해짐으로써 인간의 삶이 객관적으로 형상화된다.

회장으로 보이는 동물의 말 속에는 심층생태주의의 두 가지 중심 원리인 자아실현(self realization)과 생명중심적 평등성(biocentric equality)이 담겨 있다.

그런고로 세상에 있는 모든 물건은 사람이든지 짐승이든지 초목이든지 무슨 물건이든지 다 귀하고 천한 분별이 없은즉, 어떤 것은 높고 어떤 것은 낮다 할 이치가 있으리오. 다 각각 천지의 기운을 타고 생겨서 이 세상에 사는 것인즉, 다 각기 천지 본래의 이치만 쫓아서 하나님의 뜻대로 본분을 지키고, 한편으로는 제 몸의 행복을 누리고, 한편으로는 하나님의 영광을 나타낼지니, (…중략…) 여러분은 금수라, 초목이라 하여 사람보다 천하다 하나, 하나님이 정하신 법대로 행하여 기는 자는 기고, 나는 자는 날고, 굴에서 사는 자는 깃들임을 침노치 아니하며, 깃들인 자는 굴을 빼앗지 아니하고, 봄에 생겨서 가을에 죽으며, 여름에 나와서 겨울에 들어가니, 하나님의 법을 지키고 천지 이치대로 행하여 정도에 어김이 없은즉, 지금 여러분 금수, 초목과 사람을 비교하여 보면 사람이 도리어 낮고 천하며, 여러분이 도리어 귀하고 높은 지위에 있다 할 수 있소. 사람들이 이같이 제 자격을 잃고도 거만한 마음으로 오히려 만물 중에 제가 가장 귀하다, 높다, 신령하다 하여 우리 족속 여러분들을 멸시하니, 우리가 어찌 그 횡포를 받으리오.[16]

심층생태주의에서 말하는 '자아실현'은 '우주라는 큰 자아 속에 편입된 작은 자아인 자신(self in Self)'을 의미한다. 이것은 편협하고 고립된

---

16) 안국선, 「금수회의록」, 『한국신소설전집 3』, 서울대학교 출판부, 2003, 280~281쪽.

경쟁적 에고의 틀에서 벗어나 다른 사람과 자신을 동일시할 때 시작되는 것으로, 인간됨을 넘어서 비인간 세계와의 동일시까지도 포함하는 개념이다. 이것은 심층생태주의의 또 다른 원리인 생명 중심적 평등성과 연계된다. 생명 중심적 평등성은 생물권 안의 모든 생물이 살아가고 번영하는 데에 있어서 똑같은 권리를 가지며, 자아를 실현하는데도 같은 권리를 지닌다는 것이다. 여기에는 전체와 유기적 상호 관련을 맺은 생태계 안에서 모든 유기체들이 본질적으로 평등하다는 인식이 내포되어 있다. 인간과 비인간 사이에는 어떠한 경계도 없으며, 모든 것은 상호 관련되어 있다.[17]

이렇게 볼 때 자기에게 주어진 본성에 충실히 임하는 동물의 모습은 그 나름의 자아를 실현해가고 있는 모습이다. "기는 자는 기고, 나는 자는 날고, 굴에서 사는 자는 깃들임을 침노치 아니하며, 깃들인 자는 굴을 빼앗지 아니하고, 봄에 생겨서 가을에 죽으며, 여름에 나와서 겨울에 들어가"면서 그들은 자연의 이치에 따른다. "다 각기 천지 본래의 이치만 쫓아서 하나님의 뜻대로 본분을 지키고, 한편으로는 제 몸의 행복을 누리고, 한편으로는 하나님의 영광을 나타"내는 것이다. 욕심을 부리지 않고 묵묵히 자신의 본분을 지키는 그들은 곧 '우주라는 큰 자아 속에 편입된 작은 자아인 자신(self in Self)'이라 할 수 있다.

이러한 모습은 인간의 삶과 대조적인 양상을 띤다. "패악한 일이 있으면 천히 여겨 금수 같은 행위라 하며, 사람이 만일 어리석고 하는 일이 없으면 초목같이 아무 생각도 없는 물건이라 욕하"면서도, 오히려 인간은 유기적 전체인 큰 자아를 의식하지 못하고 자기중심적 사고에

---

17) Bill Devall & George Sessions, *op.cit.*, pp.66~67 참조.

빠져 욕심이나 집착 등에서 벗어나지 못한다. 까마귀, 여우, 개구리, 벌, 게, 파리, 호랑이, 원앙 등은 각각 자신들과 관계있는 반포지효(反哺之孝), 호가호위(狐假虎威), 정와어해(井蛙語海), 구밀복검(口蜜腹劍), 무장공자(無腸公子), 영영지극(營營之極), 가정맹어호(苛政猛於虎), 쌍거쌍래(雙去雙來) 등을 들어 탐욕스럽고 이기적인 인간의 어리석음을 비판한다. 특히 벌과 호랑이의 발언에는 묵묵히 자신의 생명력을 발휘하는 동물과 그렇지 못한 인간의 삶이 잘 대비되어 나타난다.

우리 입의 꿀은 남을 꾀이려 하는 것이 아니라 우리 양식을 만드는 것이요, 우리 배의 칼은 공연히 쏘거나 찌르는 것이 아니라 남이 나를 해치려 하는 때에 정당방위로 쓰는 칼이요, 사람같이 입으로는 꿀같이 말을 달게 하고 배에는 칼 같은 마음을 품은 우리가 아니오. 또 우리의 입은 항상 꿀만 있으되 사람의 입은 변화가 무쌍하여 꿀같이 단 때도 있고, 고추같이 매운 때도 있고, 칼같이 날카로운 때도 있고, 비상같이 독한 때도 있어서, 맞대하였을 때에는 꿀을 들어붓는 것 같이 달게 말하다가 돌아서면 흉보고, 욕하고, 노여워하고, 악담하며, 좋아지낼 때에는 깨소금 항아리같이 고소하고 맛있게 수작하다가, 조금만 미흡한 일이 있으면 죽일 놈 살릴 놈 하며 무성포가 있으면 곧 놓아 죽이려 하니 그런 악독한 것이 어디 또 있으리오.[18]

세상에 사람들이 말하기를 '제일 포악하고 무서운 것은 호랑이라' 하였으니, 자고이래로 사람들이 우리에게 해를 당한 자가 몇 명이나 되느뇨? 도리어 사람이 사람에게 해를 당하며 살육을 당한 자가 몇 억만 명인지 알 수 없소. 우리는 설사 포악한 일을 할지라도 깊은 산

---

18) 안국선, 「금수회의록」, 『한국신소설전집 3』, 서울대학교 출판부, 2003, 295쪽.

과 깊은 골과 깊은 수풀 속에서만 횡행할 뿐이요, 사람처럼 청천백일 지하에 왕궁 국도에서는 하지 아니하거늘, 사람들은 대낮에 사람을 죽이고 제물을 빼앗으며 죄 없는 백성을 감옥서에 몰아넣어서 돈 바치면 내어 놓고 세 없으면 죽이는 것과, 임금은 아무리 인자하여 사전을 내리더라도 법관이 용사하여 공평치 못하게 죄인을 조종하고, 돈을 받고 벼슬을 내어서 그 벼슬한 사람이 그 밑천을 뽑으려고 음흉한 수단으로 정사를 까다롭게 하여 백성을 못 견디게 하니, 사람들의 악독한 일을 우리 호랑이에게 비하여 보면 몇 만 배가 될는지 알 수 없소.[19)]

이중적인 사람을 벌에 빗대거나 포악한 사람을 호랑이에 비유하지만 이것은 인간 중심적 생각이다. 자연의 이치에 따라 벌은 생존을 위해 꿀을 만들고 자신을 지키기 위해 침을 사용한다. 호랑이가 살육하는 것 또한 생존에 필요한 최소한의 것을 채우기 위함이다. 이에 비해 인간의 행위는 자신의 탐욕을 충족하기 위한 행위라 할 수 있다. 인간은 단순히 생물학적 조건을 채우는 데 그치지 않고 더 많은 것을 소유하기 위해 다른 생명체를 무분별하게 착취하고 파괴한다. 또한 과도한 탐욕을 충족하기 위해 모든 수단을 정당화할 뿐만 아니라, 철저하게 자기중심적이면서도 공격적인 성향을 보임으로써 사회의 무질서를 야기한다. 인간의 행위가 동물의 관점에서 조명됨으로써 자연의 질서에 역행하는 인간의 삶이 적나라하게 노출된다.

동물을 대상의 자리에서 주체의 자리로 이동시킬 때 인간만이 주체라고 간주했던 기존의 가치관은 심각한 도전을 받는다. 인간이 만물의

---

19) 위의 책, 302쪽.

영장이라는 생각은 인간 중심적 관점에서 비롯된 착각이었으며, 실상은 하찮게 여겼던 동물에 미치지 못한다는 사실을 수용해야 하기 때문이다. 이것은 "괴상하고 부끄럽고 절통 분하여 열었던 입을 다물지도 못하고 정신없"게 할 정도의 충격을 수반한다. 하지만 이와 동시에 "무슨 말로 변명할 수가 없고, 반대를 하려하나 현하지변을 가지고도 쓸 데가 없"는 당위성을 지니는 생각이다. 까마귀의 다음 말은 인간의 삶이 얼마나 주관적인 인간중심적 세계관에 기초하고 있는가를 단적으로 보여준다.

"사람들은 우리 소리를 듣고 흉한 징조라 길한 징조라 함은 저희들 마음대로 하는 말이요, 우리에게는 상관없는 일이라. 사람의 일이 흉하든지 길하든지 우리가 울 일이 무엇 있소? 그것은 사람들이 무식하고 어리석어서 저희들이 좋지 아니한 때에 흉하게 듣고 하는 말이로다. (…중략…) 무슨 소리든지 사람이 근심 있을 때에 들으면 흉조로 듣고, 좋은 일 있을 때에 들으면 상서롭게 듣는 것이라. 무엇을 알고 하는 말은 아니요, 길하다 흉하다 하는 것은 듣는 저희에게 있는 것이요, 하는 우리에게 있는 것이 아니어늘, 사람들은 말하기를, 까마귀는 흉한 일이 생길 때에 와서 우는 것이라 하여 듣기 싫어하니, 사람들은 이렇듯 이치를 알지 못하는 어리석은 동물이라, 책망하여 무엇하겠소."[20]

생명을 지닌 존재는 똑같이 소중하다. 어떤 생명체든지 자연의 본성과 이치에 따라 삶을 영위하는 것이므로 근본적으로 한 생명체에 대해 이롭다거나 해롭다는 가치 판단은 있을 수 없다. 그럼에도 불구하고 인

---

20) 위의 책, 285~286쪽.

간은 유용성의 관점에서 생명체의 가치를 평가한다. 자신에게 이로운지 해로운지를 따지며 생명체의 가치를 저울질한다. 이로 인해 동일한 '까마귀'를 가지고도 자신의 상황에 맞추어 흉조, 또는 길조로 명명한다.

「금수회의록」은 인간중심적 세계관의 맹점을 인간 주체와 동물 객체의 위치 이동을 통해 보여준다. 인간 쪽에 편향되어 한 면만을 보느라 미처 보지 못했던 다른 한 쪽을 동물의 관점으로 시선을 돌림으로써 보다 균형 있는 감각으로 우리의 삶과 세계를 이해하게 한다. 비록 동물로의 관점 이동에는 당대 정치 현실을 풍자하려는 의도가 내포되어 있지만, 이 소설에는 생태주의의 원리가 용해되어 있다. 개화기라는 과도적 상황에서 인간과 자연의 관계를 새롭게 점검하고 생태적 삶의 실천 방향을 제시한 점이야말로 이 소설이 지닌 생태적 측면의 의의라 할 수 있다.

4) 개화기 소설의 생태 비평적 의의

생태 위기라는 시대적 상황 속에서 서구에서 유입된 생태주의는 우리의 전통적 사유와 크게 다르지 않다. 이것은 근대 지향 일변도로 살아온 우리에게 그동안 망각하고 있던 우리의 오랜 전통적 가치를 환기시켜 주었다. 이 장에서는 전근대와 근대의 접점이라 할 개화기 소설을 대상으로 자연관의 변모 양상을 고찰해보았다.

개화기에 시작된 자연관의 변모는 근대의 상징이라 할 기차의 등장에서 비롯된다. 자연의 질서를 가로지르는 기차의 속도감은 자연과의 조화로움을 도모해온 당대 사람들에게 도구적 이성의 위력을 실감시키고 이로써 인간 / 자연이라는 근대적 자연관을 형성시킨다. 하지만 비합리적으로 간주될 수 있는 속신이 개화기 소설의 주된 배경이나 모티프로 사용되고 있다는 사실로 미루어볼 때 근대 지향적 의식 세계의 이면에는 여전히 전통적 사고가 잔재함을 알 수 있다.

개화기 소설에 나타난 근대 지향적인 의식 세계와 전근대적 무의식 세계의 공존은 오늘날 한국 사회의 모습이기도 하다. 이로 미루어 동양 사상의 전통을 지닌 채 근대 문명 속에 살면서 한국인이 겪고 있는 갈등의 뿌리가 개화기에서부터 시작되고 있음을 알 수 있다. 근대를 지향한 100여 년의 시간 속에서 양자의 상충은 갈수록 약해졌지만 특수한 역사적 상황으로 인해 한국의 근대화는 뒤늦게 산업화 과정 속에서 본격화한 만큼 한국인의 삶은 아직도 양자의 길항 관계 속에 놓여 있다고 할 수 있다.

이러한 상황 속에서 「금수회의록」에 담긴 생태적 인식은 인간의 생존마저 위협받을 정도의 파괴적 현실 속에서 특히 돋보이는 소설이다. 소설 전반에 흐르는 자아실현이나 생명 중심적 평등성과 같은 생태적 원리는 개화기나 지금이나 시사해주는 바가 크다. 인간의 삶에서 가장 중요한 것은 모든 생명체가 똑같이 소중하다는 인식의 회복과 자연의 이치에 따라 자신의 본성에 충실하게 사는 것이 최상의 삶이라는 깨달음이다.

2. 1920년대 리얼리즘 소설에 나타난 자연인식

1) 「낙동강」과 생태주의

인류 역사상 인간과 자연은 상호 지배적 관계에 놓여왔다.[21] 문명화가 이루어지기 이전의 자연은 신성하고도 불가항력적인 대상이었다. 인간은 맹위를 떨치는 자연의 위력 앞에서 무기력하고 나약할 수밖에 없었다. 그러나 이성을 앞세우며 시작된 근대로 오면서 인간과 자연의 관계는 역전되기 시작한다. 과학적 이성에 의해 자연에서 신비한 요소가 제거됨으로써 자연은 더 이상 인간 위에 존재하는 영적인 존재가 아니라 유용성에 의해 가치가 결정되는 도구적 존재로 전락하고 만다. 하지만 근대의 신념이 한낱 허구에 불과했다는 사실이 낱낱이 밝혀지고 있는 오늘날, 자연과 인간의 관계도 반전하고 있다. 인간의 가학 속에 끝없이 침묵하리라 생각했던 자연은 이제 인간에게 받은 만큼 서서히 되돌려주기 시작한 것이다. 자연 자원의 고갈, 지구 온난화, 오염된 물과 공기, 지구의 사막화 등으로 상징되는 환경 위기는 끝없는 지배가 가능하리라고 착각한 오만한 인간을 향한 자연의 반격이다. 인간의 역사와 자연사가 다시 수렴하게 되는 이 지점에서 실추되고 망각되었던 자연의 가치가 다시 부각되고 있다.

자연을 다시 돌아보게 되면서 자연과 인간의 관계를 재정립하려는 논의도 활발히 진행되고 있다. 자연과 인간의 관계를 지배적 관점에서 보는 논의는 데카르트 이후 서구 사상의 기저를 이룬 이원론적 발상에

---

21) 테오도르 아도르노 · 막스 호르크하이머, 김유동 옮김, 『계몽의 변증법』, 문학과지성사, 2001, 31쪽 참조.

근거한다. 인간을 자연에서 분리시킴으로써 인간과 자연은 대립적 관계가 되었다. 주체/객체, 지배/피지배의 관계를 지닐 수밖에 없는 이러한 관계는 상호 대척적이다. 이에 비해 인간을 자연에 포함시킨 일원론적 관점에 설 때, 인간은 자연이라는 네트워크를 구성하는 하나의 그물코로 존재한다. 상호의존과 조화를 중시하는 자연의 한 부분으로서의 역할만 다하면 된다. 오늘날의 환경위기가 이원론적 구도에서 초래된 것이라는 반성이 일면서 최근 들어 인간과 자연의 관계를 일원론적인 관점에서 파악하고자 하는 인식이 확산되고 있다. 인간도 자연의 일부라는 사실을 인식하고 '자연 속의 인간'이라는 인간 본연의 겸손한 자리로 돌아가자는 자성의 목소리이다.

생태문학은 이러한 시대적 흐름에 부응하여 등장했다. 여러 가지 담론 중 인간의 감성에 호소하는 문학적 특성에 의존하여 이 시대에 절실하게 필요한 생태의식의 확산을 도모하자는 취지에서다. 하지만 생태주의의 문학적 수용이 있기 이전부터 문학은 끊임없이 인간과 자연, 인간과 인간의 관계에 대해 질문하고, 인간 존재의 근원을 탐구해왔다. 문학 텍스트 속에서 자연은 단순한 배경이 되기도 하고, 인간의 삶에 대한 비유적 기능을 담당하기도 하며, 때로는 작품의 근간을 이룰 정도로 중요한 역할을 하기도 한다. 인간과 자연의 관계를 새롭게 자리매김하려는 오늘날, 문학 텍스트에 나타난 자연 공간의 의미를 재발견할 필요가 있다. 문학 텍스트에 나타난 인간과 자연의 관계를 재고찰하고 이를 통해 인간과 자연이 조화롭게 공생할 수 있는 대안적 세계를 마련해보아야 할 것이다.

이 장에서는 조명희의 소설 「낙동강」에 나타난 자연인식을 살펴보고자 한다. 「낙동강」을 고찰 대상으로 삼은 까닭은 소설 전면에 드러난

이념 지향성에도 불구하고 '낙동강'이라는 자연 공간이 소설 전체를 지지해주는 중심 요소로 작용하기 때문이다. 그러므로 여기에서는 자연 공간은 이 소설에서 어떠한 의미를 지니는지, 또 이러한 의미를 지니게 된 이유는 무엇인지를 고찰할 것이다. 이와 함께 이것은 당대의 다른 소설에 나타난 자연인식과 어떠한 차이가 있고, 전통적 자연관과는 어떻게 다른지도 살펴볼 것이다.

2) 자연 공간의 상실과 사회생태주의적 인식

소설 「낙동강」[22]은 1920년대 중반 이른바 신경향파 소설의 특징과 그 한계가 극복되는 과정에서 가장 주목되었던 작가 조명희의 소설이다. 이 소설은 궁핍한 삶의 현실과 그 속에서의 수난을 그렸던 초기성향에서 벗어나 계급적인 이념의 구현이라는 분명한 지향점을 드러내기 시작한 작품[23]으로 평가된다. 당대의 모순된 현실을 인식하고 그 모순을 타개하기 위해 실천적으로 투신하는 한 인물의 삶을 조명한, 프로문학의 전범이라 할 만하다.

그러나 이 소설에서 주목할 만한 점은 그 이념지향성에도 불구하고 이러한 이념을 지탱해 주는 요인이 자연 공간이라는 사실이다.

> 낙동강 칠백 리 길이길이 흐르는 물은 이 곳에 이르러 곁가지 강물
> 을 한몸에 뭉쳐서 바다로 향하여 나간다. 강을 따라 바둑판 같은 들
> 이 바다를 향하여 아득하게 열려 있고 그 넓은 들 품안에는 무덤무덤

---

22) 본 연구에서 고찰 대상으로 삼은 텍스트는 범우비평문학 8 『낙동강(외)』(범우사, 2004)임을 밝혀둔다.
23) 권영민, 『한국 현대문학사』, 민음사, 2002, 349~350쪽.

의 마을이 여기저기 안겨 있다.

이 강과 이 들과 저기에 사는 인간 — 강은 길이길이 흘렀으며, 인간도 길이길이 살아왔었다. 이 강과 이 인간, 지금 그는 서로 영원히 떨어지지 않으면 아니 될 건가?

인간과 자연은 본래 하나의 유기체로 존재했다. 대지는 인간에게 노력한 만큼 풍성한 수확을 안겨주었고, 자연의 품에 안겨 있는 인간은 자연이 주는 선물을 고맙게 받아 누렸다. 그러한 모습은 어머니와 자식의 관계에 비유된다. '낙동강'의 "철렁철렁 넘친 물"이 "만 목숨 만만 목숨의 젖"이 되어 그 곳에 사는 사람들의 생명의 근원이 되었다는 것이다. 그러나 자연과 인간의 친화적 관계는 '낙동강'이라는 자연 공간의 상실로 파괴되어 버린다.

이네의 조상이 처음으로 이 강에 고기를 낚고, 이 벌에 곡식과 열매를 딸 때부터 세지도 못할 긴 세월을 오래오래 두고 그네는 참으로 자유로웠었다. 서로서로 노래 부르며 서로서로 일하였을 것이다. 남쪽 벌도 자기네 것이요, 북쪽 벌도 자기네 것이었었다. 동쪽도 자기네 것이요, 서쪽도 자기네 것이었었다.

그러나 역사는 한 바퀴 굴렀었다. 놀고먹는 계급이 생기고, 일하여 먹여주는 계급이 생겼다. 다스리는 계급이 생기고, 다스려지는 계급이 생겼다. 그러므로부터 임자 없던 벌판이 임자가 생기고 주림을 모르던 백성이 굶주려가기 시작하였다. 하늘에 햇빛도 고운 줄을 몰라가게 되고, 낙동강의 맑은 물도 맑은 줄을 몰라가게 되었다.

문명의 발전을 가능케 했던 사회제도는 '지배와 위계'를 발판으로 한

다. 인간 공동체인 사회를 유지하기 위해 '지배 / 피지배'라는 계급구조
는 불가피하다. 인류의 역사를 간추린 듯한 이 짧은 글 속에는 '지배'의
개념이 유입되면서 지배 계급의 이익을 위해 다수의 인간과 자연이 객
체적 존재로 전락하는 과정이 묘사되어 있다.

　인간이 자연인으로 존재하던 시절, 자연은 내재적 가치를 지닌 본연
의 모습 그대로 존재했다. 인간과 자연 사이에는 어떠한 경계도 없었고,
상호 밀접한 관계를 맺고 있었다. 인간과 자연은 서로 교감할 수 있었
고, 조화로운 공생이 가능했다. 소유의 개념에서 자유로웠기 때문에 인
간 간에도 어울림과 협동이 있었다. 그러나 이와 같은 조화로움은 문명
의 발달로 인한 사유재산 제도의 도입으로 점차 깨지기 시작한다. 인간
과 더불어 살아 숨쉬던 '땅'은 재산의 정도를 가늠하는 허상이 되어 한
갓 인간의 욕망을 만족시키는 도구로 전락하였고, 사회에서도 소수의
사람들을 위해 다수의 인권이 유린되는 상황이 발생한다.

　'낙동강 주변의 논'이 '재산'으로 바뀌게 되는 과정을 하야까와[24]를
빌려 요약하면 [표 1]과 같다. 1은 사람들이 직접적으로 접촉하는 실제
대상이다. 사람들은 두뇌작용을 통해 이것에 대해 지각한다. 그리고 의
사소통을 위해, 또는 본인 스스로 명확하게 인지하기 위해 3과 같이 지
각한 대상물에 이름을 붙인다. 이름이 붙여지는 순간 '낙동강 논'은 사
실세계에서 벗어나 상징의 세계로 들어선다. 4는 낙동강 논, 영산강 논,
대동강 논 등처럼 여러 지역의 논이 지닌 모양, 기능 등을 살펴 이들에
게 드러나는 공통점을 중심으로 '논'이라 명명한 것이다. 이 단계에서
는 '낙동강 논'만이 지닌 독특한 특성은 사라져 버리고, '논'이 지닌 전

---

24) 사무엘 I. 하야까와, 김영준 옮김, 『의미론』, 현음사, 1982, 151쪽.

반적 특성만 부각된다. 이것은 또다시 5에서처럼 논과 유사한 밭, 임야 등이 지닌 공통점을 바탕으로 '땅'이라는 이름이 붙는다. 이 단계에서는 그 사회의 특정 가치관이나 이데올로기가 개입되어, 그 대상물이 사회 구성원에게 어떠한 의미가 있는가에 따라 추상화 과정이 다르게 전개된다. 사유재산에 바탕을 둔 사회에서는 '땅'이 흔히 '재산'으로 분류된다. '땅'은 그 자체로 수확물을 제공할 수 있고, 환금성으로서의 가치도 있기 때문이다. 그러므로 이것은 유사한 특성을 지닌 다른 대상물들과 함께 '부(富)'라는 범주로 묶인다. 그렇게 해서 '땅'을 소유한다는 것은 '부(富)'를 의미하게 되는 것이다.

[표 1] 추상의 사다리

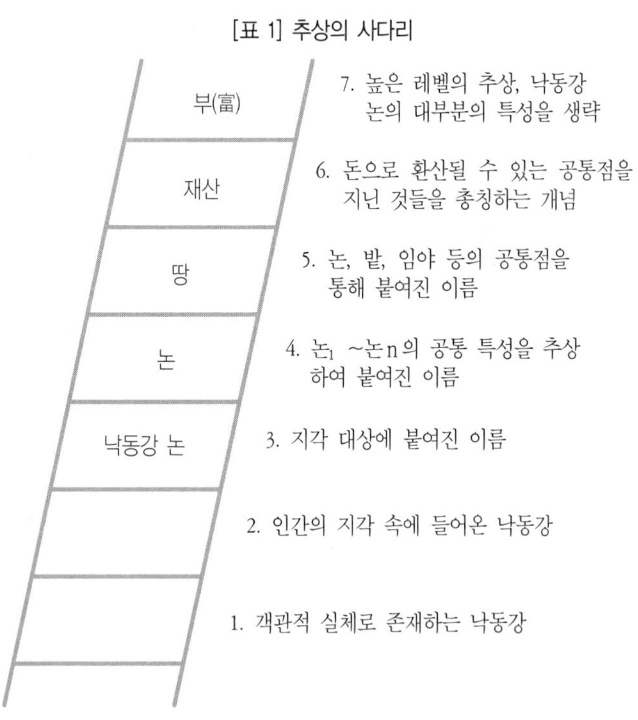

1에서 7에 이르는 추상화 단계 중 많은 문제가 발생하는 단계가 5에서 7이다. 이 단계에서 '땅'은 내재적 가치를 상실하고 인간을 위한 도구적 존재가 된다. 자연과 인간이 오랫동안 맺어왔던 공존적 관계에서 벗어나 인간 주체/자연 객체라는 관계로 전환한다. 이때부터 자연은 인간중심적 세계관에 의해 희생되고 파괴되는 역사 속으로 들어간다. 또한 '땅'이 '부(富)'라는 인식은 인간의 탐욕을 조장하는 폐해를 낳는다. 가지지 못한 자에게는 갖고 싶은 욕망을, 가진 자에게는 더 가지고 싶은 욕망을 불러일으킨다. 그리하여 이러한 욕망을 충족하기 위해 주체/객체, 지배/피지배의 구두가 공고해진다.

'낙동강'이라는 자연 공간은 추상화 과정을 통해 '부'의 상징으로 탈바꿈되면서 강자의 탐욕을 위해 존재하는 도구가 된다. 이와 함께 낙동강을 생명의 터전으로 삼아 살아온 다수의 힘없는 농민들도 변화를 겪는다. 자연과 동화되어 자연의 생명력을 누리며 살던 그들은 노예, 농노, 노동자가 되어 지주와 일제를 위한 도구적 존재로 전락한다.

여기에서 알 수 있듯이 자연과 다수 약자의 객체화는 동일선상에서 진행된다. 자연과 약자 인간은 강자의 욕망을 충족시키기 위한 대상이 되어 압제와 핍박의 굴레에서 벗어나지 못한다. 이는 사회생태주의자들의 인식과 유사하다. 사회생태주의자들은 환경 파괴를 통제와 지배라는 사회문제와 관련된 것으로 본다. 그들은 인간의 지배와 자연의 파괴가 몇몇 인간이 타자에 대해 지배하고 통제하는 '지배'와 '위계'라는 사회적 유형에서 나온다고 주장한다. 사회구조가 타자의 이익을 위해 사회 구성원을 억압하도록 기능하며, 이 억압적인 사회구조가 자연계에 대한 지배를 강화시킨다는 것이다. 그러므로 인간에 의한 자연의 지배는 인간에 의한 인간의 지배에 뿌리를 둔다.[25] 이것은 어느 한 사회에서뿐만 아니라 국가 간에도 나타난다. '우월한' 국가는 국력을 앞세워 '열등한' 국가에 대한 횡포를 서슴지 않는다. 소수 국가의 국익을 위해 다수 국가의 국민은 궁핍과 고통에서 벗어나지 못한다. 당대 한국인들은 내적으로는 지주에게, 외적으로는 일제에게 대상화됨으로써 이중의 수탈을 받아야 했다. 그리하여 끝내 지주와 일제의 착취와 강탈을 견디지 못해 나라 밖으로 "표박되어 나가"게 된 당대 상황에서 보듯이, 주체 / 객체, 지배 / 피지배라는 위계서열적 사회구조는 약자를 주체에게 종속된 객체로 만드는 요인이 된다.

따라서 이와 같은 파괴적 상황에서 벗어나 주체적 지위를 찾기 위해서는 '위계서열적 지배구조'에서 벗어나야 한다. '위계와 서열'에 바탕을 둔 사회구조를 비판하고, 강자의 횡포에 맞서 싸워야 한다. 그러므로 이 소설은 투쟁의 방식을 지향한다. "야학"을 통해 '위계서열적 구조'의 부당함을 인식시키는 한편, "소작 조합을 만들어 가지고 지주 더구나 대지주인 동척의 횡포와 착취에 대하여 대항운동을 일으"킨다. 이른바 주체 / 객체가 아닌 평등 사회를 이루기 위해서 필요한 것이 정신적 계몽과 실천임을 강조하는 것이다.

이것은 사회생태주의에서 제시하는 이념 구체화 프로그램 논제와도 연관된다. 이념 구체화 프로그램이란 산업주의와 자본주의 문명이 초래한 파괴 상황에서 벗어나도록 해주는 구체적이고 실천적인 전략을 말한다. 이 소설 속에는 산업주의나 자본주의 문명에 대한 비판의식이 아직은 분명하게 서있지 않지만, 미약하나마 자본주의에 대한 비판이 제시되어 있을 뿐만 아니라 파괴 상황을 극복할 수 있는 실천 전략이 제

---

25) 머레이 북친, 박홍규 옮김, 『사회생태주의란 무엇인가』, 민음사, 1998, 11쪽과 조세프 데자르뎅, 김명식 옮김, 『환경윤리』, 자작나무, 1999, 370~372쪽 참조.

시되어 있다는 점에서 볼 때 사회생태주의의 이념이 용해되어 있다고 할 수 있다. 구체적으로는 자연과 약자 인간의 침탈을 동일선상에 놓고 혁명을 통해 자유가 만개하기를 꿈꾼다는 점에서 사회생태주의의 한 갈래인 생태아나키즘의 양상을 띤다.[26]

소설 속에 제시된 투쟁은 낙관적 믿음에 기초하고 있다. '낙동강' 주변에 있는 땅이 왜곡되고 변질되었더라도 자연 공간 '낙동강'은 생명력을 잃지 않고 끊임없이 흘러가듯이, '낙동강'의 강인한 생명력을 받고 살아온 농민과 같은 약자들의 삶 또한 다시 소생할 것이라는 신념이다. 다음은 이를 잘 보여준다.

> 병든 성운을 둘러싼 일행이 낙동강을 건너 어둠을 뚫고 건넌 마을로 향하여 가던 며칠 뒤 낮결이었다. 갈 때보다도 더 몇 배 긴긴 행렬이 마을 어귀에서부터 강 언덕을 향하고 뻗쳐 나온다. 수많은 깃발이 날린다. (…중략…) 이루 다 세일 수가 없다. 그 가운데에는 긴 시구같이 이렇게 벌려서 쓴 것도 있었다.
>
> "그대는 평시에 날더러, 너는 최하층에서 터져나오는 폭발탄이 되라, 하였나이다.
> 옳소이다. 나는 폭발탄이 되겠나이다.
> 그대는 죽을 때에도 날더러, 너는 참으로 폭발탄이 되라, 하였나이다.
> 옳소이다. 나는 폭발탄이 되겠나이다."
> 이것은 묻지 않아도 로사의 만장임을 알 수 있었다.
> 이 해의 첫눈이 푸뜩푸뜩 날리는 어느 날 늦은 아침, 구포역에서 차가 떠나서 북으로 움직이어 나갈 때이다. 그차가 들녘을 다 지나갈 때까지, 객차 안 동창으로 하염없이 바깥을 내어다보고 앉은 여성이

---

26) 한면희, 『동아시아 문명과 한국의 생태주의』, 철학과현실사, 2009, 52~54쪽 참조.

하나 있었다. 그는 로사다. 아마 그는 돌아간 애인의 밟던 길을 자기도 한번 밟아보려는 뜻인가보다. 그러나 필경에는 그도 멀지 않아서 다시 잊지 못할 이 땅으로 돌아올 날이 있겠지.

낙동강을 배경으로 펼쳐지는 주인공 '성운'의 장례식 행렬이다. "갈 때보다도 더 몇 배 긴 행렬"이라든가, 공중에 나부끼는 "수많은 깃발"은 '성운'이 대다수 약자의 절대적 지지를 받고 있음을 말해준다. 비록 그의 몸은 세상을 떠났지만 그의 정신은 살아 큰 힘으로 결집되고 있는 모습이다. 또한 "최하층에서 터져나오는 폭발탄"이 되겠다고 다짐하는 '성운'의 연인 '로사'가 '성운'의 전철을 그대로 이어간다는 사실도 그의 죽음이 수많은 사람들의 잃어버린 생명력을 회복하는 밑거름으로 작용하고 있다는 사실을 보여준다.

그러나 소설 속에서 이와 같은 주제의식의 형상화는 다소 미흡하다. 당대의 현실적 갈등이나 모순, 일제의 침탈과 수탈상, 그리고 작중인물 '성운'의 운동 과정 등이 요약이나 작가의 교술적 논평 등의 방식으로 개괄되고 있을 뿐, 구체적인 체험 속에 녹아 있지 못하다. 다시 말해 당대 현실에 드러난 모순의 핵심을 포착하고는 있으나 민중의 구체적인 체험 속에 녹여내지 못했고, 작중 인물이 보여주는 투쟁 또한 사실적이고 역동적인 실체로서가 아니라 투쟁의 당위성을 예증하는 하나의 알레고리, 혹은 작가가 내세운 관념의 의인화로 드러나 있을 뿐이다.[27]

이에 비하면 '낙동강'이라는 자연 공간에 대한 형상화는 한결 구체화되어 있다. '낙동강' 변에 대한 지형적 묘사로 시작해서, '낙동강'에 대

---

27) 변경화, 「포석 조명희의 「낙동강」」, 정덕준 편, 『조명희』, 새미, 1999, 216~217쪽, 정한숙, 『한국현대소설론』, 고려대학교출판부, 1986, 76쪽 참조.

한 애착을 담은 노래가 삽입되고, 이어 주인공 '성운'이 사경을 헤매는 몸으로 출옥하면서도 낙동강 물속에 손을 넣으며 "히스테리컬한 모양으로 핏대를 올려가지고 합창을 하"는 장면에 대한 묘사에 이르기까지 '낙동강'과 관련된 묘사는 오히려 사건의 전개보다 탁월해 보인다. 이와 같은 사실은 이 소설 속에서 자연 공간이 갖는 의미가 주제의식 못지않게 중요하다는 것을 의미한다. 강자에 대한 저항을 소설 전면에 내세우고 있더라도 이것의 근간을 이룰 뿐 아니라 소설의 구심점으로 작용하는 것이 자연인식이라는 사실을 은연중에 드러내고 있다는 것이다.

3) 조국의 환치로서의 자연

앞에서 고찰했듯이 「낙동강」에서 자연 공간의 의미는 각별하다. 여기에서 '낙동강'은 단순한 배경으로 설정된 공간이 아니라 특별한 의미를 지닌 공간으로 비춰진다.

> 천 년을 산 만 년을 산
> 낙동강! 낙동강!
> 하늘가에 간들
> 꿈에나 잊을쏘냐
> 잊힐쏘냐아-하-아

노래는 끝났다. 성운은 거진 미친 사람 모양으로 날뛰며, 바른 팔소매를 걷어들고 강물에다 잠그며(정구며), 팔로 물을 저어 보기도 하며, 손으로 물을 만지기도 하고 끼얹어 보기도 한다. 옆 사람이 보기에 딱 하던지,

　　"이 사람, 큰일났구만. 이 병인이 지금 이 모양에, 팔을 찬 물에 다
정구고 하니, 어쩐 말고."
　　"내사 이래다 죽어도 좋다. 늬 너머 걱정마라."
　　"늬 미쳤구나…… 백죄……."
　　그럴수록이 병인은 더 날뛰며, 옆에 앉은 여자에게 고개를 돌려
　　"로사 늬 팔 걷어라. 내 팔하고 같이 이 물에 정궈보자. 의."
　　여자의 손을 잡아다가 잡은 채 그대로 물에다 담그며 물을 저어본다.
　　"내가 해외에 가서 다섯 해를 떠돌아다니는 동안에도, 강이라는 것
이 생각날 때마다 낙동강을 잊어본 적은 없었다……. 낙동강이 생각
날 때마다, 내가 이 낙동강 어부의 손자요 농부의 아들임을 잊어본
적도 없었다……. 따라서 조선이란 것도."

　　작중 인물 '성운'은 자신의 고향인 '낙동강'에 대한 애착이 지대하다.
일제의 침탈을 피해 해외를 떠돌아다니면서도 낙동강은 절대적 그리움
의 대상이었다. 예문은 '성운'의 '낙동강'에 대한 애착이 얼마나 절대적
인 것인지 잘 보여준다. 일제에 대한 저항을 선도한 주동자라는 혐의로
경찰당국에게 지독한 고문을 당하고 수감되었다가 병이 심해져 출소하
는 상황에서도 '낙동강'에 대한 강한 애정은 일종의 종교적 색채까지
띤다. 그에게 '낙동강'은 단순한 고향이라기보다 우주의 중심이다. 그가
어디에 있든지 고된 삶을 지탱해주는 원동력이 되고 있는 것이다.[28]
　　인간의 고향에 대한 근원적인 애착은 범세계적인 현상이다.[29] 이것

---

28) 대부분 어느 곳에서나 인간 집단은 그들 자신의 고향을 세계의 중심으로 간주하는 경
　　향이 있다. 자신들이 중심에 있다고 믿는 민족은 은연중에 그들의 위치가 상당한 가치
　　를 가지고 있다고 주장한다(이피투안, 구동회 · 신승희 옮김, 『공간과 장소』, 도서출판
　　대윤, 1995, 239쪽).
29) 예를 들면 '뿌리내림'은 고대 그리스인과 로마인들의 이상이었다. 이들에게 공간은 신
　　성불가침의 경계를 가지고 있었다. 모든 영역은 신들의 감시 아래에 있었고, 경작되지

은 문화권이나 사회체제와 무관하다. 도시민이든 농촌 사람이든, 문자를 지닌 민족이든 비문자 민족이든, 그리고 수렵인이든 정착민들이든 고향은 정감어린 기록의 저장고로서, 지친 인간에게 일어설 힘을 주는 신화적 공간으로 존재한다. 이와 같은 근원적 정서는 문명이 발전한 곳에서도 여전히 지속되고 있다. 세월이 흘러도 거의 변화하지 않으며 문화에 따라서도 별 차이가 없다.[30]

이것은 토포필리아[31]와 관련을 맺는다. 토포필리아가 형성되는 이유는 그 곳이 근본적인 필요들을 무리 없이 보장받을 수 있는 편안한 장소라는 데에 기인한다. 그 곳은 특별한 인간관계의 친밀감에서 오는, 자궁 속의 포근함과 같은 포근함이 있다. 인간에게 있어서 친밀한 장소란 대체로 자신이 태어난 고향이다. 고향은 친숙함과 편안함, 양육과 안전의 보장, 소리와 냄새에 대한 기억과, 오랜 시간 축적되어 온 공동의 활동과 편안한 즐거움에 대한 기억을 환기[32]시키는 곳이기 때문이

않는 토지가 그 경계를 표시해주었다. 고대에는 토지와 종교가 밀접히 연관되어 있어서 가족은 하나를 포기하면 다른 하나도 포기해야 했다. 땅에서 추방당하는 것은 가장 나쁜 것이었다. 추방은 물리적 부양수단을 박탈할 뿐만 아니라 종교를, 그리고 토속신에 의해 보장되던 법률적 보호를 박탈하는 것이었기 때문이다. 또한 그리스인들은 토속성을 소중하게 생각했다. 한 장소에서 오랫동안 고귀한 혈통을 이어오고 있다는 사실에서 아테네인들은 그들이 원주민임을 큰 자랑으로 여겼다(위의 책, 247쪽).

30) 조상에게 물려받은 토지에 대한 강한 애착은 비옥한 토지가 제공하는 식량의 원천으로서의 가치 때문만은 아니다. 조상이 살았고, 싸웠고, 묻힌 토지는 그 자체로 가장 심오한 감정을 불러일으키는 대상이다. 미국 원주민이 워싱턴의 주지사 스티븐스에게 토지를 양도해야만 할 때 했던 인디언 추장의 연설에서도 보듯이 조상이 물려 준 모든 언덕과 계곡, 평원과 숲은 종족의 아름다운 기억이나 슬픈 경험들로 신성시된 공간이 된다(위의 책, 247~250쪽 참조).

31) 토포필리아(topophilia)는 지형이나 장소를 의미하는 토포스(topos)와 필리아(philia)의 합성어로서 이피투안의 신조어이다. 이것은 장소애뿐 아니라 인간을 둘러싼 자연적, 인공적 환경을 장소로 바꾸는 성향도 포함하는 개념이다. 인간은 다양한 경험을 통하여 미지의 공간을 친밀한 공간으로 바꾼다. 낯선 공간이 구체적이고 자신과 직접적 관련이 있는 낯익은 장소가 되는 것이다.

다. 「낙동강」의 작중인물 '성운'의 행동은 이러한 점에서 이해될 수 있다. 그의 고향에 대한 강한 애착은 뼈와 근육에 기록된 토포필리아에서 연유된 것이다.

　그러나 이 소설에서 '낙동강'이라는 자연 공간은 '망국'이라는 시대적 상황과 결부해 볼 때 또 다른 의미를 지닌다. "낙동강이 생각날 때마다, 내가 이 낙동강 어부의 손자요 농부의 아들임을 잊어본 적도 없었다……. 따라서 조선이란 것도"에서 '낙동강'은 '조선'으로 환유이다.

　그가 처음으로, 자기 살던 옛 마을을 찾아와 볼 때에 그의 심사는 서글프기 가이 없었다. 다섯 해 전 떠날 때에는 백여 호 대촌이던 마을이 그동안에 인가가 엄청나게 줄었다. 그 대신에 예전에는 보지도 못하던 크나큰 함석 지붕집이 쓰러져가는 초가집들을 멸시하고 위압하는 듯이 둥두렷이 가로 길게 놓여 있다. 그것은 묻지 않아도 동척 창고임을 알 수 있다. 예전에 중농(中農)이던 사람은 소농(小農)으로 떨어지고, 소농이던 사람은 소작농(小作農)으로 떨어지고, 예전에 소작농이던 많은 사람들은 거의 다 풍지박산하여 나가게 되고 어렸을 때부터 정들었던 동무들도 하나도 볼 수 없었다. 그들은 모두 도회로, 서북간도로, 일본으로, 삼지사방 흩어져 갔다. 대대로 살아오던 자개네 집터에는 옛날의 흔적이라고는 주춧돌 하나 볼 수 없었고(그 터는 지금 창고 앞마당이 되었으므로), 다만 그 시절에 사립문 앞에 있던 해묵은 느티나무만이 지금도 그저 그 넓은 마당터에 호로 우뚝 서 있을 뿐이다. 그는 쫓아가서, 어린아이 모양으로 그 나무밑둥을 껴안고 맴을 돌아보았다. 뺨을 대어보았다 하며 좋아서 또는 슬퍼서 어찌할 줄을 몰랐다. 그는 나무를 안은 채 눈을 감았다. 지나간 날의 생각이

---

32) 위의 책, 255쪽 참조.

실마리같이 풀려나간다. 어렸을 때에 지금 하듯이 껴안고 맴돌기, 여름철에 꼭대기까지 기어 올라가 매미 잡다가 대머리 벗겨진 할아버지에게 꾸지람당하던 일, 마을의 젊은이들이 그네를 매고 놀 때엔 자기도 그네를 뛰겠다고 성화받치던 일, 앞집에 살던 순이란 계집아이와 같이 나무그늘 밑에서 소꿉질하고 놀 제 자기는 신랑이 되고 순이는 새악시 되어 시집가고 장가가는 흉내를 내던 일, 그러다가 과연 소년 때에 이르러 그 순이란 새악시와 서로 사모하게 되던 일, 그 뒤에 또 그 순이가 팔려서 평양인가 서울로 가게 될 제. 어둔 밤, 남모르게 이 나무 뒤에 숨어서 서로 붙들고 울던 일, 이 모든 일이 다 생각에서 떠들아 지나가자 그는 흐르륵 느껴시는 숨을 길게 한 번 내어쉬고는 눈을 딱 떴다.

주인공 '성운'이 나고 자란 '낙동강'은 변화무쌍한 자신의 삶 속에서도 영원히 변치 않는 안식처로 존재한다. 느티나무를 껴안고 맴돌던 일에서부터 매미 잡다 혼난 일, 그네를 타고 싶어 성화했던 일, 또 첫사랑 순이가 팔려 가게 되어 나무 뒤에서 울던 일 등, 고향에서 있었던 모든 일은 그의 뼈와 근육에 깊숙이 기록되어 잠재의식적인 애착으로 남아 있다. 그가 느꼈던 모든 친밀한 감각들로 인해 이곳은 "가치의 안식처이며, 안전과 애정을 느낄 수 있는 고요한 중심"33)으로 작용한다.

그러나 이제 "옛날의 흔적이라고는 주춧돌 하나 볼 수 없"는 그곳에서의 모든 일들은 기억으로만 남아 있을 뿐이다. 인간과 자연, 인간과 인간이 한데 평화롭게 어울리던 고향은 현실에서 부재한다. 강력한 대지주인 일본의 등장으로 모든 공존적 관계는 깨어져 버리고, 함께 했던 공간과 사람들 또한 객체적 존재로 전락해버렸기 때문이다. 그러므로

---

33) 위의 책, 7~8쪽.

‘낙동강’이라는 자연 공간의 상실은 ‘조국’의 상실에서 비롯된다. ‘망국’에 의해 주권을 잃어버렸기 때문에 고향 또한 잃어버리게 된 것이다. 이러한 연유에서 고향 ‘낙동강’은 ‘조국’의 환유가 된다.

이것을 표로 정리하면 다음과 같다.

[표 2] 조국의 환치로서의 낙동강

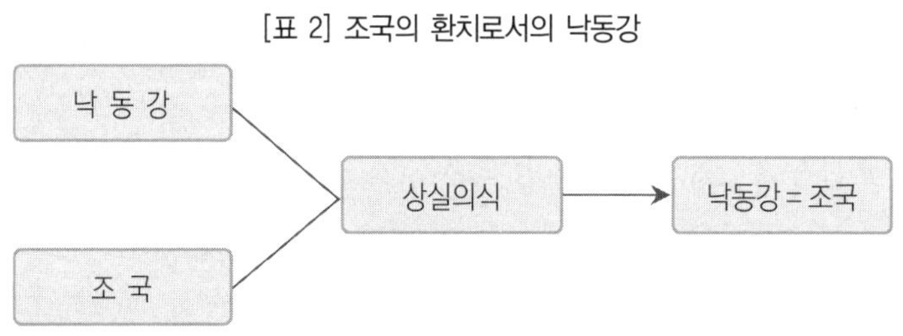

이처럼 ‘조국’이라는 관념적 실체가 ‘낙동강’이라는 실제적 공간과 동일시되면서 조국에 대한 그리움은 추상적이 아니라 구체적이고 실제적인 감각으로 지각된다. 조상들의 삶의 흔적과 어린 시절의 기억이 고스란히 담겨 있는 친밀한 안식처 고향이 부재한다는 절망감과 허탈감이 조국을 잃은 감정으로 전이되어 뼛속 깊은 상실감을 가져온다. “중농(中農)이던 사람은 소농(小農)으로 떨어지고, 소농이던 사람은 소작농(小作農)으로 떨어지고, 예전에 소작농이던 많은 사람들은 거의 다 풍지박산하여 나가게 되고 어렸을 때부터 정들었던 동무들도 하나도 볼 수 없”는 데서 오는 박탈감은 그대로 조국을 잃은 박탈감이다. 그리고 어린 시절 체험했던 아름다운 기억과 슬픈 기억 모두를 저당 잡혀 버렸다는 고아의식은 어머니 조국을 잃은 고아의식으로 나타난다.

소설 「낙동강」에 나타난 조국의 환치로서의 자연의 모습은 일제강점기 소설에 나타난 자연인식의 한 양상으로 자리매김한다.

4) 「낙동강」의 생태 비평적 의의

생태계 파괴 현실 속에서 자연의 가치가 부각되면서 인간과 자연의 관계를 재정립하려는 논의가 활성화되고 있다. 문학 또한 예외가 아니다. 하지만 문학은 생태주의를 수용하기 이전부터 끊임없이 인간과 자연의 관계를 작품 속에 그려왔다. 단순한 배경적 차원에서부터 작품의 중심 기능을 담당하는 데 이르기까지 문학 속에서 자연 공간은 다양한 양상으로 수용되어 왔다. 본 연구는 이 점에 주목하여 조명희의 「낙동강」에 나타난 자연인식을 고찰해 보았다.

「낙동강」의 이념 지향성 이면에 내재된 것은 사회생태주의의 인식이다. 이 소설은 자연 파괴와 인간 파괴를 위계 서열의 지배관계에서 비롯된 것으로 간주하는 사회생태주의의 인식을 선취하고 있다. '낙동강'이라는 자연 공간의 객체화는 그 곳을 터전으로 하여 삶을 영위해가는 대다수 약자 인간의 객체화와 맞물려 있다. 양자 모두 지주 또는 일제에 의해 도구적 존재로 전락한다. 따라서 이 소설에 나타난 투쟁지향성은 자연과 인간의 잃어버린 생명력을 회복하기 위한 실천적 기제이다.

사회생태주의적 인식과 함께 이 소설에서 주목할 만한 것이 토포필리아다. 고향에 대한 애착이 망국이라는 시대적 상황과 맞물리면서 '낙동강'이라는 자연공간은 조국으로 환치된다. 이처럼 '조국'이라는 관념적 실체가 '낙동강'이라는 실제적 공간과 동일시되면서 조국에 대한 그리움은 추상성을 탈피하여 구체적이고 실제적인 감각으로 지각된다. 그리하여 망국의 상황은 더욱 절실한 아픔으로 체감될 수 있는 것이다.

3. 1930년대 소설에 나타난 자연인식

1930년대는 한국 문학사에서도 중요하지만 생태 비평적 측면에서도 중요하게 다루어질 수 있는 시기이다. 이 시기 들어 경성은 도시의 면모를 갖추게 되었고, 한국인의 삶도 근대 문명 속으로 편입되기 시작한다. 하지만 서구에서 오랜 기간에 걸쳐 진행되었던 근대화를 한국 사회에 짧은 기간 무리하게 적용한 결과 사회 전반에는 반근대, 항근대적 정서가 형성된다. 이와 함께 일제의 군국주의가 강화되고 사상적 탄압이 자행되면서 조직적 저항이 불가능해면서 내선일체론과 황민화 정책에 대한 대응의 일환으로 전통에 대해 관심을 갖는 경향이 나타나게 되었다. 이러한 배경 속에서 전통의 재발견은 자연의 발견이라는 문학적 주제와 연결되면서 일정한 문학적 경향이 형성된다.[34]

1930년대 문학을 생태적 측면에서 고찰할 때 논의의 초점에 놓일 수 있는 것이 '자연인식'이다. 그러므로 여기에서는 근대의 기획이 본격화한 1930년대 문학에 투영된 자연 인식의 양상을 고찰하고, 이것이 기존의 전통적 자연 인식과 어떠한 관련을 지니는지 살펴보고자 한다. 또한 이 시기의 자연에 대한 인식은 고도의 산업화가 이루어진 오늘날의 자연인식과도 상관성이 있다고 여겨지므로 1930년대 소설에 나타난 자연인식의 현재적 의미도 아울러 살펴볼 것이다.

---

34) 권영민, 『한국현대문학사』, 민음사, 2002, 442쪽 참조.

1) 자연관의 유형

1930년대의 문학을 생태적 측면에서 고찰하기에 앞서 검토해봐야 할 것은 '자연'이라는 존재의 개념이다. 자연은 명사의 경우처럼 대상일 수도 있고, 동사의 경우처럼 동작일 수도 있다. 접속사의 경우처럼 어떤 관계일 수도 있고, 형용사의 경우처럼 어떤 성질일 수도 있다. 부사의 경우처럼 동작의 양식일 수도 있고, 감탄사의 경우처럼 어떤 감정의 표출일 수 있다.[35]

이처럼 '자연'에 내포된 다양한 개념 차이로 인해 문학작품을 생태적으로 해석할 때 연구자들 간에는 흔히 오해가 발생한다. 그 중에서도 특히 오해의 소지가 되는 것은 '자연'을 인간의 힘이 가해지지 않은 사물이나 지리적 환경에 국한하느냐, 아니면 인간을 포함한 모든 존재를 지칭하느냐 하는 문제와 관련되어 있다.

동양의 전통적 세계관에서 인간은 자연에 포함된다. 생태주의 또한 인간을 자연으로부터 분리시킨 이원론적 세계관의 폐해를 직시함으로써 일원론적 세계관의 회복을 주창한다. 언뜻 보면 동양사상이나 생태주의의 자연관이 일맥상통하는 듯하다. 그러나 면밀히 살펴보면 양자 사이에는 미묘한 차이가 있다. 일반적으로 생태주의의 "인간과 자연의 조화로운 공생 추구"가 일원론적 관점에 기초한다고 생각하지만, 이것은 인간을 자연으로부터 분리시킨 이원론적 관점에 근거한다. 이것은 인간을 자연 질서의 한 측면으로 봄으로써 대립이나 공존 개념이 논리적으로 불가능하다고 여기는 동양사상과는 분명히 차이가 난다. 그러므로 이원론과 일원론이라는 두 가지 자연관 외에도, 이원론적 관점을 견

---

35) 박이문, 『환경철학』, 미다스북스, 2002, 46쪽.

지하면서도 인간과 타 생명체의 공생을 추구하는 또 하나의 자연관을 추가할 필요가 있어 보인다. 그렇다면 자연관은 다음의 세 가지 유형으로 세분될 것이다.

[표 3] 자연관의 유형

이원론적 자연관	① 인간중심적 자연관
	② 공존적 자연관
일원론적 자연관	③ 전일적 자연관

세 가지 유형의 자연관 중 공존적 자연관에서의 자연은 형이상학적 개념이 제거된, 물리적 실체로서의 객관적 대상에 국한된다. 이것은 해나 달, 돌, 공기 등과 같은 무생물뿐 아니라, 인간을 제외한 모든 생물을 총칭한다. 여기에서 인간은 주체적 존재이지만, 다른 생명체에 대한 배려를 통해 조화로운 공생을 도모하는 생명체로 존재한다. 그러나 전일적 자연관에서는 인간이 자연에 완전히 용해되어 있다. 인간은 자연의 모든 사물현상들과 근본적으로 다르지 않으며, 우주 전체의 일부분에 불과하다. 인간과 자연의 구별과 대립은 불가능하고 무의미하다. 이러한 사상은 불교나 노장사상 등의 동양사상에서 두드러지게 나타난다. 불교의 '법신(法身)'이나 노장의 '도(道)'로 표현되는 '자연'은 눈에 보이는 물리적 실체로서의 대상물이 아니라, 절대적 의미로서의 전체를 가리키는 개념이다. 따라서 동양사상에서 인간이 자연에 동화된다는 것은 우주와 상호의존의 관계를 맺고 있는 불가분의 부분으로 돌아감으로써 존재와 본성을 부여받는 우주적 자아로 회귀함을 뜻한다.

생태계 훼손에 대한 자각 속에 형성된 생태학적 패러다임은 전일적 자연관보다는 공존적 자연관에 기초한다. 여기서는 주체로서의 인간이 강조된다. 생태패러다임이 근대를 비판하는 포스트모더니즘과 유사하면서도 포스트모더니즘과는 달리 인간 주체를 버리지 않는 것은 환경 위기를 해결하기 위해서 주체적 존재로서의 인간이 필요하다는 인식 때문이다. 절박한 환경 위기를 타개하기 위해서는 다소 관념적이고도 추상적인 전일적 인식보다는 구체적이면서도 실천적 양상으로 전개될 수 있는 공존적 인식이 중요하다고 보기 때문이다. 생태패러다임은 인간을 포함한 생물체들이 커다란 하나의 테두리 속에서 상호의존적 관계를 맺고 있다는 전일적 자연관을 인식의 저변으로 삼되, 인식론적 측면에서 다른 존재들과 분명한 차별성을 갖는 인간을 인정하여 자연과 환경을 지키자는 것이다.

그러나 한국인에게 있어서 전일적 자연관과 공존적 자연관은 흔히 혼융되어 있다. 자연과 인간을 하나의 틀 속에서 이해하고자 하는 태도가 우리의 삶에 깊이 잔재하기 때문이다. 오랜 기간 진행된 근대 체험과 이에 대한 비판을 통해 객관적 실체로서의 자연에 대한 '다시 보기'가 이루어진 서구와 달리, 짧은 근대를 체험한 현재 우리의 삶 속에는 전근대와 근대, 그리고 탈근대가 공존하고 있다. 이는 근대를 추종한 우리의 의식 세계와 달리 무의식 속에는 직관적이고 주관적인 동양사상의 전통이 연면히 이어지고 있음을 의미한다. 이러한 까닭에 한국 문학 속에 나타난 자연이 물리적 실체로서의 자연인지 전일적 자연인지 애매할 때가 많고, 전일적 자연을 지칭하는 경우에도 자연은 유토피아를 대신하는 기호 역할을 할 때도 적지 않다. 이 장에서는 이러한 점을 감안하여 1930년대 소설에 나타난 자연을 네 가지 유형으로 세분하여 구체적으로 고찰해볼 것이다.

2) 전근대적 주변인의 마음의 고향

　문명의 유입과 함께 인간과 자연 간에 거리가 생기면서 자연은 추상화된다. 하나의 대상물이 추상화되는 과정을 하야까와[36]를 빌려 요약하면 [표 4]와 같다. '초롱이'라는 이름을 가진 암소가 '부(富)'를 의미하기까지는 1에서부터 7까지의 추상화 과정을 거친다. 여기서 보듯이 어떤 존재가 추상화될수록 그것이 지니고 있던 개별적이고도 구체적인 특성은 사상되어버린다.

[표 4] 추상의 사다리

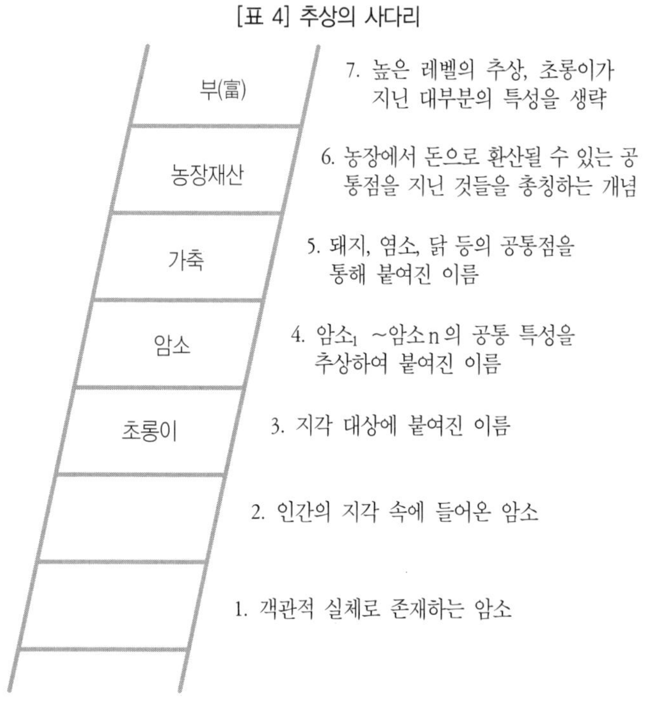

36) 사무엘 I. 하야까와, 김영준 옮김, 『의미론』, 현음사, 1982, 151쪽.

자연의 경우도 마찬가지이다. 물리적 실체로서의 자연물이 문명의 발달에 의해 인간과의 구체적 접촉을 잃어버리게 되면서 자연은 점차 추상화 과정을 거친다. 산천초목이나 하늘, 돌 등과 같은 개체적 특성을 지닌 존재가 생물, 또는 무생물이라는 이름 속에 포섭되고, 다시 우주 전체를 총칭하는 개념으로, 더 나아가 인류 문명의 발달로 인해 잃어버린 유토피아를 대행하는 하나의 기호로 전환하는 것이다. 이를 요약하면 [표 5]와 같다.

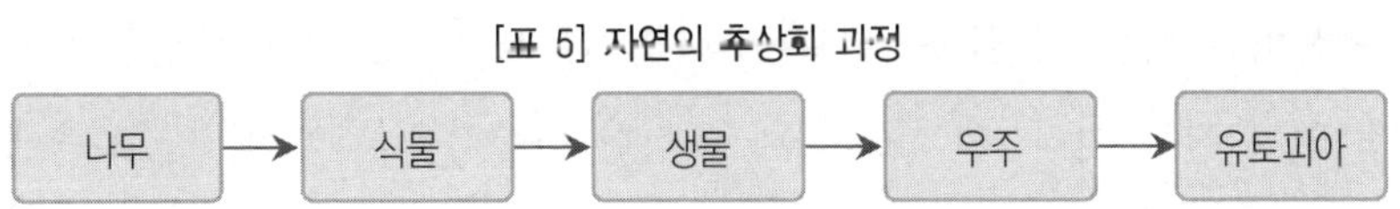

[표 5] 자연의 추상화 과정

그러므로 현대인의 의식 속에 떠오르는 자연은 객관적 실체로서의 자연이 아니라 관념화한 자연이다. 고대인들이 자연적 존재로서의 삶을 영위했던 데 비하여, 인공화한 삶을 영위하는 현대인들이 자연과 직접 교섭하는 것은 불가능하다. 현대인이 자연을 찾는 것은 그의 존재가 자연과 합치하기 때문이 아니라 자연과 대립해 있기 때문[37]이며, 그것은 자연이라는 기호가 대신하는 실낙원에 대한 그리움과 다르지 않다. 문명에 대한 염증이 심해질수록 이것은 더 선명해진다. 이효석의 소설에서 이러한 자연관을 살필 수 있다.

이효석의 문명관이 잘 드러난 소설이 「인간산문」이다. 이 소설에는 문명에 대한 생리적인 혐오감이 드러나 있다. "사람의 거리"로 표현되는 문명 세계는 "일종의 지옥 아닌 수라장"이다. 그 곳은 "쓰레기통 같

---

37) 최재서, 『문학원론』, 춘조사, 1957, 291쪽 참조.

은 거리, 개천 속 같은 거리, 개신개신하는 게으른 주부가 채 치우지 못한 방속”과 같이 어수선한 곳이다. 그 속에서의 삶 또한 “밑 빠진 독에 언제까지든지 헛물을 길어 붓듯이 영원히 그것을 되풀이하는 꼴”이다. 인류가 진보하리라던 신념과는 상반되게 근대 사회는 끝없는 혼란과 불안과 어지러움만이 있는 “쓰레기통 같은” 세계로 압축되고 있다.

「인간산문」에 구현된 문명 세계와 대척점에 있는 것이 「산」이나 「들」 등에 그려진 자연 세계이다. 그것은 쓰레기와 같은 문명을 피해 안주할 수 있는 귀의처로 그려진다. “돌을 던지면 깨금알같이 오드득 깨어질 듯한 맑은 하늘”이 있고 “수북 들어선 나무”가 “고요하게 무럭무럭 걱정 없이 잘들 자라는” “고요하나 웅장한 아름다운 세상”이다. 그 속에 거하는 인간의 삶 또한 산과 동화되어 있다.

> 눈에는 어느결엔지 푸른 하늘이 물들었고 피부에는 산냄새가 배었다. 바심할 때의 짚북더기보다도 부드러운 나뭇잎 — 여러 자 깊이로 쌓이고 쌓인 깨금잎 가랑잎 떡갈잎의 부드러운 보료 — 속에 몸을 파묻고 있으면 마치 땅에서 솟아난 한 포기의 나무다. 두 발은 뿌리요, 두 팔은 가지다. 살을 베이면 피대신에 나무진이 흐를 듯하다. 잠자코 섰는 나무들의 주고 받는 은근한 말을, 나뭇가지의 고개짓하는 뜻을, 나뭇잎의 소곤거리는 속심을, 총중의 한 포기로서 넉넉히 짐작할 수 있다. 해가 쪼일 때에 즐겨하고, 바람불 때 농탕치고, 날 흐릴 때 얼굴을 찡그리는 나무들의 풍속과 비밀을 역력히 번역해낼 수 있다. 몸은 한 포기의 나무다.
>
> — 이효석의 「산」에서

꽃다지, 질경이, 민들레…… 가지가지 풋나물을 뜯어 벅으면 몸이

초록으로 물들 것 같다. 물들지 않음이 거짓말이다. 물들지 않으면 안

될 것 같다.

— 이효석의 「들」에서

나뭇잎을 보료삼아 몸을 파묻으면 인간은 "한 포기의 나무"가 된다. "두 발은 뿌리요, 두 팔은 가지다. 살을 베이면 피 대신에 나무진이 흐를 듯하다." 이보다 더 인간과 자연이 혼연일체된 모습이 있을까. 자연은 "사람이 사람을 배반하는" 문명의 삶 속에서 시달린 몸과 마음을 넉넉히 품어주는 곳이다.

그러나 이것이 현실화될 수 없다는 사실은 자명하다. 산 곳곳에는 위험이 도사리고 있다. 맹수가 나타나면 어떻게 저항할 것이며, 자연재해가 일어나면 어떻게 대처할 것인가. 그 곳에서 나는 소출만으로 과연 생계유지는 가능할까. 이들 소설에는 현실적 삶에 대한 고려는 배제된 채, 관념화된 자연이 미화되어 있을 뿐이다. 이것은 이효석 문학에 나타난 자연이 실체로서의 자연이 아니라 유토피아의 환유임을 의미한다. 문명의 삶에 지친 인간을 구원해줄 수 있는 잃어버린 마음의 고향인 것이다.

문명 대(對) 자연이라는 대립구도가 소설 표면에 가시화되어 있지는 않지만, 작품 속에 용해되어 있는 소설로 김유정의 「동백꽃」을 들 수 있다. 사회생태주의에 의하면 인간/자연의 대립구도는 인간/인간의 대립구도와 다르지 않다. 인간 사회에 내재하는 위계 서열의 지배 구조가 인간과 자연을 파괴하는 것이다. 이와 같은 서열 구조 속에서 인간 간의 관계나 인간과 자연의 관계는 왜곡되고 변질된다. 이러한 관점에서 볼 때 작중 인물 '점순'과 '나'가 맺고 있는 마름 대(對) 소작인이라

는 계급 관계는 이 소설에서 파괴적 요인이 된다. 젊은 남녀가 서로에게 끌리는 것은 당연한 이치인데도, 소작인의 아들 '나'는 마름의 딸 '점순'의 애정을 그대로 수락해서는 안 되는 모순된 현실이 있다. 소작인의 아들인 내가 마름의 딸인 '점순'을 사랑할 경우 감당할 수 없는 불이익이 따른다.

이 소설에서 왜곡된 인간의 관계는 자연을 매개로 회복의 가능성을 보인다.

> 그리고 뭣에 떠다 밀렸는지 나의 어깨를 집은 채 그대로 퍽 쓰러진다. 그 바람에 나의 몸뚱이도 겹쳐서 쓰러지며 한창 피어 퍼드러진 노란 동백꽃 속으로 폭 파묻혀 버렸다.
>
> 알싸한 그리고 향긋한 그 냄새에 나는 땅이 꺼지는 듯이 온 정신이 고만 아찔하였다.
>
> 『너 말 마라!』
>
> 『그래!』
>
> 조금 있더니 요 아래서
>
> 『점순아! 점순아! 이년이 바느질을 하다 말구 어딜 갔어?』
>
> 하고 어딜 갔다온 듯 싶은 그 어머니가 역성이 대단히 났다.
>
> 점순이가 겁을 잔뜩 집어먹고 꽃 밑을 살금살금 기어서 산알로 내려간 다음 나는 바위를 끼고 엉금엉금 기어서 산 위로 치빼지 않을 수 없었다.
>
> — 김유정의 「동백꽃」에서

동백꽃을 배경으로 하는 자연 공간 속에서 인간의 갈등은 와해된다. 청춘남녀가 쓰러진 "노란 동백꽃이 핀 공간"은 단순한 공간이 아니다.

그 곳은 문명과 함께 자연에서 이탈되어 생명력을 상실한 인간이 다시 소생되는 생명의 장으로서의 기능을 한다. 강자 / 약자의 대립구도 속에서는 끊이지 않던 '점순'과 '나'의 갈등이 이곳에서는 무화된다. 사후를 당부하는 '점순'의 요구에 대한 '나'의 순순한 동의는 두 사람의 관계가 회복되었음을 함축한다. 자연의 이치에 순응하지 못하고 왜곡된 감정을 지녔던 젊은 청춘 남녀가 "한창 피어 퍼드러진 노란 동백꽃"처럼 이제 비로소 약동하는 생명력을 부여받게 된다. 얼었던 땅이 녹고 생명력을 구가하는 봄의 질서가 그들에게도 찾아든 것이다.

이처럼 「동백꽃」에 나타난 자연은 문명에 내재된 대립구도를 무화시키는 생명의 장으로서의 역할을 한다. 이런 점에서 「동백꽃」의 자연은 이효석 소설에 드러난 현실도피적 공간과는 다르다. 이것은 인간과 자연이 하나의 세계 속에 용해되어 있는 총체적 인식 공간이다.

3) 자연에 내재한 생성의지로의 회귀

전통적으로 동양적 의미의 자연은 주체화된 자연이며, 형이상이 구현된 자연이다. '도법자연(道法自然)'이라는 말에서도 드러나듯 '자연 = 도'라는 생각은 인간으로 하여금 자연을 숭상하고 그에 조화 일치되려는 노력을 갖게 만든다.[38]

동양사상에 담긴 자연의 본질을 철학적이며 원론적 측면에서 성찰한 작가가 김동리이다. 그에게 자연은 생명의 근원이며, 그의 문학은 자연으로의 회귀라 해도 과언이 아니다. 다음은 그의 자연관을 잘 보여준다.

---

38) 지순임, 『산수화의 이해』, 일지사, 1991, 30~31쪽 참조.

도대체 자연이란 무엇인가 그것은 우주를 있음(有)으로 볼 때 부르는 명칭인 것이다. 따라서 자연은 신과 대척적일 수도 없고 인간이나 문명과 대립적인 그것일 수도 없고 초자연, 부자연, 비자연과 상대적인 그것일 수도 없다. 그 모든 것들을 포괄한 가능성이 곧 자연이기 때문에 그 모든 것이 다 자연에 속해 있다고 본다.

여기서 우리는 자연으로 돌아가기로 하자.

첫째, 자연은 내 모체요 형제란 뜻에서 그것이 얼마나 사랑스러운 것인가를 확인하자. 그것의 아름다움과 사랑스러움을 안다면 그것과 가까워질 것이며 그것으로 행복할 것이며 그것으로 돌아가게도 될 것이다.

둘째, 자연 속에는 모든 가치의 근본이 들어 있다. 그렇기 때문에 모든 가치의 기준도 자연에 있다. 가장 가치있는 예술의 기준도 자연에 있다. 가장 옳고 착한 기준도 자연에 있다. 그렇기 때문에 자연스러운 윤리로, 자연스러운 예술로, 자연스러운 이치로, 활동은 그 가치 기준인 자연으로 돌아가야 한다.[39]

김동리의 자연은 우주에 존재하는 모든 것을 포괄하는 개념이다. 그것은 현존하는 대상물뿐 아니라 현상 일반을 지칭한다. 인간도 자연에서 탄생했으므로, 인간 사회의 윤리, 철학, 문화, 예술 등의 기준도 자연이어야 한다.

문학 또한 마찬가지이다. 그는 문학이 "구경적 생의 형식"이어야 한다고 주장한다. 인간은 삶의 구경에서 "신명을 찾는다"는 것이다. "신명을 찾는다"는 것은 "자아 속에서 천지의 분신을 발견하려는 것"이다. 다시 말해 "우리와 천지 사이엔 떠날래야 떠날 수 없는 유기적 관련이

---

39) 김동리, 『사랑의 샘은 곳마다 솟고』, 신원문화사, 1988, 164~165쪽.

있다는 것과 이 <유기적 관련>에 관한 한 우리들에게는 공통된 운명이 부여되어 있다는 것을 발견하는 것"이다.40) 이는 곧 앞서 언급한 인간의 모체가 자연이므로 그것으로 돌아가야 한다는 의미와 상통한다. 동리에게 문학을 한다는 것은 신명을 찾는 행위, 곧 끊임없이 자신과 자연의 하나 됨을 체험하며 이것을 드러내는 행위이다.

이러한 자연관을 구현하기 위해 원용한 제재가 샤머니즘이다. 여기에는 1930년대라는 특수한 시대적 배경도 관련이 있다. 샤머니즘을 일제의 파시즘에 대응할 저항기제로 생각해낸 것이다. 그러나 그의 문학관에 비추이볼 때 이는 표면적 이유이나. 그보다도 샤머니즘은 김동리 자신의 존재 이유와 문학하는 행위의 당위성을 드러낼 수 있는 좋은 제재였다. 그가 샤머니즘을 자연과의 하나됨을 체험하는 행위, 다시 말해 자신의 표현처럼 "한(限) 있는 인간(人間)의 한(限) 없는 자연(自然)에의 융화(融和)"41)를 추구하는데 가장 적합한 제재라 생각한 까닭은 샤머니즘에 내재된 역동적 특성에 기인한다.

샤머니즘에서는 우주의 근원을 '카오스'로 본다. '카오스'는 전무(全無)한 것이 아니고 빛이 없는 암흑의 혼돈이지만 하늘과 땅의 공간과 그 공간이 열리면서 시작되어야 할 시간, 즉 공간과 시간이 시작되지 않은 채 한 덩어리로 뭉쳐져 있는42) 우주의 원질존재(原質存在)이다. 카오스의 대립개념이 '코스모스(Cosmos)'로 카오스의 혼돈으로부터 하늘과 땅이 열려진 가시적(可視的)이며 순간적인 질서의 세계이다. 샤머니즘에서는 '카오스'가 공간과 시간이 없이 유(有)·무(無)·생(生)·멸(滅)의 변

---

40) 김동리, 「문학하는 것의 사고(私考)」, 『문학과 인간』, 민음사, 1997, 71~73쪽 참조.
41) 김동리, 「신세대의 문학정신」, 『문장』, 2권 5호, 1940. 5, 91쪽.
42) 김태곤, 『한국 무속연구』, 집문당, 1981, 177쪽.

화가 없는 불가시적 영원 존재이므로, '카오스'로부터 '코스모스'의 존재 생성이 언제나 무한히 가능하다고 믿는다.[43]

자연에는 카오스와 코스모스간의 쌍방통행으로 인해 생기는 역동적 리듬이 존재한다. 자연의 일부인 인간의 내면에도 이 리듬은 흐르고 있다. 그러나 문명이 발전함에 따라 인간은 자연에서 분리됨으로써 이 리듬을 소실하게 된다. 김동리는 샤머니즘을 통해 잃어버린 리듬을 회복함으로써 역으로 모체인 자연에 귀의하고자 했다. 따라서 그의 소설에서 중심 제재로 등장하는 샤머니즘은 시대에 뒤진 닫힌 공간의 표상이 아니라, 과학만능주의와 물질지상주의 속에서 상실해버린 생명력을 회복하기 위한 기제이다.

그의 대표작인 「무녀도」는 이와 같은 작가의식을 형상화한 문학적 결실이다. 작중에서 중요한 의미를 지니는 사건인 '예기소' 굿은 무녀 '모화'의 우주적 리듬을 찾기 위한 과정이다. '모화'는 춤과 노래를 통해 자신의 내면에 흐르던 리듬을 회복하고, 이를 통해 모체인 자연의 리듬과 합치시키고자 한다. 김동리는 "모화가 '시나윗가락'의 춤을 추며 노래를 부른다 함은 그의 전생명이 '시나윗가락'이란 율동으로 화함이요, 그것의 율동화란 곧 자연의 율동으로 귀화 합일한다는 뜻이다"[44] 라고 했다. 그녀는 사랑하는 아들을 위해 신의 힘을 빌었지만 아들의 죽음과 신으로부터의 격리라는 실패를 체험한다. 그리하여 삶의 구경에 처한 자만이 가질 수 있는 간절한 마음으로 다시금 신에게로 나아간다. 따라서 그녀의 춤과 노래는 "언제보다도 더 구슬프"고 지극하게 나타날 수밖에 없었는데, 이러한 간절함으로 인해 그녀는 비로소 모체의 리

---

43) 위의 책, 179쪽.
44) 김동리, 「신세대의 정신」, 『문장』, 1940. 5, 92쪽.

듬에 연결될 수 있었다. "뼈도 살도 없는 율동으로 화한 듯 너울"거리며 강물로 들어간 그녀는 "근원이나 원천으로서 모든 존재 가능성의 저장소"45)라 할 물의 이미지대로 생명의 근원인 카오스로 회귀한다. 카오스는 불가시적 영원존재로서 존재생성이 언제나 가능한 것이므로, 그녀는 리듬에 내재된 생성의지를 타고 재생으로 이어질 가능성도 부여받는다. 이런 까닭에 「무녀도」는 작가 자신의 말처럼 "표면적으로는 지는 것 같이 보이지만 내용으로는 승리하는 얘기"가 될 수 있는 것이다.

소설 「무녀도」에서 보듯이 김동리 문학에 구현된 자연은 원리적이며 형이상학적인 자연이다. 그는 문학을 통해 자연은 인간의 모체이기 때문에 인간이 자연으로 회귀할 때라야 잃어버린 생명력을 회복할 수 있음을 보여주었다. 문학적 형상화를 위해 원용한 샤머니즘은 한 논자의 지적처럼 "인본주의 내지 생명주의와 깊은 관계가 있는 자연과의 친화를 표현하기 위한" 기제였으며, "세기말의 징후, 즉 1·2차 세계 대전의 무서운 살육과 파괴를 가져오고 인류의 생존을 위협하는 핵무기의 사용을 가져온 「이성 중심주의」에만 지나치게 치우친 것에 대한 상징적 저항의 몸짓"46)이라 할 수 있다.

4) 야성의 추구

자연은 인간을 포함한 천지간의 만물을 의미하기도 하지만, 인간의 힘이 가해지지 않은 우주의 모든 존재를 의미하기도 한다. 후자의 경우,

---

45) 마르치아 엘리아데, 이재실 옮김, 『이미지와 상징』, 까치 글방, 1998, 165쪽.
46) 이태동, 「자연과의 친화」, 『한국문학이란 무엇인가』, 이문열 외 엮음, 민음사, 1995, 60~61쪽.

‘자연’은 인위가 가해지지 않았다는 점에서 야생, 또는 야성의 개념과 연결된다.

야성은 문명과 대척 관계에 있다. 야성을 추구할 때 인간 사회의 도덕이나 윤리는 무시된다. 인간의 본능이 그대로 노출될 뿐이다. 에로티즘이 야성의 추구와 관련을 맺을 수 있는 까닭이 여기에 있다.

자연 회귀를 꿈꾸었던 이효석의 문학은 ‘야성의 추구’와도 깊은 관련을 맺는다. 그의 반문명적 삶의 지향은 야성이 제거되어 인간에게 길들여진 자연을 거부하는 형태로 나타난다. 인간에 의해 변형되지 않은 야생의 것들 속에서만 자연 본연의 생명력이 살아 있다는 생각에서다. 그가 추구하는 야성은 인위가 틈입하지 않은 모든 것들이다. 그것은 직책이나 윤리를 떠나 야인(「산정」)이 누리는 자유로움으로 나타나는 것으로서, 인간에 의해 양육된 “양딸기”가 아닌 “들딸기”(「들」)로 대변되는 모든 것들이다. 특히 성(性)은 야성 추구를 드러내는 대표적인 제재이다. 인간의 인습이나 제도에 의해 억압되지 않은 순수한 성욕이야말로 단절된 인간과 자연의 관계를 회복시킬 수 있다는 믿음에서이다. 효석에게 성애(性愛)는 “자연상태에 놓여 있는 각종의 동물이 동일한 것처럼 인간과 동물 사이 특히 성에 있어서는 그 가치가 동일하다는 인식에서 비롯”[47]된다. 그것은 애욕이 아니라, 인간의 본연적인 것, 건강한 생명의 동력과 신비성 추구의 일환[48]으로 사용된 것으로, 문명의 발달과 함께 야생의 건강미를 잃어가는 현대인들의 생명력을 회복시키는 원동력이다.

이러한 관점은 性을 “생명적인 미(美)”[49]라고 한 로렌스의 성관(性觀)

---

47) 유순영, 「이효석 소설의 인물유형 연구」, 한양대학교 박사학위논문, 1992, 75~76쪽.
48) 이효석, 「건강한 생명력의 추구」, 『이효석 전집 6』, 창미사, 1983, 257쪽.

과 동일선상에 있다. 근대자본주의 문명이 빚어낸 과학을 혐오하고 원시적 생활을 동경한 로렌스는 기계적 획일화 속에서 생명력을 상실한 현대인에게 참된 성행위를 통해 인간성 회복을 도모하고자 했다. 육체의 완전한 결합을 통해 얻게 된 전신적 도취야말로 전인적이고 생명적이며 우주적인 것이라고 한 성에 대한 그의 견해는 인간생명이 기계화하는 것에 대한 반역적 양상을 띤다. 이것은 반문명과 반근대적 인식을 바탕으로 순수한 욕망의 발로인 성애를 통해 자연과의 합일을 도모하려 한 효석의 견해와 유사하다.

> 맹랑한 것이 눈에 띠인 까닭이다. 껄껄 웃고 싶은 것을 참고 풀위에 주저 앉았다. 그 웃고 싶은 마음은 노래라도 부르고 싶던 마음의 연장인지도 모른다. 다시 말하면 그 맹랑한 풍경이 나의 마음을 결코 노엽히거나 모욕한 것이 아니요, 도리어 아까와 똑같이 기쁨을 자아낸 것이다. 일반으로 창조의 기쁨을 보여준 것이다.
>
> — 이효석의 「들」에서

예문에는 두 마리 개의 교미장면 앞에 서있는 화자의 심경이 잘 드러나 있다. 암캐와 수캐의 자연스런 욕망을 그대로 노출하는 개의 교미는 결코 부끄러운 행위가 아니다. 그것은 오히려 억압되고 왜곡된 성을 해방시킴으로써 자연 그대로의 생명력을 회복하는 우주적 행위이다. 따라서 수치심은커녕 창조의 희열마저 느끼게 한다. 그렇기 때문에 금수의 교미는 딸기밭이라는 자연 공간에 있는 두 남녀의 자연스런 성애의 밑그림이 된다. "하늘을 겁내지 않고 들을 부끄러워하지 않고 사람의

---

49) 데이비드 로렌스, 김병철 옮김, 『성과 문학』, 일환 도서출판, 1959, 39쪽.

눈을 꺼리는 법”도 없는, 인습과 제도가 개입되지 않는 자유의 시간이 자연 공간 속 인간에게도 주어지는 것이다. 물론 “아무리 야취의 습관에 젖었기로 철창 너머 딸기를 딸 때와 일반으로 아무 가책도 반성도 없었던가. 벌판서 장난치던 한 자웅의 짐승과 일반이 아닌가. 그것이 바른가, 그래서 옳을까하는 한 줄기 곧은 생각”과 같은 윤리의식에서 자유로운 것은 아니다. 그러나 작가는 이에 대한 판단을 유보함으로써 기존 성 관념에 제동을 건다. 문명사회의 도덕관념 속에서 본연의 성은 왜곡되고 변형될 수밖에 없다는 생각에서다.

인위가 개입되지 않은 야성을 통해서 에덴을 추구하고자 한 이효석 문학은 이성 중심주의에 대한 대항담론이다. 죄의식 없이 본능에 이끌리는 대로 표출된 성 욕망을 통해 인간을 옥죄는 인습과 제도에 맞서고자 한다. 그러나 이러한 인식에 원론적으로는 동의할 수 있으나 여기에는 간과할 수 없는 중요한 문제가 있다. 예컨대 「화분」과 같이 에로티즘의 총합이라 여겨지는 소설에 그려진 성적 방종을 생명력의 발현이라 할 수 있는가 하는 문제이다. 로렌스에게 성이 의미 있는 이유는 그 속에 강렬하고 건전한 생명이 발현하고 있다는 사실이며, 이를 통해 독자는 생의 신비함을 체험할 수 있기 때문이다.50) 그러나 이효석의 「화분」에는 맹목적 성 본능에 따라 동물적으로 움직이는 인간 군상이 그려져 있을 뿐이다. 이것은 「산」이나 「들」과 같은 소설에서 문명에 지친 현대인이 동화되고 싶어 했던 산천초목이 그 대상만 동물로 바뀌어 나타났음을 의미한다. 숲 속 나뭇잎에 묻혀 ‘한 그루의 나무’가 되듯이, 성 본능에 자신을 고스란히 맡김으로써 ‘한 마리의 금수’가 된 것이다.

---

50) 정명환, 「위장된 순응주의자」, 『이효석 전집 8』, 창미사, 1983, 162쪽 참조.

이와 같은 자연관에는 분명한 오류가 있다. 자연은 하나의 집단 개념이지만, 그것을 이루는 구성요소들의 집합체이기도 하다. 이효석의 자연관은 자연을 집단개념으로만 이해했을 뿐, 그 자연을 구성하는 개체적 존재에 대해서는 고려하지 못하는 허점을 드러낸다. 인체의 각 부분이 한 몸으로 밀접하게 연관되어 있지만 각 기관의 역할이 다르듯이, 자연을 구성하는 개별적 존재도 차별적 특성을 지니기 때문이다. 금수의 본능과 인간의 본능이 동일하지 않음에도 불구하고 양자의 본능을 동일시한 것은 분명한 오류라 할 수 있다. 이것은 이효석의 자연관이 피상적인 것임을 의미한다. 다시 말해 문명으로 인해 변질된 인간의 생명력은 자연으로 회귀할 때라야 회복될 수 있다는 직관적 깨달음은 있었으나, 깊이 있는 철학적 성찰의 부재로 관념적이고 피상적인 인식의 일단을 보여주는 수준에 그치고 말았다는 것이다. 그가 추구한 자연은 자연 그 자체였다기보다는 자연이라는 이름을 빌린 미적 세계였으며, 노스탤지어의 흔적을 보여주는 수준의 취약성을 지닌 것이라 할 수 있겠다.

5) 근대적 자연인식

생태주의는 근대화 과정에서 드러난 폐해를 직시하고 이를 극복하기 위해 형성된 반근대, 항근대적 담론이다. 따라서 생태주의를 이해하기 위해서는 근대성에 대한 이해가 선행되어야 한다. 1930년대 소설을 생태적으로 고찰할 때 근대적 자연관이 생태지향적 자연관과 함께 연구되어야 할 까닭이 여기에 있다.

1930년대 근대의 모순을 어느 누구보다도 피부로 느끼고 이를 형상화한 작가가 이상이다. 그야말로 인간(시인)이 그대로 텍스트[51]였다고 할 만한 이상의 문학에는 현대가 판결한 처형을 묵묵히 수행한 수인으로서의 일생[52]이 고스란히 용해되어 있다. 숨 가쁘게 진행된 근대화 속도에 비례하여 붕괴되고 침식되는 생명의 가치가 투영되어 나타난다.

근대의 결과물인 도시화는 인간과 자연의 거리를 더욱 멀어지게 하는 결과를 초래했다. 인간은 자연과의 직접적 교류와 체험을 상실함으로써 인위적인 공간에 유폐된다. 오늘날 현대 물리학 이론은 부분의 총화를 전체라고 생각한 기존 이론을 수정하여, 부분 속에 전체의 특성이 내재되어 있다고 주장한다. 부분과 전체가 자리바꿈되었다. 이에 의하면 인간의 내면에는 전체라는 자연이 지닌 속성이 내재되어 있다. 인간이 자연 속에 있을 때 편안함을 느끼는 정서는 자신과 다른 자연물들이 본질적으로 다르지 않기 때문이다. 근대의 확산으로 만연하게 된 소외와 불안의식의 원천은 바로 인간이 자연으로부터 격리되었다는 데 있다.

생태계를 이루는 모든 생명체는 먹이사슬에 의해 상호 밀접한 연관성을 지닌다. 이 그물 속에서 한 존재의 소멸은 다른 존재의 소멸로 이어지므로 모든 존재는 똑같이 소중하다. 하찮게 보이는 미세한 생명체로부터 인간에 이르기까지 우주의 모든 생명체들은 각각 소중한 가치를 가지고 긴밀하게 연결되어 있다. 따라서 삶은 이 연결망을 떠나서는 이루어질 수 없다. 한 생명체는 다른 생명체들과 관계를 맺어야만 살 수 있는 것이다. 근대의 풍경을 그려낸 이상의 소설에서 '격리' 문제가 두드러지게 드러난 까닭이 여기에 있다.

---

51) 김윤식, 『이상 문학의 텍스트 연구』, 서울대학교 출판부, 1998, 38쪽.
52) 이어령, 「이상론」, 김윤식 편, 『이상문학전집 4』, 문학사상사, 1995, 32쪽.

나는 그러나 그들의 아무와도 놀지 않는다. 놀지 않을 뿐만 아니라
인사도 않는다. 나는 내 아내와 인사하는 외에 누구와도 인사하고 싶
지 않았다.

— 이상의 「날개」에서

「날개」의 '나'와 다른 사람들과의 관계는 차단되어 있다. '나'와 그들
사이에는 아무런 교류도 없다. 교류뿐만 아니라 '나'는 그들과의 관계
맺음 자체를 거부한다. '너'와 '나' 사이에 이어진 연결망이라는 본질적
양태를 의도적으로 외면한다.

타인과의 관계 단절의 원인은 현실의 삶이 모순과 부조리로 차있다
는 데 기인한다. '아내의 방'은 사랑 대신 '은화'에 의해 은밀한 거래가
이루어지는 현실 공간을 상징한다. 그 곳은 은밀한 거래를 위해서는 방
해 요소인 '나'에게 수면제를 먹일 수도 있는 곳이다. 현실 세계는 이처
럼 도구적 관계 속에서 왜곡되고 변질되어 버린 세계이므로 '나'는 현
실과의 관계맺음을 거부할 수밖에 없었던 것이다.

타인과의 관계를 거부하므로 타인과의 관계를 바탕으로 하는 인간의
삶은 무의미할 수밖에 없다. 삶의 목적과 희망은 부재한다. 따라서 이
러한 삶은 절대적 게으름과 무관심만이 지배하는 삶으로 나타난다. "생
명에 뚜껑을 덮고 — 온갖 벗에서, 관계에서, 희망에서, 욕구에서, 사람
과 사람이 사귀는 버릇과 자기 자신을 닫은 채 버선짝만한 방안에서 게
으름만"을 되풀이한다. "그저 한없이 게으른 것", "시끄러워도 그저 모
른 채 하고 게으르기만 하면 다 되는" 삶이다. "살고 게으르고 죽고"
(「지주회시」) 그야말로 숨쉬는 인간으로서 할 수 있는 유일한 일은 게으
름뿐이다.

이러한 양상은 자연과의 관계에서도 마찬가지이다. 연결망 개념은 인간뿐만 아니라 모든 생명체들을 포괄하는 개념이므로 자연과의 관계에서도 동일한 양상을 띤다.

　어서—차라리—어둬버리기나 했으면 좋겠는데—벽촌(僻村)의 여름—날은 지리해서 죽겠을 만치 길다.
　동에 팔봉산, 곡선은 왜 저리도 굴곡이 없이 단조로운고?
　서를 보아도 벌판, 남을 보아도 벌판, 북을 보아도 벌판, 아—이 벌판은 어쩌자고 이렇게 한이 없이 늘어놓였을꼬? 어쩌자고 저렇게까지 똑같이 초록색 하나로 되어먹었노? (…중략…)
　지구 표면적의 백분의 구십구가 이 공포의 초록색이리라. 그렇다면 지구야말로 너무나 단조무미한 채색이다. 도회에는 초록이 드물다. 나는 처음 여기 표착(漂着)하였을 때 이 시선한 초록빛에 놀랐고 사랑하였다. 그러나 닷새가 못 되어서 이 일망무제의 초록색은 조물주의 몰취미와 신경의 조잡성으로 말미암은 무미건조한 지구의 여백인 것을 발견하고 다시금 놀라지 않을 수 없었다.
　어쩔 작정으로 저렇게 퍼러냐. 하루 왼종일 저 푸른 빛은 아무 짓도 하지 않는다. 오직 그 푸른 것에 백치와 같이 만족하면서 푸른 채로 있다.

— 이상의 「권태」에서

도시의 삶에서 느꼈던 소외감과 무력감이 자연 공간에서도 그대로 재현된다. 경성이라는 도시를 떠나 맛보는 몇 번 되지 않았던 전원체험이었건만 이상은 여기서도 그 세계와 합일하지 못한다. 이미 신(神)을 떠나 유폐된 공간에 갇힌 자의식이었기에 자연 공간은 더 이상 신을 체험하는 신성한 공간이 아니다. 그곳은 인간과 자연의 유기적 관계 회복에서 오는 감동을 주지 못하는 장소에 불과하다. 그는 자연 공간 한복판에서조차 실체로서의 자연을 느끼지 못하고 관념화한 자연을 인지할 뿐이다. 자연과의 유기적 관계를 회복하지 못하다보니 그 곳에서의 삶도 "권태 일색으로 도포"될 수밖에 없다. "자살의 단서조차 찾을 길이 없는" "권태의 극권태"를 초록의 세계에서 발견한다. 자연은 도시처럼 절망에 처한 인간을 구원해줄 수 있는 존재가 아닌 것이다.

도시의 삶을 혐오했으면서도 전원의 삶에 쉽게 동화되지 못한 까닭은 그가 철저히게 도시화되어 있있던 때문이나. 그는 전원의 세계에 몸을 담고서도 자연을 그대로 느끼지 못하고 도시적인 것으로 변형시켜 받아들인다. "오렌지 빛 여주", "야채 사라다에 놓이는 아스파라가스 입사귀 같은" "기생화" 등에서 보듯이 그는 한국 고유의 식물마저 도시적 비유를 사용하여 표현한다. 꿀벌의 날개짓에서 "르넷산스 응접실에서 들리는 선풍기 소리"를, 베짱이가 내는 소리에서 "도회의 여차장이 차표찍는 소리 또는 이발소 가위 소리"를 듣는다. 이 같은 사실은 이상이 의식뿐 아니라 시각과 청각이라는 감각으로 돌출된 무의식 세계까지 근대화되었음을 의미한다.

무의식까지 근대화한 인간이 자연과 하나가 되는 체험을 한다는 것은 불가능하다. 도시적 생리에 길들여진 근대인이 자연 속에서 낯설음을 발견하는 것은 당연하다. 자연은 도시의 삶 속에서 소외와 분열을 느낀 인간을 구원해주지 못한다. "인공의 기교가 없"다는 이유로 개들의 교미가 "권태 그것"이라는 이상의 의식은, 동물의 교미를 인간의 성애로 연장시켜 그 속에서 생명력을 찾으려 했던 이효석의 자연관과 사뭇 상치된다.

이렇게 볼 때 근대를 온몸으로 살았던 이상의 자연관은 생태지향적 자연관의 대척점에 있는 근대적 자연관의 실체를 보여준다. 이것은 자연 앞에서도 도시적 기억으로 채색된 자연을 발견할 수밖에 없는, 그리하여 자연과 동화되지 못하고 영원히 거리를 유지할 수밖에 없는 비극적인 운명을 지닌 오늘날 인간의 모습이기도 하다.

6) 1930년대 소설에 나타난 자연인식의 현재적 의미

생태문학은 근대를 초극하려는 의지에서 형성된 대항담론이다. 근대를 이끈 인간 중심적 사고야말로 오늘날 환경위기의 원인이라는 인식을 바탕으로, 왜곡되고 변질된 자연과 인간의 관계를 바로 잡고, 자연과 인간이 똑같이 소중하다는 인식을 심는 데 주력한다.

인간과 자연의 관계를 대립적 관점에서가 아니라 공존적 관점에서 파악한다는 점에서 생태이론은 동양적 사유와 동일한 맥락에 있다. 일원론적 세계관을 바탕으로 자연과 인간을 일체화시키고자 하는 동양적 사고 체계에서 자연을 도구화시킨다는 발상은 애초부터 불가능하다. 이런 측면에서 생태주의는 서구에서 대두된 개념이지만 우리의 전통적 사유와도 밀접한 관련이 있다.

전통적 자연인식과 근대적 자연인식이라는 상반된 자연인식은 1930년대 소설에 나타난 양상이지만, 고도의 산업화 사회라 할 오늘날의 모습이기도 하다는 점에서 현재적 의미를 지닌다. 이것은 근대를 지향해 온 우리의 의식 한 켠에 전일적 세계를 지향하는 감성이 내면화되어 있었음을 의미한다. '자연이 도(道)'라는 생각에 자연과 조화를 이루고자 하는 전통적 사유가 아직도 우리의 무의식에 남아 있었던 것이다. 이러한 사실은 우리의 근대 지향적 의식과 전통적 감성이 동전의 양면처럼 우리의 삶과 문학을 견인해 왔다는 것을 말해준다. 한국의 역사와 문학은 양자의 길항관계 속에 형성되어 왔다는 것이다.

4. 자연 회귀와 오영수

1) 문명에 대한 생리적 거부

문명에 맞서 자연에의 회귀를 통해 일원론적인 세계를 구현하고자 한 작가로 오영수를 들 수 있다. 그는 생태주의를 원론적 입장에서 모색하거나 인간 이외의 생명체에 두드러진 관심을 보이지는 않았지만, 생리적 차원에서 생태주의를 지향한 작가라 할 수 있다. 그가 지향한 생태주의가 생리적 차원의 것이라는 사실은 자신을 두고 현실도피자라 하는 비난에 "가령 흙탕물 속에서 질식 직전의 고기가 한 줄기 맑은 물을 따라서 상류로 거슬러 올라간다면 이걸 일러 소위 현실도피라고 할 수가 있겠습니까"[53]라고 맞선 데서 여실히 드러난다. 문명의 도시를 떠나 오지의 삶을 찾고자 한 것은 현실을 외면하고자 하는 도피적 차원이 아니라, 질식 직전의 고기가 살기 위해 생명을 찾아가는 본능적 차원의 것이라는 것이다.

그는 진정한 현실도피란 오히려 "어떤 사조나 경향을 빨리 받아들여 그것이 바로 우리의 현실인 양 그것에다 자신을 합리화 내지 편승하는 것"[54]이라 하며, 외세의 문명에 편승하는 당대 풍속에 대해 시종 비판

---

53) 오영수, 「대표작 자선자평」, 『문학사상』, 1973. 1, 299쪽.

적 자세를 견지한다. 그리고 '문명'이야말로 인간성을 황폐화시키는 것이라 생각하고 문명에서 벗어나 자연의 세계로 귀환할 것을 강조한다.

「화산댁이」에서 이를 살필 수 있다. 도시 / 시골, 또는 문명 / 자연이라는 첨예한 대립 구도 속에 전개되는 이 소설에서는 문명에 대한 생리적 거부감을 읽을 수 있다. '화산댁이'는 작은아들이 거하는 문명의 세계와 대비된다. "낡은 삼베 모통이를 갓난이처럼 가슴패기에 추켜올리고 후줄그레한 베치마를 처녀모양으로 꼭두머리에 뒤집어쓰고" 아들집을 찾아 헤매는 '화산댁이'와 "박쥐우산에 저자바구니를 들고" "남정네들이나 입는 셔츠에다 폭도 밑도 없는 몽당치마를 두르고 함부로 문 밖을 나다니"는, "연지볼이 붉은" 며느리의 세계는 본질적으로 합치되지 못한다. '화산댁이'는 "불에 그을린 삽사리같이 저런 흉칙스런 머리"를 한 여자가 절대로 자신의 며느리일 리가 없다고 단정한다. 자신을 거지나 도둑으로 취급하고, 짚세기를 쓰레기통에 던져버리고, 귀하게 여기며 가져온 도토리 떡을 보자기째 내다버리는 막내아들 내외에게 받은 모멸감은 문명에 대한 위화감으로 연결된다. "휘높은 판자 천장이며, 유리 바른 문이며, 싸늘해 보이는 횟가루 벽이며, 다다미 방"이라는 화려한 외양과 달리 인륜마저 저버릴 정도로 인간성이 상실된 문명의 세계는, "빈대 피가 댓잎처럼 긁힌 토벽, 메주 뜨는 냄새가 코를 찌르는 갈자기 방"일지언정 "아들의 등을 쓰담아 기침을 내려주고 며느리와 무르팍을 맞대고 실컷 울고 나면 가슴이 후련해질" 훈훈한 정과 사랑이 살아 있는 자연의 세계와 비교된다. 아들집을 뛰쳐나오는 '화산댁이'의 모습은 문명의 "흙탕물" 속에 질식될 것 같아 맑은 물을 찾아 탈출하는

---

54) 대담취재, 「인정의 미학―오영수씨와의 대화」, 위의 책, 304쪽.

작가 자신의 모습이다. 여기에는 문명 유입 이전의 세계로 회귀하자 하는 열망이 담겨 있다.

이처럼 문명으로 인해 초래된 인간성 상실을 보여주는 소설이 「여우」, 「촌경 A」, 「촌경 B」, 「기러기」, 「초가을」, 「악몽」, 「회신」, 「낮도깨비」, 「피로」, 「세배」, 「엿들은 대화」, 「두메낙수」, 「오지에서 온 편지」, 「실향」, 「삼호강」 등이다.

이들 소설에 등장하는 작중인물들은 선의와 인정을 악용하며 이를 현대의 처신술이라 주장하기도 하고(「여우」), 이기주의와 개인주의에 빠져 폭력을 일삼으며 인륜마서 서버리기도 한다(「촌경 A」, 「촌경 B」, 「초가을」, 「낮도깨비」). 인간성을 상실한 인간의 모습은 동물들보다 못한 존재로 묘사되며(「기러기」), 동물들의 야유 대상이 되기도 한다(「엿들은 대화」). 이와 같은 현상은 '돈'이 가치의 척도가 된 자본주의 사회의 물신숭배주의와도 관계가 있다. 이윤추구를 목적으로 하는 자본주의 사회에서 기업의 윤리의식은 실종되기 쉽다(「피로」). 이 일종의 "배금교(拜金敎)"는 허탈과 권태로 이어져 여기서 벗어나기 위해 인간은 술, 엽색, 도박, 아편 등에 빠져들고 이로 인해 유치장, 뇌병원 등으로 향하게 된다(「악몽」).

이와 같은 현상은 어린아이에게서도 발견된다. 어린이는 순진무구의 표상이다. 그러나 물질문명의 삶 속에서 이들의 심성도 변형되고 왜곡되어 간다. "호화로운 저택"에서 어른들의 박자에 맞춰 고고춤을 추는 아이의 모습을 바라보는 것은 "유쾌하기보다는 앉아 있기가 고역"인 일이며(「회신」), 세뱃돈을 준비하지 못한 어른은 아이들에게 무시당하는 현실이다(「세배」). 문명은 인간에게 편리한 삶을 제공해준 반면, 생명의 본질적 가치를 훼손시켜 인간성 상실과 극단적 이기주의라는 결과를 초래했다는 사실을 이들 소설은 말해준다.

2) 에코토피아의 추구

문명 폐해의 고발과 함께 오영수 문학에서 일관되게 구현한 문학적 과제는 자연으로의 회귀이다. 그는 문명의 유입으로 인간이 자연을 떠나면서 인간성 상실이 초래되었다는 진단을 하고, 자연으로의 회귀를 그 대안으로 제시한다. 그의 만년의 귀향은 이러한 인식이 관념적이 아니라 실천적인 것이었음을 입증해준다. 혼탁한 물에 질식될 것 같아 깨끗한 물을 찾아 떠나는 물고기처럼 그는 온몸으로 귀향을 꿈꾼다. 따라서 그에게 원시적 생명력이 살아 있는 고향으로의 회귀는 단순한 귀향이라기보다 일종의 귀소성의 작용인[55] 생리적 차원의 것이다. 그러하기에 "내게 만일 신이 있고 종교가 있었다면 그것은 자연이요 고향이었다."(유고, 「낙향신고」)는 그의 말이 쉽게 수긍이 간다.

오영수의 자연친화적 성향은 원시공동체에 대한 지향으로도 나타난다. 갈등과 대립이 없고 추구하는 모든 것이 다 이루어지는 그곳은 인류가 잃어버린 낙원의 세계이다. 「메아리」에 드러나 있듯이 "오징어 한 마리 때문에 아귀다툼을 하"는 문명 세계와 달리 그 곳은 밭만 일구면 풍성한 수확으로 이어지고, 산과 들에는 나물과 열매가 그득한 세계다. 작중인물들은 한결같은 선남선녀로 이들 사이에 갈등이란 존재하지 않는다. 인간과 인간이, 인간과 자연이 하나의 세계에 융합되어 조화로운 공생을 하고 있는 에코토피아다.

---

55) 곽학송, 「내가 아는 오영수와 그의 소설」, 『월간문학』 127호, 1979, 232쪽.

이와 같은 낙원의 모습은 「오지에서 온 편지」에도 드러나 있다. 작가의 생태의식의 깊이를 가늠케 하는 이 소설에서 도시의 삶과 자연에서의 삶은 대비된다. 도시의 생활이란 교통사고로 아까운 생명이 비명횡사하고 심각한 대기오염 속에 고통 받으며, 진짜와 가짜가 뒤범벅되어 불신이 만연할 뿐 아니라 법과 양심이 추락하고 성실과 노력이 대접받지 못하는 삶이다. 그것은 "직접, 간접, 전후, 좌우, 생명의 위협에 쫓기면서 생사의 곡예를 한 거"나 다름없는 삶이다. 오영수는 편리하고 능률적인 도시 생활이 "왜 이렇게 각박하고 쫓기며, 생명의 위협에 떨어야 하는가"라며, "인간은 편리와 능률 위주만을 추구한 나머지 기계문명의 노예"가 된 것이라 단언한다. 과학에 의해 인간은 달을 정복하는 승리의 개가를 불렀지만, 그 과학으로 인해 자연을 잃고, 이로 인해 인간의 생존마저 위협을 느끼게 되었다는 것이다.

이와 같은 작가의 인식은 고도의 산업화로 인해 인간의 생존마저 위협을 받게 된 오늘날의 현실에 정확히 대응한다. "과학이라는 괴물로 해서 자연마저도 정복하고 변혁할" 것이라는 "이 무모하고도 오만한 꿈을 버리지 않는 한 인간은 과학으로서, 과학은 과학으로서 망할 것"이라는 말은 최근의 생태주의자들의 주장과도 동일하다. 산업화 초기인 1970년대 초반에 이러한 인식을 했다는 사실은 오영수의 생태의식이 상당한 수준에 이르렀음을 보여준다. 그는 "이 지구상의 가장 거대하고 강자였던 공룡도, 너무나 비대해버린 나머지 자연과의 조화를 깨뜨리고 자연법칙에 적응되지 못했기 때문에 결국 퇴화 또는 멸망하고 말았"듯이 "이미 감당할 수 없을 만큼 비대해버린 과학도 자연과의 조화를 이루지 못하고 자연법칙에의 적응을 거부할 때 공룡의 전철을 밟을 것"이라는 조이 에덤슨의 주장에 동의하며, 인간의 위기를 극복하고 인간을 되찾기 위해서 자연으로 복귀할 것을 강조한다. 문명에 젖은 인간이 원시적 반문명의 삶으로 회귀하기는 어렵지만, "인간이란 결국 자연에 적응되기 마련이고, 인간 본연의 생활이란 역시 자연의 섭리에의 적응에서만이 찾을 수 있"다는 것이다.

자연으로 회귀한 이후의 생활은 채소밭 손질과 친구와의 바둑 두기, 함께 나누는 풍성한 점심식사, 낮잠, 석양 무렵 개울가에서의 멱질 등으로 나타난다. 졸리면 자고 더우면 멱질을 하는 그야말로 자연 그대로 순리대로 사는 무위적 삶이다. 친구 내외나 이웃과는 아무런 갈등이나 대립이 없이 조화로운 관계를 유지한다.

그러나 이러한 세계는 실낙원이란 운명을 지고 태어난 인간에게 이상 세계에서나 가능한 것임을 작가는 알고 있다. 이미 알고 있었기에 이에 대한 그리움이 더욱 간절하여 그것을 체화시키기 위해 의식적으로 그 세계를 그리고자 했던 것이 아니었을까. 「잃어버린 도원」에서 이에 대한 단서를 찾아볼 수 있다.

버스에서 우연히 듣게 된 '금배미'라는 곳을 찾아 헤매다 드디어 이르게 된 이곳은 무릉도원의 상징이다. 시간은 정지된 채, 모든 것이 완벽한 조화를 이루고 있는 이곳을 찾았음에도 작중화자는 후일을 약속하며 떠난다. 그러나 한 번 떠나온 '금배미'는 다시는 찾아낼 수 없는 곳이다. 그리하여 '금배미'를 찾으려는 열망으로 인해 작중화자는 미치광이 취급마저 받게 되는 것이다. 이는 "자연을 애타게 찾으면서도 물질문명의 이기를 차마 버리지 못하는 인간의 어리석음을 탓하는 것"56)으로 이해될 수도 있지만, 낙원을 상실한 인간이 갖는 근원에 대한 끝

---

56) 이재인, 『오영수 문학 연구』, 문예출판사, 2000, 101쪽.

없는 그리움을 상징적으로 표현한 것이라 해석할 수도 있겠다. 자연 회
귀로 나타나는 근원에 대한 그리움이 '금배미'라는 이상 낙원을 찾으려
고 애쓰는 모습으로 형상화되고 있는 것이다.

　이렇게 볼 때 오영수가 추구한 고향은 실재적 고향이라기보다 이미
지로서의 고향이라 할 수 있다. "고속도로 공사로 해서 각지에서 모여
든 뜨내기 노동자들이 두 해 동안이나 들끓고 묵는 동안 색주가와 다방
이 판을 치고, 미나리 강마을 살결 고운 가시내들은 눈두덩에 멍자국같
은 칠을 하고 울저지에 샌들을 끌고 다니게끔 돼버린"(「삼호강」) 그 곳은
이미 고향이 아니다. "소녀와 둘이서, 성공하면 돌아와서 나란히 찾아
내자고 굳게굳게 약속을 하고 기와에다 나란히 두 이름을 못으로 새겨
서 밤밭등 외소나무 밑에 묻어두었"(「실향」)지만, 그때 그 기왓장은 찾을
길 없듯이 현실에서 고향은 이미 잃어버린 대상이다. 이것을 알면서도
고향을 지향할 수밖에 없는 것은 인간이라는 숙명성에서 비롯된다. 하
지만 이는 또한 오영수 문학을 건강하게 만드는 동인이다. 세계와 자아
의 괴리 속에 심각한 인간성 상실을 겪고 있는 현대인을 회복시킬 수
있는 것은 바로 이와 같은 자연친화적 세계관이기 때문이다. 그가 보여
준 원시적 생명력의 세계는 문명사회에서 받은 상처를 위무하고, 고독
과 소외감으로 황폐해진 개아적 삶에서 벗어나 조화로운 관계망의 삶
을 영위할 수 있게 해 줄 것이다. 오영수 문학의 현재적 의미는 여기에
있다.

5. 김동리의 「먼산바라기」와 무위자연

1) '눈 내리는 밤'의 배경적 의미

김동리 소설에서 '무위자연(無爲自然)' 사상은 전일적 세계를 형상화하기 위한 방법으로 원용된다. 노장의 '무위자연' 사상에서는 인간을 총체적 개념을 지닌 자연의 일부로 보고 매사에 자연에 맞추어 행할 것을 가르치는데, 김동리의 「산제」와 개작 「먼산바라기」에는 무위사상을 통해 전일적 세계에 이르는 길이 형상화되어 나타난다.

전작 「산제」가 작중 인물 '태평이'와 그의 삼촌에 관한 묘사로 양분된 데 비해서 개작 「먼산바라기」는 '태평이'의 다른 이름인 '먼산바라기 영감'에 초점이 맞추어짐으로써 '무위자연의 추구'라는 주제의식이 훨씬 명확하게 드러나 있다. 그러므로 「산제」보다는 「먼산바라기」가 본고의 논지에 더 적절하다고 여겨지므로 여기에서는 「먼산바라기」를 중심으로 고찰해 보고자 한다.

이 소설은 서술자인 '나'가 고향에서 겪었던 경험을 회상하는 형식으로 시작된다. 회상의 계기가 되는 것이 '눈'이다.

눈이 내린다. 함박눈이다. 어두워질수록 자꾸 더 퍼붓는다. 아침부터 진눈깨비가 내리긴 했으나 아주 함박눈으로 바뀐 것은 저녁 무렵부터다. 이렇게 밤새도록 퍼붓는다면 세상이 아주 눈 속에 묻혀버리지나 않을까. 차라리 그렇게라도 되어버렸으면 좋겠다. 모든 추악과 소음과 아우성이 다 눈 속에 묻혀버린다면 세상은 얼마나 깨끗하고 조용할까?

그러나 그렇게 되면 누가 그 깨끗하고 조용한 세상을 구경한단 말인가. 내 자신도 그 소음과 아우성과 함께 눈 속에 묻혀 있을 테니까 말이다. 그렇다. 동태처럼 꽁꽁 언 채 눈 속에 파묻혀 있을 것이다.[57]

'눈'으로 시작되는 서두는 이 소설에서 많은 의미를 내포한다. 우선 형식면에서 이것은 소설 결미의 '눈 오는 밤'과 연결되어 완벽한 대칭 구조를 이룬다. 서두와 결말이 '눈'을 배경으로 한다는 점은 이 소설에서 '눈'에 부여된 의미가 범상치 않다는 것을 의미한다.

'눈'이란 상호 의존을 특성으로 하는 생태계의 순환 원리와 밀접한 관련이 있다. 눈은 천상과 지상을 넘나드는 존재로서 고체에서 액체로, 다시 기체에서 고체로 형태만 바뀔 뿐 기본적인 요소는 불변하는 속성을 지니고 있다. 이것은 코모너(Commoner)가 말한 모든 것은 서로 연결되어 있으며, 어디론가 가게 될 뿐, 그 본질은 변하지 않는다는 생태학의 법칙을 그대로 보여준다.[58] 그렇기 때문에 '눈'이라는 배경의 이면에는 인간의 삶과 죽음이 본질적인 변화가 아니라 위치의 이동에 불과하다는 의미가 내포되어 있다. 또한 인간의 '추악과 소음과 아우성'이 '눈'의 깨끗한 속성과 대비됨으로써 대립과 분열이 가득한 인위적 세계를 탈피하여 자연의 세계에 진입하도록 종용한다.

2) '뒷일 보기'와 무위사상

'먼산바라기 영감'네는 동네에서 잘 알려진 집이면서도 가장 알려져 있지 않은 집이다. 특이하다는 측면에서는 잘 알려져 있으나, 누구 하

---

57) 김동리, 「먼산바라기」, 『김동리 전집 1』, 민음사, 1997, 127쪽.
58) Barry Commoner, *op.cit.*, pp.39~46 참조.

나 '먼산바라기 영감'과 얘기를 나눠보지 못해 그가 어떤 삶을 사는지 전혀 알 수 없다는 점에서 가장 알려져 있지 않은 집이기도 하다. 동네 안머슴 노릇을 하면서 그와 동네사람 사이의 중개자 역할을 할 수도 있을 영감의 조카마저 '벙어리'라 그의 삶은 외부와 철저히 차단되어 있다. 원작 「산제」의 '태평이'가 아들과 며느리, 그리고 손주까지 있고 밭 한 뙈기와 남의 논 대여섯 마지기를 부치면서 말수는 적어도 마을 사람들과 어울리며 평범하게 살아가는 존재로 설정된 것에 비하면 이것은 상당히 차이나는 설정이다. 이러한 차이는 '무위(無爲)'에 대한 관점의 변화에 기인한 것으로 생각된다.

노장(老莊)의 '무위'란 일종의 '위(爲)'를 가리키는 것이다. 이것은 자연과 도구적 관계를 맺고 있는 '인위'와 대립되는 개념이다. 자연과 인간의 관계를 존재와 의미 차원으로 나누어 살펴볼 때, 의미 차원이란 인간의 의식 구조에 비추어진 모든 대상, 즉 개념에 의해 인간의 의식에 조직된 의미 세계를 지칭한다. 그러므로 존재 차원으로서의 인간과 의미 차원으로서의 인간 사이에는 틈이 생긴다. '무위'란 바로 이 틈을 해결하기 위한 것이다.59) 소설 「산제」와 「먼산바라기」는 이 '무위'에 대해 약간의 견해 차이를 보인다. 먼저 「산제」에 나타난 무위적 삶이란 작중 인물 '태평이'의 삶처럼 주어진 상황에 맞게 인간과 더불어 사는 삶이다. 그러나 소설 「먼산바라기」에 그려진 무위적 삶은 '먼산바라기 영감'의 삶을 통해 알 수 있듯이 인간의 삶을 떠나야만 가능한 삶이다. 이러한 차이는 인간의 삶은 결국 인간을 중심으로 하는 '유용성'의 관점에서 자유롭지 못하다는 인식의 변화에 기인한 것으로 보인다.

---

59) 박이문, 『노장사상』, 문학과지성사, 1980, 91쪽 참조.

‘먼산바라기 영감’의 집은 마을 사람들의 집과 다르다. “군데군데 허물어진 채 동네 개들이 맘대로 넘나드는 흙담장 너머로 들여다보이는 뜰에는 잡초가 퍼렇게 엉겨 있을 뿐”인 그의 집은 마치 「무녀도」 모화의 집을 연상케 한다. 인간과 자연의 세계가 한데 뒤섞여 있는 이러한 공간은 그 속에 살고 있는 인물 또한 자연 / 인간이라는 대립구도에서 자유로우며, 근대적 사고의 지배를 받고 사는 마을 사람들과는 다른 이질적인 인물일 것이라는 짐작을 하게 한다. ‘먼산바라기 영감’은 동네 사람 누구와도 접촉하지 않았으며, 동네 사람들 또한 그에 대한 관심이 없다. 마을 사람들은 이보다는 “쇠꼴을 한 망태라도 더 벤다거나 개똥을 한 무더기라도 더 주워 들이는 쪽에 시간을 쓰려”는 사람들이다. 즉 그들은 타자에 대해 관심과 사랑을 쏟기보다는 유용성의 척도에 따라 자신의 욕망을 충족시키는 데 관심이 많은 근대 문명인들이다. 그러므로 손에 일이라고는 대어보지도 않고, 조카가 얻어오는 밥으로 끼니를 연명하는 ‘먼산바라기 영감’의 존재가 그들에게 관심 있을 리는 없었다.

서술자인 ‘나’ 또한 이런 사람들과 다르지 않았지만 먼산바라기 영감에 대해 관심을 갖게 되는 계기가 생긴다. 스무 살 되던 해 “철학을 한답시고 <칸트>니 <헤겔>이니 하고 까다로운 책들을 지나치게 들여다보다가 심한 염인증에 걸려” “어디든지 사람이 보이지 않는 데로 달아나”고 싶어 하던 때였다.

산에만 들어가면 마음이 편했다. 특히 수풀이 무성한 부엉골은 나의 유일한 안식처이기도 했다. 같은 야산이라도 이 골짜기에만은 밤나무, 도토리나무, 참나무, 떡갈나무, 회나무, 홰나무, 소동나무, 산뽕나무, 느티나무, 버드나무, 소나무, 이깔나무, 잣나무 따위들이 가지를 겨고 빽빽이 들어서서 대개 소나무뿐인 다른 골짜기에 비하여 색다른 녹음 지대를 이루고 있었다. 봄에 새싹이 틀 때부터 시작하여, 여름의 푸른 잎새, 가을의 단풍, 겨울의 나목, 철따라 일어나는 변화의 다양함도 단조롭기 짝이 없는 다른 소나뭇골에 비길 나위 아니지만 봄 뻐꾸기, 여름 꾀꼬리, 가을 비둘기, 겨울(밤) 부엉이 따위 갖가지 새 소리는 더욱이 그즈음의 나의 귀에는 다시 없는 음악이 되어주었다. 더구나 밤이면 부엉이가 많이 운다고 해서 이름조차 부엉골이었지만 그즈음같이 머릿속이 헝클어진 나에게 있어서는 그러한 새 소리와 가지각색의 나뭇잎과 풀꽃들은 그대로가 내 마음을 가라앉혀 주는 약물 같기도 했다.[60]

심층생태주의에서는 인간의 근본적 심성과 직관이 자연과 닿아 있으며, 인간은 자연과 동등한 입장에서 일체가 될 때 가장 충만한 생명과 행복을 누릴 수 있다고 주장한다.[61] 작중 화자는 "칸트니 헤겔이니 하고 까다로운 책들을 너무 지나치게 들여다" 보며 자연과 거리를 두는 생활에 빠지면서 심성이 황폐해진다. 심한 염인증에 걸려 "사람의 얼굴이라고는 보기도 싫었고, 누구의 음성만 들어도 공연히 가슴이 철렁하곤 했"으며, "때로는 누가 나의 이름을 부르기만 해도 달려들어 싸우고 싶도록 턱없이 화가 치밀곤 했다"는 것은 이를 말해준다. 따라서 그의 산행은 인위 세계의 거부와 무위 세계에 대한 갈망을 의미하며, 자신의 내면에 내재된 자연의 리듬을 찾기 위한 생리적 행위로 해석될 수 있다. 산행을 하면서 "그냥 푸르기만 한 수풀 속에 온종일 번듯이 자빠져 누워 잠이 오면 자고 잠이 깨면 새 소리를 듣고" 하는 생활을 통해 마

---

60) 김동리, 「먼산바라기」, 『김동리 전집 1』, 민음사, 1997, 130~131쪽.
61) 이남호, 『녹색을 위한 문학』, 1998, 민음사, 23쪽.

음의 평정을 찾게 되었다는 것은 그동안 잃어버렸던 내면의 리듬이 회복되면서 자연과의 일체감을 획득하게 된다는 의미이다. 이것은 곧 자연을 지배하는 지배자로서의 인간이 아니라, '큰 자아(Self)'에 편입된 '작은 자아(self)'라는 겸손한 자연인이 되었다는 의미이다. 이러할 때 먼산바라기 노인의 '뒷일 보기'가 비로소 의미 있는 행위로 부각되어올 수 있다.

이 소설은 「산제」에 비해 '먼산바라기 영감'의 '뒷일 보기' 행위에 초점이 맞추어져 있는데, 그 만큼 이 행위에 담겨진 의미가 중요하다는 사실을 짐작할 수 있다. 하찮게 치부될 수 있는 '뒷일'이 이렇듯 의미를 지닐 수 있는 까닭은 이것이 생태계의 순환론과 밀접하기 때문이다. 생태계는 생산자인 녹색 식물에서부터 초식, 육식 동물들로 구성된 소비자, 그리고 생산자와 소비자의 사체를 분해하여 무기물로 바꿔주는 미생물에 이르기까지 무수히 많은 유기체들이 상호의존적 관계 속에서 조화로운 전체를 이루고 있다. 이들은 모두 고립된 개체적 존재로는 생존할 수 없으며, 긴밀한 공생 관계에 의해서만 생존해 나갈 수 있다. 녹색 식물은 초식동물의 먹이가 되고, 초식 동물은 육식 동물의 먹이가 된다. 또 육식 동물의 사체는 무기물로 분해된 후 땅에 흡수되어 식물의 에너지원이 된다. 생물학자인 베르탈란피는 생물의 구조가 에너지와 자원의 지속적인 흐름에 의존한다는 사실을 강조하기 위해서 이러한 생물 구조들을 열린 시스템이라 불렀다. 이 열린 시스템 속에서는 모든 생물이 폐기물을 생산한다. 그러나 한 종에게 폐기물에 불과한 것이 다른 종에게는 긴요한 자원이 될 수 있다. 그렇기 때문에 폐기물은 끊임없이 재생되는 순환 구조 속에 놓인다.[62] 이러한 생태학적 순환 원리 속에서는 서로가 서로를 먹이면서 삶과 죽음이 돌고 돈다. 그러므로 인간이 생태계에 온전히 귀속된다 함은 이와 같은 삶과 죽음의 순환 속에 우리가 녹아든다는 뜻63)이다. 먼산바라기 영감의 '뒷일 보기'가 중요해지는 것은 이와 같은 배경적 의미가 있기 때문이다.

하루 종일 아무 일도 하지 않는 것 같은 '먼산바라기 영감'의 일과 중 유일하게 밖으로 드러나는 일이 있는데, 그것은 다름 아닌 야산에서 행해지는 '뒷일 보기'다. 이 일은 비오는 날에도 삿갓에 도롱이를 두른 채 이루어질 정도로 그의 일상에서 아주 중요한 일이다. 특이한 점은 그가 뒷일을 본 후에는 반드시 '누렁이'라는 개가 등장하여 그의 배설물을 먹는다는 사실이다. 항상 영감의 '뒷일 보기'가 행해질 때 나타나 "결코 영감의 면전에 노골적으로 나타나는 일이 없"이 "반드시 영감의 눈에 띄지 않도록 저만큼 뒤에 따라다닐 뿐"인 '누렁이'와 영감은 서로를 필요로 하나 서로의 세계에 간섭하지는 않는 생태계 먹이사슬의 특성을 잘 보여준다. 영감의 배설물은 냄새나는 폐기물이 아니라, 누렁이의 생명을 먹여 살리는 긴요한 자원이다.

그러나 이와 같은 상호의존적 관계를 제대로 이해하지 못하는 문명 세계의 인간들은 '유용성'의 관점에 따라 누렁이를 개장국거리로 팔아넘김으로써 생태계의 그물(Ecological Network)을 파괴하려 한다. 먹이사슬에 담긴 '어울림'의 중요성을 깨닫지 못하고, 그 어울림의 세계에서 자신들을 제외시키며 그 세계를 파괴하는 자리에 군림64)하려 한다. 그러나 인간에 의해 파괴된 누렁이 자리는 까마귀에 의해 회복된다. 영감의 '뒷일 보기' 현장을 목격한 이후 줄곧 그에 대한 집요한 관심을 보이던

---

62) 프리초프 카프라, 김용정·김동광 옮김, 『생명의 그물』, 범양사, 1998, 234~235쪽.
63) 프리초프 카프라, 김재희 옮김, 『신과학과 영성의 시대』, 범양사 출판부, 1997, 242쪽.
64) 정효구, 『우주 공동체와 문학의 길』, 시와시학사, 1998, 106쪽.

'나'는 까마귀 떼들이 거멓게 떼를 지어 무언가를 향해 덤벼들고 있는 것을 발견하는데, 그 대상물이 다름 아닌 영감의 분비물이라는 사실을 알게 된다.

가이아(Gaia) 가설에 의하면, 지구의 생물권은 범지구적 조절 시스템에 의하여 화학적, 물리적 환경을 생명 현상에 적합한 상태로 유지하려는 자기조절능력을 가지고 있다. 인체가 내부에 여러 가지 장기들을 가지고 조화로운 균형 상태를 지향해 가듯이 지구 전체도 인간의 오장육부에 해당하는 핵심 기관과 부수적 기관을 가지고 있으며, 이를 통해 균형과 조화를 꾀하고자 하는 것이다. 주변 환경이 바람직하지 않은 방향으로 변화할 때 이 유기적 전체라 할 가이아는 자가 규제 시스템에 의해 생물들의 생존에 적합한 환경을 끊임없이 조성해 나간다.[65] 까마귀들이 누렁이 자리를 대치해가는 모습은 인간에 의해 균형을 잃은 생태계가 '자기조절능력'에 의해 회복되어 가는 모습이다.

이렇게 볼 때 '먼산바라기 영감'은 누렁이, 까마귀 떼들과 더불어 사는 삶을 통해 생태계의 원리에 온전히 순응해나간 인물이었음을 알 수 있다. 이것은 곧 '먼산바라기 영감'이 자연과 하나가 된 도인이었다는 말과도 상통한다. 장자 齊物論에서는 '도통(道通)'에 대해 다음과 같이 말하고 있다.

> 其分也成也 其成也毁也. 凡物無成與毁 復通爲一 唯達者知通爲一. 爲
> 是不用 而寓諸庸. 庸也者用也 用也者通也 通也者得也. 適得而幾矣 因是
> 已 已而不知其然. 謂之道.
>
> (그 나뉨은 다른 한편에서의 이루어짐이고 그 이루어짐은 다른 한

---

65) 제임스 러브록, 홍욱희 옮김, 『가이아』, 범양사, 1990, 202~203쪽.

편에서의 허물어짐이다. 무릇 만물은 이루어짐도 허물어짐도 없이 통틀어 하나가 된다. 오직 달관한 자만이 통틀어 하나임을 안다. 이리하여 분별하는 법을 쓰지 않고 이것을 자연의 작용에 의지한다. 자연의 작용이 즉 용(用)이고 용(用)은 곧 통이다. 통이란 모든 것에 통하여 하나가 되는 것이며 그렇게 통하면 도(道)를 체득하는 것이다. 그리고 이 도를 체득하는 순간, 도의 극치에 도달한다.

　도의 극치란 무엇인가. 자연 본래의 길에 순종할 뿐 아니라, 자기가 순종한다는 것을 인식하지 않는 경지이다.66)

인위적 세계는 인간과 자연이 대립되는 세계이나, 자연 그대로의 세계는 대립도 차별도 없는 하나의 세계이다. 이 하나인 자연의 세계에 도달하기 위해서는 인위적인 모든 것을 버리고, 오직 자연의 운행에 몸을 맡기기만 하면 되는 것이다. 먼산바라기 영감은 인위적인 것을 버리고 자연 본래의 길에 순종한 인물이다. 그뿐 아니라, 그는 자기가 순종한다는 것도 인식하지 못하는 경지에 있었다. 그가 사람과의 접촉을 피해왔던 것도 자연적 삶이란 인위적 삶과 병행할 수 없다고 생각한 때문으로 보인다. 사람들이 말을 건네와도 "그냥 먼산만 바라보는" 그의 행위는 근대적 인간에게 '먼산'으로 상징되는 자연에 대해 많은 말을 함축적으로 전하고자 한 것이라 볼 수 있다.

텍스트 속에 담긴 무위자연(無爲自然)사상은 '먼산바라기' 영감이 '나'를 피해 '당집'으로 장소를 옮기면서 샤머니즘 세계와 연결된다. 샤머니즘과 노장에서 지향하는 인간은 자연과의 일체감을 획득한 '여신적 인물'이라는 공통점이 있다.67) "그리 대담해 보이지도 않는" 먼산바라

---

66) 『장자』, 한용득 역주, 홍신사, 1980, 67~68쪽.
67) 김동리는 한 수필에서 한국 인간주의의 성격은 서양의 그것과 같은 '반신적'이 아니고

기 영감이 남들이 다 겁을 내어 잘 들어오지도 않는 당집에 나타난 것은, 그가 자연과의 일체감을 획득한 '여신적 인물'이기 때문이다. '먼산바라기 영감'은 당집에서는 '뒷일 보기' 대신에, '무엇을 혼잣말같이 중얼대는' 샤머니즘적 색채를 띤 모습으로 나타난다.

샤먼의 세계는 자연이 인격화하여 인간사와 자연사가 하나의 유기적인 거대한 생명체로 화해하는 세계이다. 이 세계 속에서 인간은 바위나 별과 같은 사물들과 대화하고 영혼을 나누며 서로 내밀한 通情을 수행하게 된다.68) '먼산바라기 영감'이 당집을 향해 무어라 중얼거리는 행위는 그가 다른 생명체들과 내화를 하고 영혼을 나누는 샤먼의 세계에 들어와 있음을 말해준다. 따라서 샤먼 '먼산바라기 영감'의 죽음은 개체의 소멸에 불과한 것이 아니라, 삶과 죽음의 구분이 불가능한 영원한 세계로의 귀의로 해석된다. 그러기에 함박눈이 퍼붓던 날 눈 속에 파묻혀 맞게 된 그의 죽음은 극히 자연스럽게 다가온다. 형체만 바뀔 뿐 본질은 변할 수 없는 '눈'의 특성처럼 그는 "차별의 세계에서 동일성의 세계"로, "다자에서 일자로 환원"69)한 것이라 할 수 있기 때문이다.

6. 생명 중심적 평등성과 황순원

최근 학문 전반에는 데카르트와 뉴턴 이후 산업 사회의 지배적인 철

처음부터 '여신적(與神的)이랄까 신을 내포한 인간 그것이었다고 말한다. 그리고 그 까닭은 신과 인간이 다 같이 자연을 그 모체로 삼고 출발했기 때문이라 한다(김동리, 「한국문학과 한국 인간주의」, 『사랑의 샘은 곳마다 솟고』, 신원문화사, 1988, 294쪽).
68) 김병익, 「자연에의 친화와 귀의」, 『동리문학연구』, 서라벌 예대, 1973, 131쪽.
69) 박희병, 『한국의 생태사상』, 돌배개, 1999, 141쪽.

학으로 신봉되어온 기계론적 세계관에서 벗어나려는 움직임이 일고 있다. 패러다임의 전환이라는 말로 설명되는 이와 같은 움직임은 전체의 역동성이 부분들의 특성을 통해 완전히 이해될 수 있다고 믿었던 고전물리학이 오류였다는 깨달음에서 비롯된다. 고전물리학에서 우주는 하나의 기계로 간주되었고, 그 우주라는 기계는 가장 작은 부분으로 완전히 분해됨으로써 이해될 수 있었다. 그러나 부분의 특성이란 본질적인 것이 아니라 전체의 맥락 속에서만 이해될 수 있는 것이라는 인식이 확산되면서 이와 같은 분석적이고도 환원적 방식은 한계를 드러내기에 이른다.

사물을 전체의 맥락과 관련하여 이해하려는 세계관을 전일적 또는 생태학적 세계관이라 부르는데, 이와 같은 세계관은 기본적인 구성 재료에 초점을 맞추는 것이 아니라 기본적인 조직 원리에 중점을 두고 있다.[70]

전체론, 상호의존성, 다양성 등을 강조하는 생태학적 세계관에 의하면 하나의 개체는 전체 장 안에 있는 하나의 관계 매듭[71]으로서, 관계에 대한 이해가 선행되어야만 개체는 비로소 그 실체가 이해될 수 있다. 인간 또한 마찬가지다. 인간이란 개체적 존재는 관계에 의해 형성되는 것이며, 다른 인간과의 관계 속에서, 그리고 인간 이외의 자연 환경과의 관계 속에서 규정되어야 하는 존재라 할 수 있는 것이다.[72]

이러한 맥락에서 볼 때, "타자와의 관계 속에서 나를 확인해보려고 지금 여기까지 걸어왔다"[73]고 한 황순원의 언급은 주목할 만하다. 인간

---

70) 프리초프 카프라, 김용정·김동광 옮김, 『생명의 그물』, 범양사, 1998, 33~76쪽 참조.
71) Arne Naess, Ecology, Community and Lifestyle : Outline of an Ecosophy(Cambridgy : Cambridgy University Press, 1989), p.56.
72) 한면희, 『환경윤리』, 철학과현실사, 1997, 162~163쪽.

을 이해한다는 것은 인간 상호간의 관계를 이해하지 않고는 불가능한
바, 인간과 인간의 삶에 대한 탐구를 목적으로 하는 소설에서 인간 탐
구 이전에 인간 상호간의 관계에 대한 탐구가 선행되어야 할 것이기 때
문이다. 따라서 황순원 문학이 관계성을 창작의 근간으로 삼고 있다는
사실은 그의 문학적 뿌리가 공고하다는 뜻이다. 「방가」, 「골동품」 등의
시에서 출발하여 단편소설, 장편소설로 작가적 변신을 도모한 황순원의
작품세계는 그 영역의 확대만큼 형식과 내용 면에서도 많은 변모를 보
이고 있지만, 그의 전반적인 문학 세계는 그의 언급처럼 관계성에 대한
인식과 관련해서 논의될 수 있나고 본다.

　황순원의 관계 맺음에 대한 지향은 이성에 대한 희구, 모성성의 갈
망, 동물들에 대한 강한 애정, 한 걸음 더 나아가 자연과의 동화 등 여
러 형태로 나타난다. 따라서 그가 추구해온 두 갈래의 문학적 과제—
한국적인 아름다움을 추구하려는 노력과 인간의 숙명적인 고독의 의미
및 인간관계의 의미를 추구하려는 노력[74]은 불행한 이원주의[75]의 구조
가 아니라 유기체적 관계 인식이라는 하나의 틀 속에서 이해될 수 있으
리라 본다.

1) 관계 단절의 현실과 문학적 출발

가. 파편적 삶의 인식

　생태학적 패러다임에서 논의되는 전일적·맥락적 사고는 동양적 세

---

73) 황순원, 「말과 삶과 자유」, 『말과 삶과 자유』, 문학과지성사, 1985, 21쪽.
74) 천이두, 『종합에의 의지』, 일지사, 1974, 187쪽.
75) 위의 책, 188쪽.

계관의 본질이기도 하다. 장자 「제물론」에서는 "도를 터득한다는 것은 모든 걸 통해 하나인 것을 아는 것"[76]이라 하였는데, 여기에는 우주 사물이 하나의 유기체로 상호 관련되어 있다는 깨달음이 담겨 있다. 불교사상 또한 모든 사물들을 전일자(全一者)의 현신(顯身)으로 설명한다. 다시 말해 이 세계의 모든 에네르기 내지 사사물물(事事物物)들과 모든 정신적 의식과 영혼들은 횡계(橫系)와 종계(縱系)의 관계와 같아서 물질의 실들과 정신의 실들이 서로 연관지어져 하나의 분리할 수 없는 우주망(宇宙網)을 짜고 있다[77]는 것이다. 이 세계의 모든 것이 하나의 통일체 속에 놓여 있다는 생각을 잘 보여 주고 있는 것이 대승불교의 화엄경이다. 화엄경의 연기법(緣起法)은 이 세상에 존재하는 모든 것이 독립 독존하는 것이 아니라 시간적 공간적으로 상의(相依)·상자(相資)하는 깊은 관계 속에 있다는 존재의 실상을 나타내는 말이다. 즉 존재한다는 것은 개별적인 실체로서 고립해 있는 것이 아니라 시간적 공간적으로 더불어 있다는 것이다.[78] 따라서 불교적 세계관에서 볼 때 모든 생명체는 우주와 상호의존의 관계를 맺고 있는 불가분의 부분들로서 만물은 서로 의존하는 데서 그 존재와 본성을 얻는 것이지 그 자체로는 아무 것도 아닌 것이 된다.

이와 같은 만물 상호간의 관계성을 부인하고 연결망에서 떨어져나갈 때, 하나의 생명체는 파편적 존재가 되어 생명력을 상실하게 된다. 이것은 마치 사람 몸을 구성하는 물질은 고도의 상호의존적 연관성을 지니게 되는데, 이러한 조화와 균형을 이루는 상호의존적 관계에 있어 어

---

76) 『장자』, 한용득 역주, 홍신사, 1980, 70쪽.
77) 김용정, 「불교의 우주관」, 불교신문사 편, 『불교에서 본 우주와 세계』, 도서출판 홍법원, 1988, 17쪽.
78) 강건기, 「불교의 평등관」, 위의 책, 111쪽.

느 하나의 균형이 깨졌을 때 질병에 걸리며, 급기야는 죽음에 이르게 되는 것과 같다. 암세포가 무수한 세포들의 상호의존적 연관 구조를 단절 파괴하고 타세포를 지배하고자 했을 때 결국은 몸 전체를 죽음에 이르게 하는 것처럼, 파편적 형태로 존재하는 개인은 결국 죽음을 향해 가는 것이다.

소설 「허수아비」는 상호의존적 관계에서 이탈되어 고립된 개아로 존재함으로써 결핍 상태에 처하게 된 인간의 모습을 보여준다. 특히 텍스트 서두에 묘사된 지렁이의 생리는 관계망에서 떨어져 나가 파편적 존재로 살아가는 인간의 모습을 압축하고 있다.

> 준근이 꼬챙이에 눅진한 지렁이 한 마리를 걸쳐들고 돌아왔을 때에는 송충이가 겨우 몸을 비틀 뿐이었다. 그러다가 그저 개미떼가 들끓어 움직이는 것이 송충이가 몸을 비트는 것처럼 되곤 하였다.
> 준근은 꼬챙이의 지렁이를 개미집에 떨구었다. 지렁이가 꾸불럭거리고 개미떼가 막 흩어졌다. 준근은 쥔 꼬챙이로 지렁이의 허리를 눌렀다.
> 누른 꼬챙이를 준근은 땅에 비비기 시작하였다. 꼬챙이 끝에서 지렁이가 곧 두 토막으로 났다. 두 토막이 난 지렁이는 제각기 한 마리의 지렁이가 되어 기어가는 것이었다. 대가리와 꼬리가 각기 한 마리씩 되어 각기 다른 데로 기어가는 지렁이를 지켜보다가, 준근은 다시 한 토막의 지렁이를 두 토막으로씩 끊어서 개미떼에게로 굴리고는 일어서고 말았다.[79]

한 몸으로 연결된 유기적 존재라는 운명을 받았음에도 불구하고 자

---

79) 황순원, 「허수아비」, 『황순원 전집 1』, 문학과지성사, 1992, 23~24쪽.

신의 운명을 거역하며 인위적인 두 토막의 삶을 자연스럽게 영위해 가는 '지렁이'의 삶의 방식은 상호의존성과는 거리가 멀다. "대가리와 꼬리가 각기 한 마리씩 되어 각기 다른 데로 기어가"면서 각 토막은 생존을 위해 몸부림치지만, 이는 결국 죽음을 향해 가고 있을 뿐이다.

'지렁이' 이미지는 작중 인물 '청년'에게서 여실히 드러난다. 서울서 법학을 공부한다는 '청년'은 "무릎 위가 긴데 비해 아래는 무척 짧은" 비정상적인 다리를 가지고 있다. 이러한 신체적 결손과 함께 그에게는 정신적 결손도 느껴진다. 그는 "애 밴 아내의 배를 찬 적이 있"으며, "이혼 문제루 처가에 갔다가 게서 묵게 되는 날은 아내와 부부관계를 한다"고 서슴지 않고 말한다. 두 토막의 삶에도 아랑곳하지 않는 '지렁이'처럼 정신적 육체적인 면에서 하나로 엮어져야 할 아내마저 쾌락의 대상으로밖에 생각하지 않을 정도로 그의 심리 상태는 심하게 일그러져 있다.

황폐화한 그의 내면은 이혼을 해서도 아이와는 못 떨어지니 아이의 유모라도 된다고 하는 아내에 대해 "여태껏 앨 그런 것한테 맡겨둔 것두 멋한데 유모가 되겠다니 원, 어림두 없지"라고 말하는 데서 극명하게 드러난다. 관계의 그물을 끊는 선에서 그치는 것이 아니라, 자신 / 타자라는 이분법적 구도 속에서 타자에 대한 억압과 횡포를 일삼으려 하는 존재인 것이다.

'지렁이'는 '청년'의 '상징'인 동시에 작중 인물 '준근'의 무의식에 있는 '그림자(shadow)'이기도 하다. 융에 의하면 '그림자'는 우리들 밖에 있는 어떤 대상에 투영되어 나타나는데 "이러한 이유 때문에 어둠이 우리들 자신 가운데 있다는 것을 의식하지 못하는 한 다른 사람을 항상 나무라게 된다"[80]는 것이다. 이에 근거하면 두 토막이 된 지렁이가 제

각기 한 마리의 지렁이가 되어 기어가는 것을 지켜보다가 "다시 한 토막의 지렁이를 두 토막으로씩 끊어서 개미떼에게로 굴"려 버리는, '지렁이'에 대한 '준근'의 가해 행위는, 거부하고 싶은 자신의 '그림자'에 대한 가해 행위로 해석된다. 다시 말해 "누구와 만나지 않구 혼자 있구 싶어"하는 폐병쟁이라는 신분으로서 "검디 검은 머리칼"과 "검붉은 얼굴, 두꺼운 가슴"을 가진, 원시적 생명력이 넘치는 명주를 탐내고 있는 자신에 대한 가해행위라 할 수 있는 것이다. 도시 거리의 여자 남숙과 함께 지내 온 '준근'에게 '명주'로 상징되는 자연의 생기란 다가설 수 없는 그리움의 실체로 머물러 있어야 할 것이었다. "죽은 쇠파리는 거들떠도 보지 않던 두꺼비"가 살아 있는 파리는 "잽싸게 입안으로 말아 들이"는 모습을 보면서 "개구리가 뛰는 들로 나가고 싶"어 하지만, 소를 쫓아 가다가 나이 어린 '극서'나 '명주'에게조차 뒤지고 쓰러져 각혈을 하고 마는 '준근'은 '명주'는 '극서'에게나 어울리는 세계라고 생각하는 것이다.

'준근'의 자학적 의식은 개구리에 대한 가해 행위에도 나타난다.

> 새로 김풀을 쥐려던 준근이 놀라 뒤로 물러나고 말았다. 내장을 뒤에 달고 있는 개구리가 김풀 속에서 기어 나오고 있었다. 다음 순간 준근은 생에 대한 어떤 더러운 미련을 암시나 받은 듯이 느껴지면서 기어나오는 개구리를 힘껏 풀 속에 차 넣었다. 준근은 다음부터 김풀은 안 줍고 그런 내장을 뒤에 단 개구리만 풀 속으로 차 넣기 시작하였다.[81]

---

80) 욜란디야코비, 이태동 옮김, 『칼 융의 심리학』, 성문각, 1982, 182쪽.
81) 황순원, 「허수아비」, 『황순원 전집 1』, 문학과지성사, 1992, 36쪽.

자신의 깊은 내면에 자리 잡고 있는 생에 대한 욕구와 내장을 달고 김풀 속에서 기어 나오는 개구리의 생에 대한 미련이 동일시되면서, '준근'은 개구리에 대해 가해 행위를 한다. 몸과 마음이 이미 병들어 있는 자신에게 삶에 대한 욕구란, 다시 말해 관계망 속으로 진입하고 싶다는 욕구란 주제 넘는 생각이라는 준열한 자책의 표출인 것이다.

그럼에도 불구하고 그의 무의식 깊은 곳에서는 끊임없이 '명주'의 세계를 추구한다. '극서네'가 '명주'를 며느리로 맞고자 한다는 어머니의 말에 자신도 모르는 사이에 "극선 암만해도 명주완 짝이 기울러요"라고 말하기도 하며, "저 애에게 연정이 느껴져 못 견디겠수, 검붉은 볼이랑 두꺼운 가슴이랑 그걸 어떻게든 내 걸루 만들구 싶수, 내 건강한 애를 낳아줄 여자두 저 애뿐이지요, 요새는 막 밤만 되면 저 앨 억지루라두 멀리, 서울은 말구 어디 멀리 데리구 달아날까 하는 생각뿐이우"라고 불쑥 말을 하기도 한다. 이러한 사실은 의식 세계의 준열한 자책 이미지와 달리 그의 무의식은 '명주' 세계로 진입함으로써 파편적 삶에서 벗어나 관계의 망에 편입되기를 염원하고 있음을 말해준다. 소설의 말미는 이를 잘 드러낸다.

> 허수아비 어깨에 산에서 날아오기도 하고 마을로 날아가기도 하는 참새와 메뚜기의 그림자가 무성하게 떨어지곤 하였다.
> 준근이 햇볕을 안고 눈을 감으면 참새며 메뚜기의 그림자가 자기를 겹겹이 둘러쌈을 느꼈다. 준근이 머리를 흔들었다. 그러니까 참새와 메뚜기의 그림자는 흰 눈이 되어 바람에 날리는 것이었다. 눈보라였다. 눈으로 어깨가 무거워 준근이 눈을 떴다.
> 높은 하늘과 햇볕이 준근의 어깨를 누르고 있었다. 준근은 그 곳에 주저앉고 말았다.

옆 도랑에 괸 썩은 물에 날개가 째진 잠자리 한 마리가 꼬리를 담
그면서 날았다.
　준근은 조용히 잠자리의 꼬리가 지어 놓은 썩은 물의 약한, 그리고
둔한 파문을 지켜보면서 거리의 남숙에게 다시 온전한 여인이 되라고
하리라는 결정을 지었다.
　먼 조밭 속에도 허수아비가 서있었다.[82)]

하나의 그물에 의해 허수아비와 연결된 참새와 메뚜기, 그리고 높은
하늘과 햇볕은 넘치는 생명력으로 '준근'의 의식을 눌러 온다. "머리를
흔들"며 피하려 하지만 그 생명력의 무게에서 그는 결코 피할 수 없다.
그리하여 넘치는 생명력의 무게로 인해 그의 내면에서 꿈틀대고 있는
살고 싶다는 의식과 그렇게 되지 못할 것 같은 현실 사이에서 그는 주
저앉을 수밖에 없다. 그러나 "옆도랑에 괸 썩은 물에 날개가 째진 잠자
리 한 마리가 꼬리를 담그면서 날"듯이, 다 썩어 문드러져 절망만이 느
껴지는 현실이라 해도 아직 희망이 있음을 그는 새롭게 확인한다. 도시
라는 문명 세계에 살면서 병들고 상처 입은 자신과 '남숙'도 다시 날
수 있다는 희망을 그 속에서 발견하는 것이다. '준근'의 희망이 놓인 자
리, 이는 관계의 회복을 통해 파편화된 인간이 치유될 수 있다고 믿는
작가 황순원의 자리이며, 그의 문학이 놓인 자리인 것이다.

　나. 존재의 그물에 대한 인식

　소설 「허수아비」가 관계 단절로 인해 파편화된 인간에 대한 인식과

---

82) 위의 책, 45쪽.

여기에서 벗어나려고 애쓰는 모습을 그렸다면, 「사마귀」는 인간 상호간에 맺고 있는 연쇄적 관계망의 파괴가 초래한 삶의 양상에 초점을 맞추고 있다.

이 소설은 표제어이기도 한 '사마귀'의 특성을 텍스트의 서두에 전경화 함으로써 글의 주제를 암시하고 있다.

그동안 한 마리 한 마리 없어져가던 토끼새끼가 오늘 아침 마지막 한 마리마저 없어진가 보다. 주인마누라가 큰 목소리로, 사마귀는 제 새끼를 잡아먹는다든가 제 어미를 잡아먹는다는 말은 들었지만 아무리 독한 짐승이기로서니 제 새끼를 네 마리씩이나 잡아먹는 법이 어디 있느냐고 어미토끼를 욕질하는 소리가 들린다. 그러면서 주인마누라는 현이 실험용으로 사온 토끼가 밤새 가슴의 털을 뽑아 놓고 그 속에 네 마리의 새끼를 낳았을 때 현더러 새끼가 클 때까지 어미토끼를 그냥 두라고 했던 것을 또 후회해 한다. 아마 막대기를 토끼장 안에 들이밀고 어미토끼의 허리를 찌르는 모양으로, 뒈지고 말라는 소리가 들린다. 이 집 어린 계집애가, 할머니 할머니 하면서, 어미토끼의 눈알이 새끼를 잡아먹어서 새빨가냐고 하고는, 요놈의 눈깔, 요놈의 눈깔, 하는 품이 꼬챙이로 어미토끼의 눈알이라도 찌르는 눈치다.[83]

"제 새끼를 잡아먹는다든가 제 어미를 잡아먹는다"는 사마귀의 속성은 관계 단절과 그로 인한 불모적 현실을 보여 주는 것으로서 소설 전체의 분위기를 집약해 준다. 잘 알려진 바대로 암놈 사마귀는 교미 후 또는 교미 중에도 수놈을 잡아먹는 곤충이다. 이는 목을 베이고서도 걸

---

83) 황순원, 「사마귀」, 『황순원 전집 1』, 문학과지성사, 1992, 131쪽.

을 수 있고, 교미할 수 있으며, 알을 낳고, 고치를 만들 수도 있다. 가장 경악스러운 점은 위험에 직면하게 되면 시체처럼 꼼짝 않고 죽은 척 하기까지도 할 수 있다는 것이다.[84] 이처럼 파편적 형태로도 교묘하고 영악스럽게 살아가며, 자신을 위해 타자를 과감히 희생시킬 수 있는 사마귀의 생존 방식은 이 소설에 등장하고 있는 작중인물들의 이미지를 대변한다.

소설 속 등장인물들은 주인공격인 '현'을 제외하고는 모두 이름이 없다. 그들은 다만 '젊은 여자', '계집애', '주인집 마누라', '사내애' 등의 이름으로 등장한다 이름이 없다는 사실은 그들이 생명을 지닌 인격체로 존재하지 못한다는 사실을 의미한다. 그들은 유기적 전체성에 대한 인식 없이 파편화된 삶을 사는 존재일 따름이다.

생리적인 위장과 더불어 마음의 위장을 하나 더 지닌[85] 인간은 그 마음의 위장을 채우기 위해 끝없는 욕망의 노예가 된다. 자신을 주체로, 타자를 객체로 삼아, 주체 / 객체라는 틀 속에서 타자를 정복과 탐욕과 소유의 대상으로 전락시켜 끝없는 착취와 파괴를 일삼는다. 그러나 어떤 생명체든 생명의 그물 안에서 벗어날 수 없는 것이므로 객체의 파괴는 연결고리를 타고 다시 주체의 파괴로 이어져 결국은 유기체 전체의 파괴를 가져온다. 이것이 생태학적 부메랑 효과인데 소설 「사마귀」에 정확히 대응하는 개념이라 할 수 있다.

이 소설은 젊은 여자 / 계집애, 계집애 / 벙어리 사내애, 아편쟁이 부모 / 사내애, 사내애 / 토끼라는 관계 구도 속에서 전개되고 있다. 전자가 가

---

84) Roger Caillois, "La Mante religieuse", Minotaure, no, 5, 1934. 마단 사립, 김해수 옮김, 『알기 쉬운 쟈끄 라깡』, 백의, 1994, 49쪽.
85) 정효구, 『우주 공동체와 문학의 길』, 시와시학사, 1998, 99쪽.

학적 위치에, 후자는 피학적 위치에 있지만, 후자는 새로운 전자가 됨으로써 상호의존적인 연결고리에 의해 전체의 파괴로 이어진다.

이 소설에서 파편적 이미지를 지닌 대표적 인물은 '젊은 여자'이다. 화류계 여인으로 짐작되는 이 '젊은 여자'의 이미지를 대변하는 것은 그녀가 애지중지하는 '고양이'다. "누구에게도 정을 주는 법 없어 언제나 혼자"[86]인 고양이는 황순원 소설 속에 자주 등장하는 동물로서 '고립적 존재'를 상징한다. '젊은 여자'가 자신의 딸인 '계집애'를 제쳐두고 고양이에게 애정을 쏟는다는 것은 그녀가 유기적 존재이기를 거부하고 있다는 것을 의미한다.

아래 예문은 '젊은 여자'와 '계집애'가 어머니와 딸이라는 관계에도 불구하고 얼마나 비틀어지고 왜곡된 관계에 놓여 있는지를 여실히 보여준다.

> 한번은 현이 툇마루의 낯선 구두가 돌아간 뒤 아래층으로 내려가다가 툇마루에서 젊은 여인이 계집애 쪽으로 두 팔을 내밀면서 웃음을 지었을 때 왼쪽 볼의 보조개가 분명히 한 개의 깊은 홈자국으로 보여 가슴이 섬뜩한 적이 있었다. 그러나 다음 순간 현은 계집애에게 내민 젊은 여인의 팔에 호기심이 더 갔다. 젊은 여인이 계집애를 안으려고 팔을 내민 것을 현은 처음 보는 것이다. 계집애가 어리둥절해 젊은 여인의 얼굴을 쳐다본다. 그러다가 누가 자기 뒤에 있기나 한 것처럼 돌아다본다. 아닌게아니라 그때 계집애 뒤에서 고양이가 달려와 젊은 여인의 내민 팔에 안긴 것이다. 젊은 여인은 고양이에게 팔을 내밀었음에 틀림없었다. 젊은 여인은 고양이를 붙안으며, 오오 내 딸, 하고 속으로 중얼거리는 듯했다.[87]

---

86) 황순원, 「일월」, 『황순원 전집 8』, 문학과지성사, 1990, 302쪽.

 ‘계집애’는 ‘젊은 여자’가 자신의 어머니임에도 불구하고, 그녀가 내민 팔에 어리둥절해 하며 “누가 자기 뒤에 있기나 한 것처럼 돌아다볼” 정도의 이질감을 느끼고 있다. ‘젊은 여자’ 또한 자신의 딸인 ‘계집애’가 받을 상처에 대해서는 아랑곳하지 않고 ‘계집애’ 대신 그 뒤에 있는 고양이를 품에 앉고 반기는 어머니이다. 가장 가까워야할 어머니와 딸 사이에 어떠한 교류도 느껴지지 않는다. 이들은 이미 모녀라는 유기적 관계를 떠나 파편처럼 존재하는 인물들이다.

 ‘젊은 여자’는 자신이 끔찍이도 아끼는 고양이처럼 관계 맺기를 거부한 채 누군가 자기 영역을 침범하려 들면 앞 발톱을 늘어 할퀼 준비가 되어있는 공격형의 인물이다. 고양이의 발톱으로 자신의 얼굴을 힘주어 할퀴고 만족해하는 모습에서 그녀의 내면에 존재하는 공격성의 일단을 엿볼 수 있다. 남에 대한 공격이나 자해 행위는 다 같이 공격성의 측면에서 해석될 수 있겠는데, ‘젊은 여자’의 공격성이 마조히즘적인 것이라면 ‘계집애’의 행위는 사디즘적인 성향을 보인다.

 ‘계집애’는 ‘젊은 여자’와는 반대되는 행동을 한다. 고양이의 볼을 손톱으로 할퀸다거나, ‘젊은 여자’가 밖에서 가져온 갖가지 꽃가지들을 하수도가에 꽂아 놓고 꽃이 다 시들 때까지 한 가지도 뽑아내지 않은 채 그냥 두기도 한다. ‘계집애’의 공격성은 벙어리 사내애와의 놀이에서 적나라하게 드러난다. ‘젊은 여자’에 의해 주변인으로 밀려나면서 받게 된 심적 외상을, 사내애와의 관계에서는 주체의 자리에 군림하여 사내애에게 되돌려 줌으로써 보상받고자 한다. 이는 관계의 고리를 타고 끝없이 이어지는 파괴의 양상이라 할 수 있다.

---

87) 황순원, 「사마귀」, 『황순원 전집 1』, 문학과지성사, 1992, 134쪽.

사내애의 부모는 아편쟁이다. 그의 아버지는 아편 맞기를 시작하면서 이를 말리는 그의 어머니마저 아편쟁이로 만들어 놓고 결국 팔아버리기까지 한다. 그의 어머니가 몰래 찾아와 '사내애'에게 아버지의 아편을 훔쳐 내 오게 하자 이를 본 아버지는 그를 어머니와 말도 못하게끔 벙어리로 만들어 버리고 만다.

부모로부터 유리되어 파편화된 타자로 남게 된 사내애는 또 다른 심적 결손 상태에 있는 계집애에 의해서도 타자의 위치로 내몰림으로써 영원한 타자의 위치에 놓이게 된다. 주인마누라는 사내애보고 "사내자식의 코가 그렇게 발짝하니 하늘로 터졌으니 부몰 아편쟁이로 만들어 잡아먹지 않고 별 수 있느냐"고 함으로써 '사내애'의 객체적 위치로의 전락이 당연하다는 인식을 굳혀준다.

'계집애'는 소꿉장난을 할 때도 '사내애'에게 한 번도 음식을 먹게 하지 않는다. 사내애'는 손에 피가 날 정도로 사금파리를 다듬어 '계집애'에게 주지만, '계집애'는 '사내애'의 노고에 아랑곳 않고 당연하다는 듯 사금파리를 받아 다른 것 속에 섞어 버린다. '계집애'는 톱밥을 쥐어 '사내애'의 얼굴에 뿌리는 놀이를 하며 놀라는 '사내애'를 바라보고 웃어대지만, '계집애'의 이러한 행동에 대해 '사내애'는 결코 화를 내지 않고 오히려 계집애의 웃음을 위해 자신의 고통을 참아낼 뿐이다. '계집애'와 '사내애'의 관계는 데카르트 이후 인간의 사고를 지배해 왔던 주체/객체라는 이분법적인 관계의 전형을 보여주는 것이라 할 수 있다. 이분법적 관계 속에서 객체는 항상 주체의 희생물로 존재한다. '사내애'는 언제나 '계집애'를 위한 존재로 간주될 뿐이다.

그러나 우주 만물은 상호의존성을 토대로 하는 대등한 존재이기에 한 존재가 다른 존재에 준 피해는 결국 가해자 자신에게로 돌아오고,

종국에는 모든 관계의 파괴로 이어지는 것을 볼 수 있다.

어미토끼를 실험실로 가져간 날 저녁 하숙집으로 돌아오던 현은, 개가 아니면 소변보지 마시오, 라고 쓴 곁에 또, 개의 변소, 라고 쓴 벽과 썩은 쥐며 똥이며 깨진 그릇이 마구 내버려져 있는 빈터를 지나 톱질하는 앞에 이른다. 오늘은 사내애가 톱질하는 데를 다 지난 곳에 돌아앉아 있다. 톱밥을 날라다 산이라도 만들고 있는 것이리라. 그러나 현은 사내애의 뒤를 지나며 뜻 없이 사내애의 앞에 눈이 가자 놀라 서고 만다. 사내애의 앞에 놓여 있는 것은 토끼 새끼 아니냐. 지금 시내에는 곱게 다듬은 사금파리에 톱밥을 담아 토끼 새끼 앞에 먹으라고 내 놓는 참이다. 토끼새끼는 꼼짝도 않는다. 죽어있다. 사내애는 계집애와 안 노는 동안 토끼새끼를 한 마리 한 마리 몰래 꺼내다가 이 놀음을 했단 말인가. 뒤에 자기가 서 있는 것을 사내애가 깨닫기 전에 그곳을 떠나려는 순간 난데없이 뒤에서 고양이 한 마리가 달려 오면서 사내애가 미처 손쓸 새 없이 토끼 새끼를 물고 달아난다. 현이 있는 집 고양이다. 뒤이어 사내애가 윽 소리를 지르며 저녁 그늘 속으로 고양이를 쫓아간다. 그 뒤를 현도 같이 고양이를 쫓아 달리기 시작한다.[88]

인간의 삶 속에서 영원한 타자로 남게 되어 자신의 심적 보상을 받을 길이 없었던 '사내애'는 연약한 토끼를 상대로 자신도 주체의 자리에 오르려 한다. 다시 말해 자신의 부모/사내애, 계집애/사내애라는 구도 속에서 끝없는 가해와 핍박을 받아온 사내애는 자신보다 약한 토끼를 자신의 아래에 둠으로써 자신이 받은 피해를 되돌려주려 하는 것

---

88) 황순원, 「사마귀」, 『황순원 전집 1』, 문학과지성사, 1992, 145쪽.

이다. 만물은 그물망 속에서 상호 연결된 것이므로 모든 개체들 간의 관계는 일방통행이 아니라 쌍방통행이다. 젊은 여자→계집애→사내애→토끼라는 구도는 토끼→사내애→계집애→젊은 여자의 구도로 역전할 수 있는 것이다. 이와 같은 역전 구도가 텍스트에는 구체적으로 언급되어 있지는 않지만 하숙집을 떠들썩하게 했던 토끼의 실종이 사내애의 짓으로 밝혀지고, 이 토끼를 매개로 '젊은 여자'를 대변하는 '고양이'와 '사내애' 그리고 '현'의 쫓고 쫓기는 모습은 이와 같은 구도와 파괴 양상을 함축하는 것으로 보인다.

이 소설에서 또 한 가지 주목할 만한 것은 모성이 관계 파괴의 원인이자 파괴된 관계를 회복시키는 기제로 제시된다는 점이다.

소설 「사마귀」에서 왜곡된 관계의 시발점은 '젊은 여자'의 모성 부재이다. 그녀의 딸에 대한 모성의 부재는 '계집애'의 결핍 상황을 낳았고, 이것은 다시 '사내애'에게로 이어져 전반적 관계 단절을 초래한 원인이 되고 있다.

모성의 부재가 상호의존적 관계를 파괴하고 파편화를 초래하는 근본 원인이라는 인식은 소설의 '거리의 여자'가 '현'에게 던진 말에서도 드러난다. '젊은 여자'의 부재로 천대받는 고양이를 돌봐줄 주인을 찾아 밖으로 나온 현에게, 술에 취한 여인은 요맘때가 애 내버리기 꼭 좋은 때라고 하면서 자기도 사내애와 계집애 쌍둥이를 낳아서 여기 가져다 버렸다고 말한다. 자식을 방기(放棄)하는 행위는 모든 관계의 기초가 되는 인륜을 끊어내는 것으로서, 유기체적 존재이기를 거부하고 파편적 삶을 추구하려는 행위이다. 이것은 인간의 지반 상실을 의미하는 것이므로 죽음으로 이어질 수밖에 없다.

이렇듯 소설 「사마귀」는 관계의 그물 속에서 모성의 부재가 가져오는 삶의 파괴 양상을 집요하게 추적함으로써 모성의 고양(高揚)이야말로 파괴된 현실을 극복할 수 있게 하는 원동력임을 강조하고 있다.

다. 모성 부재와 고립된 실체의 인식

모성 부재에서 비롯된 파편적 삶에 대한 인식을 구체적으로 그려낸 소설이 「지나가는 비」이다. 작중 인물인 '섭'과 '매'는 모성과 관련된 정신적 외상을 지닌 인물들이다. '섭'은 '술집 여자'인 어머니에게서 버림받은 사생아이고, '매'는 모델이자 술집 여자로서 자신의 아이를 사생아로 만든 인물이다. '섭'이 술집 여자 '연희'와 분명한 관계 맺기를 미룬다거나, 여학교 교원자리도 마다하고 교원자리를 알선해준 '송암 선생' 집에서 얻어온 붓꽃 포기마저 길 위에 버리고 마는 것은 어머니와의 단절로 인한 상처에 기인한다. 모성 부재로 인해 파편적 존재가 된 자신은 건강한 관계망 속으로 편입될 수 없다는 '사생아 의식'이 그를 지배하기 때문이다.

인간에게 있어서 '어머니로부터의 분리'는 최초의 관계 단절 체험으로서 평생토록 영향을 준다. 어머니로부터 분리되는 체험을 겪은 후 남성들은 독립적인 자아를 가지고 타자에 대한 지배욕을 소유하게 되지만, 여성들은 어머니와의 동일시 감각을 오랜 시간 유지하기 때문에 삶의 모든 현상을 관계성 속에서 파악하게 된다고 한다. 이것은 표면적이고 일시적인 것이 아니라 내면적이고 본질적인 것이므로 관계의 파괴는 여성들에게 큰 영향을 준다. 따라서 여성에게 있어서 다른 사람을 돌보는 일과 자신을 돌보는 일은 동일한 일이 된다고 한다.[89] 황순원 문학에서 관계 회복의 기제로 제시되는 모성성은 이와 같은 여성의 본질적 특성에 바탕을 둔 것으로 보인다. 타인과 자신을 한 몸으로 인식할 수 있는 '한 몸 의식'은 관계 단절로 인해 파편화된 삶을 영위하는 인간들에게 절실히 요구되는 것이라 할 수 있기 때문이다. '한 몸 의식'을 지닐 때 "살아 있는 생명을 돌보고 보살피면서, 어느 것 하나도 상처받지 않게 마음 쓰고, 상처받은 것은 깊이 위무하고 품속으로 거두어들이려고 하며, 무엇보다도 생명 가진 존재들 사이의 조화로운 관계의 유지를 중시"[90]할 수 있다.

따라서 파편화된 개아적(個我的) 존재인 '섭'이 건강한 삶으로 편입하기 위해서는 어머니와의 관계 회복이 필요하다. 그가 사생아의 어머니인 '매'에게서 자신의 어머니의 흔적을 더듬고자 하는 것은 이러한 맥락에서 이해될 수 있다. '매'를 받아들이는 것은 자신을 버린 어머니와의 화해를 의미하는 것으로서 이를 통해 비로소 유기적 관계망 속으로 들어가는 길이 열리는 것이다.

소설 전체의 분위기는 곧 비를 뿌릴 듯한 '회색 구름'의 이미지에 압축되어 있다. 사생아 의식 속에서 여자 문제나 직장 문제 어느 하나 선뜻 결정하지 못하고 머뭇거리는 '섭', '섭'과 탐욕만을 쫓는 '대현' 사이를 오가고 있는 '연희', 모성과 자신의 삶에 대한 집착 사이에서 방황하는 '매', 이들 모두는 언제 비가 올지 모르는 날씨만큼이나 불안하다. 그러나 '지나가는 비'라는 표제어 속에는 이들의 불안한 상황은 곧 지나가 버릴 것이며, 그들이 곧 안정을 찾게 될 것이라는 사실이 암시되어 있다.

---

89) Michael E. Zimmerman, "Feminism, Deep Ecology, and Environmental Ethics", *The Deep Ecology Movement*, ed. by Alan Dregson & Yunichi Inoue. North Atlantic Books, 1995, pp.177~178.
90) 김종철, 『시적 인간과 생태적 인간』, 삼인, 1999, 67~68쪽.

"모델 그만뒀어요."

매는 그림의 허리와 가슴까지 찢고는 불 없는 화로에 쌓으며,

"글쎄 얼마를 그려나가다가 내 젖가슴이 탄력이 없다면서 꼭 뒤루
돌아앉아야겠다는 거예요. 그때처럼 분한 적이 없었어요. 그럼 애 둘
난 년이 그렇잖구 어떻겠냐구 달아나 와버렸죠."

섭은 매 옆의 어항만 바라보고 있었다.

"사실은 하나예요. 이 그림을 그린 사람의 애예요. 사내애였어요.
백 날만에 내다 버렸어요. 누구에게 알게끔 줄까두 생각해봤지만 공
원에 내다 버렸어요. 후에 사생아의 어미 자식 사이를 서루 알리구
싶지 않있기 때문에요. 애가 원망스럽기만 한 그 때였어요. 이 그림을
걸어두구 난 한 번두 옛날을 그리워해 본 적은 없어요. 그저 이걸 바
라보며 원망했을 따름이죠. 그게 이번 모델을 그만두면서부터 어머니
의 사랑이라는 걸 느꼈어요. 이상해요. 애가 어디서나 잘 자라기를 비
는 마음이 됐거든요. 그래 난 이 그림을 찢어버리기루 했어요."[91]

자신의 "젖가슴이 탄력 없다면서 꼭 뒤루 돌아앉아야겠다"는 화가에
게 "애 둘씩이나 난 년이 그렇잖구 어떻겠느냐구 달아나" 버리는 순간
그녀는 비로소 어머니의 자리로 돌아온다. 벽에 걸려 있던 자신의 나체
화를 찢어버린다는 것은 이를 의미한다. 버린 아이의 아버지가 그려준
것으로 자신의 생기 있던 시절을 보여주는 상징적 매체인 이 그림을 보
면서 그녀는 자신의 아름다웠던 시절을 회상했고, 이와 함께 모델로서
의 자신의 가치를 떨어뜨린 자식을 원망해 왔다. 그런 그녀가 아이의
행복을 비는 평범한 어머니로 돌아 왔을 때, 나체화는 무의미해진다.
개아(個我)로서의 자신의 삶보다는 아이가 "어디서나 잘 자라기를 비는

---

91) 황순원, 「지나가는 비」, 『황순원 전집 1』, 문학과지성사, 1992, 102쪽.

마음"을 지닌 모성적 자리가 이제는 더 소중하게 느껴지는 것이다. "어항이나 빗물을 맞히"라는 '섭'에게, "비를 맞으면 금붕어가 죽을지 모른다"고 말하는 모습 속에는 그녀가 모성적 돌봄을 지닌 관계망 속으로 편입하고 있다는 사실이 드러나 있다.

'매'의 변화는 '섭'에게도 중요한 의미가 있다. 어머니와 동일시되는 '매'의 변화는 다름 아닌 자신의 어머니의 변화로 이해될 수 있기 때문이다. 그는 '매'의 변화를 통해 자신에게 '파편 의식'을 심어준 어머니와 화해하고 이를 통해 관계망에 편입될 가능성을 갖게 된다. 알선해준 교직도 사양하고, '송암 선생' 댁에서 얻어 온 붓꽃마저 길에 버릴 정도로 관계망 속으로 편입하는 것에 대해 두려움을 지닌 그였지만, 이제는 버려진 붓꽃이 "누구 가꿀 만한 사람에게 쥐어져 갔는지" 생각하게 되고, 사랑하는 여성인 '연희'와의 관계도 구체적으로 생각하는 사람으로 변화하게 된다.

「지나가는 비」에서 보듯이 황순원 소설에서 모성 부재는 인간을 피폐화시키는 근원으로 나타난다. 그러므로 인간의 존재와 본성을 회복시키는 방법 또한 모성의 회복일 수밖에 없다. 모성성에 의해 인간의 생명력이 회복될 때 파편적 존재로 죽음을 향해 가던 개개 유기체는 존재의 의미를 획득하게 되는 것이다.

2) 모성적 대응을 통한 유기체적 자아 획득

가. 위대한 어머니의 표상

황순원 소설에서 '모성성'은 파편화된 인간의 결핍 상황을 치유하는 기능을 한다. 그런데 황순원의 소설에 나타난 모성성은 실제의 어머니만이 아니라 남성, 여성 모두에게서 발현된다. 그의 소설을 면밀히 살펴보면 오히려 실제의 어머니보다도 다른 사람들에게서 모성적 특성이 더 많이 드러나고 있음을 발견할 수 있다. 이러한 점은 작가가 추구하는 모성이 이미지로서의 기능을 한다는 것을 의미한다. 실제의 어머니가 아닌 이미지로서의 '어머니'를 욕망할 때 "이 욕망은 우주론적, 인류학적 등 수많은 발전 방향의 가능성을 지닌, 아직 형성되지 않은 살아 있는 자기만족을 회복하려는 욕구이자, 물질이 정신에게 행하는 매혹이자, 원초적 통일성에의 노스텔지어, 즉 대립과 양극성을 소멸하려는 욕구"[92]라 할 수 있다. 따라서 황순원의 '모성의 추구'란 다른 게 아니라 '어머니의 마음'으로 표현되는 '연민'과 '사랑'을 통해 단절되어버린 관계를 다시금 맺음으로써 전일적 세계를 회복하려는 욕망이라고 말할 수 있겠다. 이때의 관계 맺음이란 유기체 상호 간의 관계 맺음인 동시에 무한자인 전 우주와의 관계맺음을 의미한다고 할 수 있는데, 이렇게 볼 때 이는 심층생태주의에서 말하는 '자아실현'과 관계가 깊다.

심층생태주의에서 말하는 자아실현은 자아와 타자를 동일시함으로써 획득할 수 있는 것으로, 이것을 가능하게 하는 것은 강렬한 연민이다. 연민에 의해 하나의 유기체는 다른 유기체와 하나가 되는 체험을 할 수 있다. 이 체험을 통해 주체와 객체의 경계가 허물어지며 자아의 확장과 심화가 이루어질 수 있다.[93] 황순원 소설에 나타난 연민이나 감싸 안음은 타자의 존재성을 확보하게 함으로써 자신과 타자를 '주(主)'와 '종

---

92) 마르치아 엘리아데, 이재실 옮김, 『이미지와 상징』, 까치 글방, 1998, 18쪽.
93) Arne Naess, Self-realization, *Deep Ecology for the 21st Century*, Boston : Shambhala, 1995, p.226.

(從)’이라는 이원론적 대립관계에서 벗어나 하나가 되게 하는 기제로 작용한다. 그의 소설 전반에 나타나는 소박한 인정은 이러한 맥락에서 이해될 수 있는 요소이다.

「어머니가 있는 유월의 대화」와 「인간접목」에는 모성의 위대성이 강조되어 있다.

먼저 「어머니가 있는 유월의 대화」에서는 세 가지 에피소드를 통해 모성의 절대성을 보여준다. “젖 떼면서부터 아버지와 함께 잤고 울 때나 무슨 일이 있을 때도 엄마보다는 아버지를 찾아 아버지 아들이라는 별명을 들을 정도였던 아이”인데도 아버지와 피난길에 오르던 중 배웅 나온 엄마의 같이 있자는 말 한마디에 아버지는 돌아보지도 않고 쏜살같이 어머니 쪽으로 가버렸다는 예를 통해 “어머니라는 존재는 절대적”인 것이라고 작가는 말한다.

절대적 존재로서의 ‘어머니’ 이미지는 아이를 버리고 떠난 어머니에 대한 두 번째 이야기에게도 드러나 있다. 일곱 살 때 자신을 버리고 떠난 어머니에게 반감을 갖고 있던 남자는 6·25 때 중상을 입어 죽어가던 순간 까마득하게 잊고 있던 유년 시절의 어머니를 떠올린다. 기억 속의 어머니는 ‘남자’의 눈곱이 말라붙어 떠지지 않는 눈을 혀로 핥아 떼어주고 있었다. 죽어 가는 순간 이 일을 기억해 내고 그는 어머니가 자신의 눈을 핥게 해서는 안 된다는 생각을 한다. 이러한 의식작용을 통해 결국 그는 살아나게 된다. 이에 대해 소설의 화자는 어머니에 대해 반감을 갖고 있을지라도 “잠재의식 속에서는 역시 어머니를 그리워한 것이며, 그 어머니가 결국은 목숨을 살린 것”이라고 말한다.

모성의 절대적 이미지는 셋째 이야기에도 드러난다. 감시병의 눈을 피해 강물을 건너고 있던 사람들의 이야기다. 생명이 걸린 도강을 하던 긴장된 배 안에서 갓난애의 울음소리가 크고 높게 울렸다. 모두들 당황하고 있을 때 아이의 어머니는 갓난애를 배 밖으로 버린다. 이 반인륜적인 것으로 지탄을 받을 수 있다. 그러나 아이의 어머니는 자신의 젖이 불자 퉁퉁 불은 젖꼭지를 가위로 잘라내 버린다. 다른 사람들을 위해 아이를 죽일 수밖에 없었지만 그녀가 죽은 아이로 인해 얼마나 큰 심적 고통을 겪고 있는지를 잘 보여준다. 그 고통에 비하면 젖꼭지가 잘릴 때의 고통은 아무 것도 아니라는 것이다.

장편 「인간 접목」에서는 선한 어머니의 이미지가 한 개인의 헌신적인 삶을 지탱히는 원동력으로 작용하고 있음을 보여준다. 「인간접복」의 '종호'는 6·25 때 의무장교로 배송되어 나갔다가 상이군인이 된다. 외과의였던 그에게 있어 팔 하나의 절단은 몸 전부를 잃는 것과 다름없을 정도로 치명적이다. 그러나 은사의 도움으로 갱생소년팀의 책임자로 부임하면서 재생의 길을 걷게 된다. 그는 자신이나 천막 주변에서 서성대는 고아들이나 모성을 받을 수 없는 존재라는 점에서 별반 다르지 않다고 생각한다. 오히려 삶의 기반이라 할 오른팔마저 없는 자신이 그들보다 못한 존재일 수 있다. 이러한 그를 지탱시켜준 것이 가슴 깊이 각인된 '어머니의 사랑'이다.

'종호'에게 있어서 모성은 절대적인 것이다. 그의 어머니는 아들을 벽장에 숨겨두고 피난을 가지 못했다가 유탄에 맞게 된다, 당신은 죽어가면서도 자식을 걱정하는 어머니의 모습은 그의 무의식 속에 오래도록 남아 꿈의 형태로 그를 괴롭힌다. 자기에게로 날아오는 총알을 어머니가 대신 맞는 것으로 나타나기도 하고, 노한 얼굴을 한 어머니가 되어 팔을 내놓으라고 꾸짖는 모습으로 나타난다. 그러나 불장난으로 동생을 잃고 죄책감에 시달리는 '준학'이에게 들려주는 다음의 꿈 이야기에는 모성의 절대적인 힘이 잘 드러나 있다. 이것은, 모성으로부터 괴리된 파편과 같은 존재라는 데서 오는 심적 상처를 안고 살아가는 갱생소년원의 소년들을 헌신적으로 교도하는 책임자가 되게 하는 힘으로 작용한다.

> 내가 이 팔을 짜르구 난 뒤의 일이다. 꿈에 어머님이 나타나셨어. 흰옷을 입구 계셨다. 이 어머님이 내 앞으루 가만히 걸어오시드니 작은 목소리로, 종호야 염려마라, 네 팔은 내가 잘 간수해두었다. 이전의 네 팔대루 온전히 간수해 두었다. 자 이걸 봐라, 하시면서 치마폭을 펴보이시겠지. 정말 그 속에는 내 팔이 들어있었어. 그게 하나두 아니구 여러 개야. 그리구 마치 수밀도를 담아가지구 오신 때처럼 조금두 징그럽지가 않겠지. 그러자 어머님이 다시 말씀하시기를, 종호야 여기 이렇게 네 팔이 있으니 언제든지 네가 가져라, 그리구 나머지 팔들은 너처럼 팔이 없는 친구들에게 나눠주구⋯⋯94)

현실의 어머니는 부재하지만 헌신적 사랑을 쏟던 어머니의 모습은 희생적 사랑의 상징이 되어 그를 재생시킨다. 그리고 상처를 안고 살아가는 소년원 아이들을 소생시키기 위해 끝없는 노력을 기울이도록 하는 힘의 원천이 된다. 그가 상처받아 뒤틀린 인생들에 대해서 "닦기만 하면 안쪽은 성한 거울 알"이라 할 정도로 인간에 대해 절대적으로 신뢰할 수 있었던 것도 그의 어머니가 보여준 모성애에 기인한다.

타자의 아픔이 내 아픔으로 느껴질 때는 타인과 자신이 동일시될 때이다. 이것을 가능하도록 하는 힘이 모성적 연민이다. 상실감 속에서 인

---

94) 황순원, 「인간접목」, 『황순원 전집 7』, 문학과지성사, 1999, 37쪽.

간의 심성은 끝없이 황폐해지지만, 연민을 바탕으로 '한 몸 의식'을 갖게 될 때 인간은 다시금 회복될 수 있다. 회복 불가능한 존재로 생각되었던 "짱구 대가리"마저 날개를 단 '하얀 천사'일 수 있는 까닭은 아무리 파괴된 인간일지라도 모성적 사랑을 통해 재생할 수 있기 때문이다.

나. 아니마의 발현과 남성 작중인물의 모성적 대응

황순원의 소설에서 모성적 특성을 갖춘 남성들은 할아버지, 아버지, 교사, 성직자, 친구 등 다양한 유형의 사람들이다. 이들은 남성이지만 한결같이 연민이나 감싸 안음 등으로 나타나는 모성적 특성을 지니고 있다. 황순원 소설에는 특히 할아버지가 많이 등장하는데, 그것은 권위와 질서로 상징되는 '아버지'와 달리 할아버지는 육체적으로는 연약하지만 인생 경륜을 통해 상처받은 인간을 위로할 수 있는 힘을 획득한 존재라는 데에 기인한다고 여겨진다.

모성적 특성을 갖춘 할아버지의 모습은 「원색 오뚜기」, 「목넘이 마을의 개」 등에 잘 나타나 있다.

'훈장 아저씨'로 불리는 「원색 오뚜기」의 '윤노인'은 관계 단절에서 비롯된 심적 상처가 있는 인물이다. 그의 아들은 통신병으로 군대에서 전사했다. 그러나 전우를 여럿 살린 공으로 사후에 훈장을 받는다. 이 훈장은 아들을 대신하는 것으로서 '윤노인'에게는 정신적 지주와 같은 물건이다. 그러나 그의 며느리가 이 훈장과 유가족증을 가지고 가출을 하면서 그는 모든 관계로부터 분리된 깊은 고독과 상실감을 맛본다. 이러한 그를 다시금 회복시키는 것이 '춘천집 철이'다.

'춘천집 철이'는 네 살 된 사내애로 두 살 때 소아마비에 걸려 아랫

도리를 쓰지 못한다. 그의 어머니 '춘천집'은 그 동안 이 애를 업고 다니면서 광우리 장사를 해왔으나 얼마 전부터는 힘에 부쳐 애를 집에 혼자 뉘어두고 나가는 것이었다. '윤노인'은 어머니 없이 자라는 '철이'에게 자신과 같은 상처를 발견하고 그에게 연민을 느낀다. '철이'에게 줄 오뚝이를 정성껏 만드는 '윤노인'의 모습에서 돌봄과 감싸 안음으로 나타나는 모성적 특성을 느낄 수 있다. 애써서 만든 오뚝이를 '철이'에게 주며 기뻐하는 그의 모습은 너 / 나의 대립관계가 와해된 순수성의 세계를 보여준다,

측은한 생각이 들면서 윤노인은 얼른 호주머니에서 오뚜기를 꺼냈다. 그러는 윤노인의 윗니 빠진 입이 크게 벌어진다.
"이거봐라, 이게 뭐게."
오뚜기를 철이 앞으로 굴린다.
"얼럴럴러, 섰다 섰다."
철이가 몸을 뒤채어 엎드린다. 윤노인이 오두기를 집어 다시 철이 앞으로 굴린다.
"얼럴럴러, 섰다 섰다. 재밋지?"
오똑 서서 되똥거리는 오뚜기를 철이가 지켜본다.
"어디 인젠 니가 한번 굴려봐."
잠시 머뭇거리던 철이가 오뚜기를 집어 윤노인 앞으로 굴린다.
"옳지 옳지, 야 또 섰다 섰다."
윤노인이 다시 철이쪽으로 굴린다.
이렇게 오뚜기를 서로 굴려보내고 굴려오고 하는 동안 비로소 철이의 물기어린 눈에 웃음이 내밴다.
철이는 윤노인 쪽이 아닌 딴 곳으로 오뚜기를 굴린다. 그리고는 두

다리를 못 써 배밀이를 하다시피 기어가서는 또 다른곳으로 굴린다.
　철이가 혼자 오뚜기를 굴리는 동안도 윤노인의 입에서 연방, 얼럴
럴러 섰다 섰다, 하는 말이 끊이지 않고 나왔다. 그러는 그의 윗니 빠
진 말소리엔 스스 소리가 섞이고, 입가엔 웃음이 벙을어퍼졌다.[95]

인생의 황혼에 접어든 '윤노인'과 이제 세상으로 막 나온 '철이'가
한 몸이 된 모습이다. 철이에 대한 惻隱之心이 개체적 차이를 무너뜨리
고 두 사람을 하나로 융합하고 있다. '윤노인'이 자신을 홀로 남겨둔 채
훈장과 유가족증을 가지고 집을 나간 며느리를 용서하게 되는 것도 이
와 동일선상에 있다. 자신의 삶을 지탱해주던 아들의 상징을 가져가 버
린 며느리를 결코 용서할 수 없을 것 같았지만, 그녀 또한 "살갗이 다
른 애"를 낳아 그 아이마저 빼앗겨버리고 죽기보다 더 힘든 삶을 살아
왔을 것이라는 생각에 '철이'에게 가졌던 측은함을 며느리에게도 느끼
게 된다. 그리하여 '윤노인'은 그녀마저도 감싸 안을 수 있게 된다.
　「물 한 모금」은 짧은 단편이지만 황순원의 문학적 지향점을 집약하
고 있는 소설이라 할 수 있다. 이 소설의 구심점이 되는 것은 갑자기
쏟아진 가을비와 잠깐 동안 비를 피할 수 있는 간이역 앞의 초가집이
다. 갑자기 비가 내리자 바쁘게 오가던 사람들은 개울둑 가까이에 있는
초가집으로 하나 둘 모인다. 그곳의 풍경은 인생의 한 단면을 드러낸다.
어깨에 보따리까지 메고도 천천히 잘 건너오는, 흰 수염을 길게 기른
노인은 삶의 지혜를 터득하고 있음을 느끼게 하며, 성급히 건너려다 휘
청거리는 외나무다리에서 비틀거리는 젊은 사람은 인생살이의 미숙한
모습을 보여준다.

---

95) 황순원, 「원색 오뚜기」, 『황순원 전집 5』, 문학과지성사, 1990, 57~58쪽.

이렇게 다양하게 다리를 건너는 모습을 보면서 초가집에 모인 여러 유형의 사람들은 잠시나마 같은 시간, 같은 장소에 있다는 사실로 인해 연대의식을 갖게 된다. 그리하여 그들의 마음은 자연스레 열리고 서로 간에 대화도 오가게 된다. 그러나 그들의 대화는 이 집주인이라는 험상궂게 생긴 중국 사람에 의해 중단된다. 그는 국적도 다를 뿐만 아니라 험상궂은 외모로 인해 사람들에게 경계심을 불러일으킨다. 이제 한바탕 험악한 사태가 벌어질 것 같은 긴장된 순간이다. 그러나 험상궂은 외모와 달리 그가 가져온 것은 따뜻한 물주전자다. 이 따뜻한 물 한 모금은 추위와 긴장감에 잔뜩 움츠려든 사람들의 몸과 마음을 녹여 새로운 출발을 가능하게 하는 원동력이 된다. 마음을 나눌 수 없을 것만 같던 중국인 주인이 보여준 따뜻한 사랑은 사람들의 마음을 열게 했으며, 이를 통해 사람들은 편협한 경쟁적 자아에서 벗어나 뜨거운 김 속에서 하나로 융화될 수 있었다. 소설 「물 한 모금」은 가을날 갑자기 장마 비와 같은 비가 퍼붓듯이 인생의 힘든 상황에 돌연 처하게 되더라도 삶의 의지를 회복시키고 재생할 수 있도록 해주는 힘은 '물 한 모금'으로 표현되는 따뜻한 사랑이라는 사실을 강조하고 있다.

이와 같이 모성성에 기반을 두고 있는 인간의 따뜻한 사랑은 원형적 모티프가 되어 그의 소설 전반에 두루 나타난다. 특히 남성 작중 인물들은 주로 헌신적이며 자애로운 이미지를 지닌 인물들로 그려지고 있다.

다. 여성 작중 인물의 모성적 대응

소설 「겨울 개나리」와 「맹산할머니」는 모성성의 극점을 보여준다.

「겨울 개나리」에서 식물인간이 된 '영이'의 간병인으로 채용된 간호보조원 아줌마는 "입꼬리가 쳐지고 눈 두덩이가 두꺼운 품이 어딘지 자상치 못하고 성깔머리가 있을 듯한 인상"을 가진 사람이었다. 그녀의 외모로 인해 가족들은 '영이'를 맡기는 것에 대해 미덥잖게 생각했다. 게다가 대학 병원에서 잡일을 할 때 당번 간호원이 화장실을 가기 위해 잠깐 부탁한 환자를 실수로 죽게 했다는 말을 듣자 이러한 생각은 더욱 확고해진다. 그러나 이러한 선입견은 점차 변화한다. "'아줌마'의 무언 속의 간호를 고용인으로서 의무만이 아닌 그대로 환자에 풀려든 간호"라는 것을 깨닫게 된 때문이다. 그녀는 낮과 밤이 바뀐 환자를 옮겨 뉘어야 할 시각이나 음식을 줘야 할 시각을 한 번도 지나쳐 버린 일이 없으며, 안마사를 대신하여 환자가 아프지 않게 주물러 주기도 했다. 그녀와 '영이'의 관계는 환자와 고용인의 관계가 아니라, 하나로 융합된 同體的 관계라 해도 무방할 정도이다.

인간이 자신을 고립된 자아로 인지하는 한, 다시 말해 자신과 타자가 단지 표면적인 관계를 맺고 있을 뿐이라고 생각하는 한, 그들은 인생을 생존경쟁의 장으로 볼 수밖에 없다. 그러나 그들이 타자와 내적인 관련을 맺고 있는 존재라는 인식을 갖게 될 때, 그들은 삶이 결핍 상태에 놓여 있는 것이 아니라 너그럽고 관대한 것이라는 생각을 하게 되며, 공격적이고 경쟁적인 것이 아니라 서로 도우며 사는 것이라는 생각에 이르게 된다.[96] 간병인 아줌마가 '영이'와 영적 교류마저 가능한 상태에 이른 것은 그녀가 인생에 대해 후자의 입장을 취하고 있음을 입증한다. 따라서 그녀에게 돈으로 맺어진 계약 기간은 무의미하다. 그녀는 인간관계란 잠시 맺었다가 끝내 버리는 표면적 관계라고 생각하는 남

---

96) Michael E. Zimmerman, "Feminism, Deep Ecology, and Environmental Ethics", *op.cit.*, p.169.

성적 관점을 취하는 것이 아니라, 계약기간이 끝나 종전과는 다른 상황에 처하더라도 이는 표면적인 것에 불과하므로 두 사람 사이의 관계맺음에 대해서는 변함없다고 생각하는 입장"[97]을 취하고 있다. 그렇기 때문에 그녀는 '영이'의 미세한 상태까지 알아차릴 수 있었고, 두 사람 사이에는 영적 감정의 교류까지도 흐를 수 있었던 것이다. 다음은 이러한 그들의 관계를 단적으로 보여 주는 예다.

> 이밖에 아줌마는 환자가 그때그때 추워하거나 더워하는 낌새를 재빨리 알아채고 손을 쓰는 것이었다. 아줌마가 환자의 이불을 턱밑까지 꼭꼭 감싸고 스웨터 같은 것으로 가려주었는가 싶으면 환자의 얼굴에 소름이 돋아나고, 이불을 내리고 팔을 밖으로 내어놓아 주었는가 싶으면 환자의 얼굴엔 열기가 떠오르곤 하는 것이었다. (…중략…) 수술한 지 다섯 달 가까이 경과했건만 여전히 의식이 깜깜한 환자라 오줌똥을 때없이 쌌다. 한번은 기저귀를 갈자마자 오줌을 싸 아줌마가 볼기짝을 한대 때렸다. 그랬더니 환자의 눈에서 주르르 눈물이 흐르는 것이었다. 섭섭함이나 미안함을 느낀 거나처럼.
> 또 한 번은 간호원이 맥박을 재는데 환자가 하품을 하다 그만 제 혀를 깨물었다. 대번 피가 흘렀다. 간호원이 아무리 입을 벌리려 해도 어찌나 악물었는지 영 벌려지지가 않았다. 그러자 아줌마가 다가가 환자의 입을 어루만지며, 아가 이러지 말구 입 좀 벌려라, 어서 응? 하고 타이르듯 하니까 그제야 악 물었던 입을 스스로 여는 게 아닌가.[98]

간호보조원 아줌마의 '영이'에 대한 사랑은 피를 나눈 가족을 능가한

---

97) *Ibid.*, p.177 참조.
98) 황순원, 「겨울 개나리」, 『황순원 전집 5』, 문학과지성사, 1990, 139~140쪽.

다. 그들은 보조원 아줌마를 믿기 때문이기도 하지만 시간이 경과할수록 병원에서 발길을 돌리게 된다. 그리하여 그들이 꽂았던 화병의 꽃은 시들어 있거나 아무 꽃도 꽂혀 있지 않을 때가 많았다. 그들은 혈연관계에 있을지라도 가망 없는 지루한 시간의 행진 속에서 '영이'가 비록 식물인간이기는 해도 아직은 살아서 숨 쉬는 생명체라는 사실을 망각해 갔다. '영이'는 어느새 그들에게 타자의 위치로 전락해 있었고, 그들은 타자를 돌보기보다는 자신의 일에 더 분주하게 되었던 것이다.

가족들과는 대조적으로 간호보조원 아줌마는 본래의 둥그렇던 윤곽마저 날이 갈수록 흉하게 비끼어 갔다. 그녀는 자신과는 딜리 '영이'의 얼굴을 더욱 더 뽀얗게 피어나도록 했으며, 악성이면 힘들다던 육 개월이 아닌 십 개월 이상을 넘기도록 했다. 이러한 그녀의 사랑으로 인해 작중 인물 '상철'은 '영이'가 죽을 것 같던 날 죽지 않았던 까닭이 아줌마의 흐느낌을 들었기 때문이라는 생각마저 드는 것이다. 아줌마와 '영이'가 동체 관계였다는 사실은 '상철'의 친구 '닥터 윤'의 말에서도 드러난다.

> "그 방은 병실이 아니구, 두 사람의 살림방이었지, 하여튼 최근엔 간호부 의사 할것없이 신발을 벗구야 그 방엘 드나들었으니까. 어디 친부모 자식간이라구 그럴 수가 있겠어. 글쎄 감기같은 것두 어느 한쪽이 걸리면 으레 다른쪽두 걸리구 했으니 말야. 두 사람은 우리가 헤아릴 수 없는 데까지 서루 통하구 있었어. 환자가 언제 죽으리라는 것두 다 알구 있었을껄. 결국 알구두 안 알린 거라구 봐야 할 거야."99)

---

99) 위의 책, 144쪽.

‘영이’는 간호보조원 아줌마에게 분신과도 같은 존재였으므로, ‘영이’의 죽음은 그녀에게도 마감의 의미를 지닌다. 그녀의 간호보조원 사직은 이를 말해준다. 그녀는 ‘영이’의 장례 때도 오지 않는데, 이것은 ‘영이’와 그녀의 관계가 형식적 차원이 아닌 깊은 내면의 관계였다는 사실을 의미하는 것이라 하겠다.

「겨울 개나리」에 나타난 절대적 모성 이미지는 「맹산할머니」에도 유사하게 구현되어 있다,

‘맹산할머니’는 “칠순도 훨씬 넘었을 듯한데, 큰 입을 언제나 다물고 말이 없는” 인물이다. 이러한 묵묵한 모습은 “일부러 그러고자 해서가 아닌, 따라서 노파 자신도 모르게 발산하는 일종의 체취와도 같은 것”이다. 이것은 그녀가 무위적 세계를 생리적으로 지향하는 인물임을 보여준다. 그러나 그녀가 열린 세계를 지향하고 있다는 것은 그녀의 집이 사람을 거부하는 것 같은 그녀의 눈꺼풀처럼 “두꺼운 옛기왓장을 힘에 겨운 듯이 이고 죽지를 축 늘어뜨린 추녀”를 가지고 있음에도 불구하고 사나이들이 무수히 드나들고 있다는 사실에서도 드러난다. 모든 사람에게 열려 있는 그녀의 집이 상징하듯이 그녀에게 자아와 타자의 경계는 무화된다. 그녀에게 삶이란 ‘너 아니면 나(either you or me)’의 차원이 아니라, ‘살면서도 살리는(live and let live)’ 차원100)으로 이해된다.

이 점은 그녀와 함께 살고 있는 천식증 앓는 노파가 장티푸스에 걸리자 노파를 극진하게 간호하는 모습을 통해서 입증된다. 그녀는 모두 떠나간 낡은 집에서 아무런 말없이 혼자 부엌 동자를 하며 천식증 노파를 간호한다. 동네사람들은 그녀에게 “속히 동리에 알려 병인을 병막으

---

100) Arnae Naess, “The shallow and the Deep, Long-Range Ecology Movement : A Summary”, *op.cit.*, p.4.

로 데려가게 해야지 그냥 놔뒀다가는 큰일난다"고들 하였으나 '맹산할머니'는 잠자코 노파를 간호할 뿐이었다. 자기중심의 삶을 사는 마을 사람들에게 장티푸스에 걸린 노파는 피해를 주는 타자에 불과하다. 유용성을 가치 판단의 척도로 삼고 있는 그들에게 자아와 타자를 동일시하는 '맹산할머니'는 이해할 수 없는 인물이 된다.

> 천식증 노인은 열에 떠 정신이 없다가도 노파가 미음을 떠넣어주면 싫다는 듯이 눈을 떠보다가도 그것이 노파인 줄을 알고는 순순히 받아먹는다는 것이었다.
> 한 두어 주일 지났다. 천식증 노인이 살아났다는 소문이 났다. 이제는 죽같은 것도 먹게쯤 됐다는 것이다. 맹산할머니가 풋밤알을 짓씹어 어린애에게처럼 천식증 노인의 입에 넣어주기도 한다고 했다. 그런 때의 맹산할머니의 구부정한 상체가 밤깊어 창호지에 그림자져지기도 했다.[101)

죽을 것이라 여겨지던 천식증 노인을 회생시킨 것은, 자신과 타자의 경계를 두지 않는 '맹산할머니'의 모성적 사랑에 기인한다. 그녀는 자아와 타자가 관계의 그물로 이어진 하나의 존재라는 것을 생리적으로 인식할 줄 알았고, 타자에 대한 사랑은 곧 자신에 대한 사랑과 동일한 것이라는 본능적 깨달음을 확보한 인물이다. 그녀에게 있어서 다른 사람들을 돌보는 일은 바로 그녀 자신을 돌보는 일과 구분될 수 없는 것[102)이었던 것이다.

---

101) 황순원, 「맹산할머니」, 『황순원 전집 1』, 문학과지성사, 1992, 274~275쪽.
102) Michael E. Zimmerman, "Feminism, Deep Ecology, and Environmental Ethics", *op. cit.*, p.178.

그러나 '맹산할머니'와는 달리 동네사람들은 '관계망 속의 자아'를 인지하지 못한 사람들이었기에, '맹산할머니'가 장티푸스에 걸려 간병인에서 환자의 위치로 바뀌자 누구 하나 그녀와 같은 헌신적인 애정을 보여주지 못한다.

> 그런 어느 날, 동네에서 이번에는 노파가 앓아누웠다는 소문이 났다. 같은 시병이라는 것이었다.
> 어떤 사람은,
> "노망한 노친네같으니라구, 종내 남의 말 안 듣더니 싸디,"
> 하면서 어서 동회에 알려 병막으로 가져가게 해야지 이러다가는 온 동네가 큰 결딴나리라고 했다.
> 사실 서리가 몹시 내린 날 노파는 열에 뜬 눈을 감은 채 죽은 사람처럼 신음소리 하나 없이 다루는 사람이 하는 대로 마구 리어카에 실리어 병막으로 갔다.[103]

3) 범생명주의의 추구

황순원의 소설 속에는 많은 동물들이 등장한다, 우선 그의 소설 중에서 동물을 표제어로 삼고 있는 소설을 들어보면, 「소라」, 「돼지계」, 「닭제」, 「사마귀」, 「기러기」, 「병든 나비」, 「노새」, 「두꺼비」, 「황소들」, 「목넘이 마을의 개」, 「학」, 「매」, 「불가사리」, 「송아지」 등이 있으며, 표제어는 아니지만 개미, 지렁이, 거미, 개구리, 땅강아지, 카나리아, 붕어, 제비, 뱀, 비둘기, 고양이, 말, 토끼, 여우, 곰, 호랑이, 지네, 방아깨비,

---

103) 황순원, 「맹산할머니」, 『황순원 전집 1』, 문학과지성사, 1992, 275쪽.

메뚜기, 벌, 삵쾡이, 갈매기, 꿩, 노루, 솔개, 이리, 원숭이, 당나귀, 붉바리, 다금바리, 잉어, 게, 장어, 고릴라, 사자, 고요새 등 헤아리기 어려울 정도의 많은 동물들이 등장하여 단순한 소품에서부터 주제를 형상화하는 것들까지 다양한 역할을 하고 있음을 볼 수 있다.

소설 속에 수많은 동물이 등장한다는 것은 동물에 대한 작가의 관심이 크다는 의미이다. 알레고리 수법을 통해 동물들이 인간을 대신하고 있다는 점 또한 인간과 동물을 유기적 관점으로 파악하고 있다는 뜻이다.

이렇듯 짐승세계로까지 열려 있는 작가 황순원의 생명존중[104] 태도에는 모든 생명체가 상호의존적인 평등 관계에 있다는 인식이 담겨 있다. 비인간세계를 주변부가 아니라 자신과 동등한 중심에 놓을 때, 다른 생명체들도 자신만큼이나 존중받아야 할 존재가 되는 것이다.

가. 화해의 물꼬트기

황순원의 생명 존중 태도를 잘 보여주는 소설이 「목넘이 마을의 개」이다. 이 소설의 서두에 소개된 '목넘이' 마을은 여러 면에서 상징적인 의미를 지닌다.

> 어디를 가려도 목을 넘어야 했다. 남쪽만은 꽤 길게 굽이돈 골짜기를 이루고 있지만, 결국 동서남북 모두 산으로 둘러싸여 어디를 가려도 산목을 넘어야만 했다. 그래 이름지어 목넘이마을이라 불렀다.
>
> 이 목넘이마을에 한시절 이른봄으로부터 늦가을까지 적잖은 서북간도 이사꾼이 들러 지나갔다. 남쪽 산목을 넘어오는 이들 이사꾼들

---

104) 유종호, 「겨레의 기억」, 『황순원 전집 2』, 문학과지성사, 1981, 264쪽.

은 이 마을에 들어서서는 으레 서쪽 산밑 오막살이 앞에 있는 우물가에서 피곤한 다리를 쉬어가는 것이었다. (…중략…)

이들은 우물가에 이르자 능수버들 그늘 아래서 먼첨 목을 축였다. 쭉 한차례 돌아가며 마시고는 다시 또 한차례 마시는 것이었는데, 보채는 애, 아직 젖도 떨어지지 않은 어린것에게도 물을 먹이는 것이었다. 나지도 않는 젖을 물리느니보다 이것이 나을 성싶은 모양이었다.

다음에는 부릍고 단 발바닥에 냉수를 기얹었다. 이것도 몇차례나 돌아가며 끼얹는 것이었다. 어른들이 다 끝난 다음에도 애들은 제손으로 우물물을 길어 얼마든지 발에다 끼얹곤 했다. 그러나 떠날 때에는 여전히 다리를 쩔룩이며 북녘 산목을 넘어 사라지는 것이었다.[105]

"어디를 가려도" 반드시 거쳐야 하는 곳으로서, "피곤한 다리를 쉬어가"기도 하고, 목을 축이며 "부릍고 단 발바닥에 냉수를 끼얹어" 새 힘을 주기도 하는 목넘이 마을은 열린 마음을 표상한다. 누구든지 쉽게 들어와서 쉼을 얻을 수 있는 세계란 타자와 관계가 단절된 고립의 세계가 아니라 관계망으로 연결된 열린 세계이다. 관계망의 세계에 머물 때 개인도 타자를 향해 마음을 열고 지나가는 나그네에게 인정을 베풀 수 있다. 따라서 목넘이 마을로 한 마리의 개 '신둥이'가 들어왔다는 사실은 작가의 관계망 개념이 인간 세계에 국한되지 않고 동물의 영역까지 펼쳐져 있다는 의미이다.

'신둥이'는 목넘이 마을에 자연스럽게 적응해나간다. "방앗간에서 언제 방아를 찧어 보았는지 모르게 겨 아닌 뽀얀 먼지만이 앉은 풍구밑을 혓바닥으로 핥"기도 하고, 도랑물을 먹기도 한다. 마을의 개들은 처음

---

105) 황순원, 「목넘이 마을의 개」, 『황순원 전집 2』, 문학과지성사, 1981, 131~132쪽.

에는 신둥이를 경계하나, 곧 경계를 풀고 자기들이 먹다 남은 밥을 '신둥이'가 먹더라도 잠자코 있게 된다. 이러한 개들의 모습은 방앗간 주위를 서성이는 '신둥이'를 "개새끼같은 것이 와서 거추장스럽다고 발을 들어 허리를 밀어차" 버리거나 돌멩이를 던지고, 심지어는 미친개로 치부하여 죽이려 하는 인간의 모습과 대조된다. 타자를 돌보지 못하는 인간의 탐욕스러운 모습은 큰 동장네 검둥이와, 작은 동장네 바둑이가 이틀씩 집을 비었다가 돌아오자 미친개가 되었다고 단정하고 죽여 보신탕을 끓여먹는 모습에 집약되어 나타난다.

> 절가가 남포등을 내다 밤나뭇 가지에 걸었다. 남폿불빛 아래서 개기름땀과 괸돌동장의 포마드 바른 머리가 살아나 번질거렸다. 그리고 겔겔이 풀어진 눈들을 하고 둘러앉아 잔을 돌리고 고기를 뜯고 그러다가 모기라도 와 물면 각각 제 목덜미며 가슴패기를 철썩철썩 때리는 것이란 흡사 무슨 짐승들이 모여 앉았는 것 같기도 했다.
> 괸돌동장이 소리를 한번 하자고 하며, 제가 먼저 혀 굳은 소리로 노랫가락을 꺼냈다. 작은동장이 그래도 꽤 온전한 목소리로 받았다. 박초시는 그저 혼자 조용히 무릎 장단만 쳤다. 첫여름밤 희미한 남폿불 밑에서 이러는 것이 또 흡사 무슨 짐승들이 한데 모여앉아 울부짖는 것과도 같았다.106)

예문은 인간과 동물의 위치가 전도된 상황을 보여준다. 인간은 육체를 지닌 생명체라는 점에서는 다른 생명체들과 같지만, 정신을 지닌 존재라는 점에서는 차이가 있다. 『조주록』의 '구자무불성(拘子·無佛性)'107)

---

106) 위의 책, 149쪽.
107) 동물들은 욕망에 기초한 자기중심적인 의식작용에서 벗어나지 못하지만, 인간은 노

의 인식이나, 기독교의 청지기[108] 개념에는 인간이 평등성과 차별성을 동시에 갖는 존재라는 의미가 내포되어 있다.

그럼에도 불구하고 여기서는 동물과 인간이 역전된다. "겔겔이 풀어진 눈들을 하고 둘러 앉아 잔을 돌리고 고기를 뜯고 그러다가 모기라도 와 물면 각각 제 목덜미며 가슴패기를 철썩 철썩 때리는" 인간들의 모습은 "무슨 짐승이 모여 앉아 있는 것 같기도" 하다. 이것은 타자의 세계로 자리매김해놓은 동물 세계의 모습이다.

인간의 욕망은 환경 위기의 원인 중 하나로, 탐욕을 지닐 때 인간과 자연은 지배와 피지배의 관계에 놓이게 되고, 인간은 자연을 대상으로 무분별하게 착취와 횡포를 일삼게 된다. 짐승들의 향연을 환기시키는 이들의 모습은 인간과 자연의 유대 관계를 깨뜨리고 자신에게 주어진 청지기로서의 권한을 포기해버린 인간의 탐욕스러움을 잘 보여준다. 이들은 '검둥이'와 '바둑이'를 잡아먹는데 그치지 않고 '신둥이'마저 잡아먹고자 한다. "홀몸이 아니고 새끼를 뱄다면 그게 승냥이와 붙어 된 것일 테니 그렇다면 그 이상 없는 보양제"라는 말은 "다른 모든 존재를 자신의 만족스러운 실현을 위한 도구나 자료로서 지배하며 소유하고 조작하거나 이용할 권리를 갖고 있다"[109]는 발상에 기인한다.

인간중심적 시각에서는 인간에 한해서만 내재적 가치를 인정하므로

력을 하면 여기에서 벗어날 수 있다.

108) 구약성경의 창세기에 나오는 '정복하라'의 개념 속에는 관념과 질서를 위한 엄숙한 신뢰와 책임을 하나님으로 넘겨받은 관리자의 위치에 있다는 의미가 내포되어 있다. 구약성서 전반에 걸쳐 강조하는 것은 온 우주의 주인은 하나님이라는 것이며 이로부터 인간도 다른 모든 피조물처럼 하나님에게 절대 의존하는 상태에 있다는 전체론적 세계관이 나온다. 또한 여기에는 만물은 상호의존하며, 세계는 개체들의 단순한 집합체가 아니라 하나의 우주 공동체라는 이미지가 강하게 나타난다(이안 브래들리, 이상훈·배규식 옮김, 『녹색의 신』, 뜨님, 1996, 30~59쪽 참조).

109) 박이문, 「녹색의 원리」, 『녹색평론』, 녹색평론사, 1994. 3~4월호, 47쪽.

자연은 정복의 대상으로 전락할 수밖에 없다. 몽둥이를 들고 포위망을 만들어 '신둥이'를 향해 "한 걸음 한 걸음, 죄어드는" 사람들의 모습은, 비인간세계와의 관계를 철저히 차단하려는 포악한 인간의 모습을 상징한다. 한 치의 빈틈도 보이지 않기 위해 인간은 몽둥이 잡은 손에 힘을 주며, 더욱 더 간격을 좁혀 나가는 것이다.

철저한 대립과 반목만이 있을 뿐 결코 화해가 가능할 것 같지 않던 인간과 비인간(신둥이)과의 관계는, 자신의 거름을 축내고 있다는 생각에 마을 사람들에게 동조했던 '간난이 할아버지'에 의해 화해의 가능성을 드러낸다.

'간난이 할아버지'가 이원론적 논리에 사로잡힌 인간의 대열에서 빠져나올 수 있었던 것은 그의 내면에 존재하는 '모성성' 때문이다. 그는 '신둥이'의 뱃속에 든 새끼들을 생각하고는 "짐승이라도 새끼밴 것을 차마" 죽일 수 있겠느냐는 생각을 한다. 과도한 남성성의 세력 속에서 관대한 여성성의 세계가 복원되는 순간이다. 그리하여 그는 의도적으로 빈틈을 내주게 되고 '신둥이'는 그가 내준 빈틈으로 무사히 빠져 나가게 된다.

'간난이 할아버지'가 내준 빈틈은 단순한 틈이 아니다. 그것은 인간과 동물들의 관계를 다시 잇게 해준 생명의 그물이다. 자신에게 올 불이익을 알면서도, 그는 꽉 막힌 인간과 비인간의 사이에 관계의 물꼬를 터주는 역할을 한다. 다시 말해 상극관계(相剋關係)에 있는 자연과 인간을 '모성성'을 바탕으로 상생(相生)의 관계가 회복되도록 한다. 그리하여 자신의 내재적 가치를 인정받게 된 '신둥이'는 '누렁이', '검둥이', '바둑이'를 낳음으로써 자신의 생명력을 드러낼 수 있게 된다.

　　이런 일이 있은 지 한 달쯤 뒤, 가을도 다 끝나고 이제 곧 겨울나무 준비로 바쁜 어느 날, 간난이 할아버지는 서산 너머의 옛날부터 험한 곳이라고 해서 좀처럼 나무꾼들이 드나들지 않는, 따라서 거기만 가면 쉽게 나무 한짐을 해올 수 있는 여웃골로 나무를 하러 갔다. 손쉽게 나무 한짐을 해가지고 돌아오는 길에, 무심코 길 한 옆에 눈을 준 간난이 할아버지는 거기 웬 짐승의 새끼가 뭉켜있는 걸 보았다. 이게 범의 새끼나 아닌가 하고 놀라 자세히 보니, 그것은 다른 것 아닌 잠든 강아지들이었다. 그리고 저만큼에 바로 신둥이 개가 이쪽을 지키고 서 있는 것이었다. 앙상하니 뼈만 남아가지고.

　　간난이 할아버지가 강아지께로 가까이 갔다. 다섯 마린가 되는 강아지는 벌써 한 스무날은 넉넉히 됐을 성싶었다. 그러자 간난이 할아버지는 다시 한 번 속으로 놀라고 말았다. 잠이 들어있는 다섯 마리 강아지 속에는 틀림없는 누렁이가, 검둥이가, 바둑이가, 섞여 있는 게 아닌가. 그러나 다음 순간, 이건 놀랄 일이 아니라 응당 그럴 일이라고, 그 일견 험상궂어 뵈는 반백의 텁석부리 속에 저절로 미소가 지어지는 것이었다. 좀만에 그곳을 떠나는 간난이 할아버지는 오늘 예서 본 일은 아무한테나, 집안사람한테도 이야기 말리라 마음먹었다.[110)]

‘간난이 할아버지’가 지닌 모성성은 ‘신둥이’가 지닌 모성성과 다를 바 없다. 앙상하니 뼈만 남은 채 새끼를 지키고 서있는 ‘신둥이’와 “험상궂어 뵈는 반백의 텁석부리 속에 저절로 지어지는” 미소를 짓는 ‘간난이 할아버지’ 사이에는 인간과 동물이라는 종적 차이를 넘어서는 교감이 흐르고 있다. 이들 속에서 인간과 동물, 마음과 육체, 정신과 물질

---

110) 황순원, 「목넘이 마을의 개」, 『황순원 전집 2』, 문학과지성사, 1981, 152~153쪽.

이라는 이분법적 경계는 해체되어 버린다.

이것은 앞에서 고찰한 '목넘이 마을'의 배경적 특성과 합치된다. '간난이 할아버지'가 내준 '빈틈'에 의해 자연과 인간의 경계가 와해된 모습은 오가는 나그네에게 쉼을 주는 목넘이 마을의 열린 세계와 동일한 맥락에 있다.

간난이 할아버지는 지금 자기네 집에 기르는 개가 그 신둥이의 증손녀라는 말과 원체 종자가 좋아서 지금 목넘이마을에서 기르는 개란 개는 거의 다 이 신둥이의 증손이 아니면 고손이라고 했다. 크고 작은 동장네 두 집에서까지도 요새 자기네 개가 낳은 신둥이개의 고손자를 얻어갔다는 말도 했다. 이런 말을 하는 간난이 할아버지는 이제는 아주 흰서릿발이 된 텁석부리 속에서 미소를 띠우는 것이었다.[111]

탐욕에 의해 동물들을 도구화했던 크고 작은 동장까지도 '신둥이'의 고손자를 얻어갔다는 데서 드러나듯이, 파괴될 뻔했던 인간과 비인간의 네트워크는 한 인간의 모성적 힘에 의해 복원된다.

나. 인간과 동물의 유기체적 상관성 추구

인간과 동물이 主客의 관계에 있을 때, 인간은 유용성을 척도로 동물의 가치를 판단한다. 그러나 인간과 동물이 유기적 전체성 속에서 상호의존적 관계를 맺고 있다는 인식을 갖게 될 때, 인간은 다른 생명체에 대해 경외감(敬畏感)을 가질 수 있으며, 종적인 차이를 넘어 서로에 대해

---

111) 위의 책, 154쪽.

애정을 느낄 수 있다.

소설 「아내의 눈길」에는 이러한 생각이 잘 드러나 있다. 소설의 화자는 가뭄으로 제대로 먹지 못하고 더위까지 먹은 돼지가 새끼를 사산하게 되자 이들을 밖으로 내어버리려 한다. 그러나 간신히 목숨이 붙어 있는 새끼돼지를 발견하고는 새끼돼지의 처리문제를 놓고 고민하게 된다. 타산적으로만 생각한다면 금방이라도 죽어 버릴 것 같은 새끼돼지의 생명은 무시됨직하다. 새끼돼지에게 어미의 젖을 물리면 어미 돼지의 다음 발정기는 늦춰질 것이고, 또 새끼돼지가 살아난다 해도 정상적인 돼지 구실을 할 지 알 수 없다. 작중인물 '현구'는 영리와 생명의 가치 사이에서 갈등한다. 그러나 고민하는 그를 보고 "하여튼 아직은 죽지 않은걸요"라고 항변하며 바라보는 아내의 눈길은 '현구'에게 생명체가 모두 다 소중하다는 인식을 환기시킨다.

저절로 죽어 주기를 바라면서도 방에 들여다 마른걸레로 닦아주고 어미의 젖을 물리는 '현구'의 행위는, 생명체의 소중함에 대한 인식이 인간의 이익에 선행하는, 무의식 깊숙이 뿌리 내린 본능 차원의 것임을 보여준다.

> 풋껏 잠이 들었는가 싶었는데 무슨 소리에 깨고 말았다. 닭 울음소리였다. (…중략…) 닭 울음소리는 처음에 한두 마리의, 그 뒤를 이어 두세 마리의, 그리고는 여러 마리의 울음소리가 멀고 가까운 데서 합쳐져 들려오는 것이었다. 시골 나와 밤중에 닭 우는 소리를 듣는 건 아니나 이처럼 무성하게 느껴져 오는 닭 울음소리는 처음이었다. 지금 그 닭 울음소리가 메마르고 두터운 어둠 속에 무수한 구멍을 뚫어 놓는 것만 같았다.112)

무의식에 잠재해 있는 생명의 소중함에 대한 인식이 작중 인물의 의식세계로 부상하여 그를 동요케 하는 모습이다. 잠들어 있던 의식을 깨워주는 매개체는 '닭 울음소리'이다. 어둠 속에 생명의 울림을 전하여 잠든 생명체들의 의식을 깨우는 닭 울음소리는, 작중인물의 내면에 잠자고 있던 생명체의 소중함에 대한 인식을 일깨운다. 나의 이익보다 선행되어야 할 모든 생명체에 대한 경외심, 그의 의식에서 피어오르는 닭 울음소리는 비록 쓸모없어 보이는 존재라 해도 생명을 지녔다는 사실 하나만으로도 존중받아야 한다는 것을 말해 준다.

> 그런데 아, 궤짝 쪽에서 또 움직이는 소리가 들려왔다. 약하긴 하나 좀전보다 더 똑똑했다. 그리고 한 자리에 머물러 있지 않고 이동하고 있는 것이다. 그러자 좀 아까 닭 울음 소리가 메마른 어둠 속에 뚫어 놓은 무수한 구멍같은 것이 현구의 가슴에도 무수히 뚫리는 듯함을 느꼈다.[113]

궤짝 쪽에서 들려오는, 새끼 돼지의 희미하지만 살아 있음의 징표들은 닭 울음소리가 되어 '현구'의 가슴에 무수한 구멍을 남긴다. 그의 가슴에 만들어진 닭 울음소리는 무의식 깊이 내재한 생명에의 외경에 기인한다. 이 소리에 귀를 기울일 때 인간과 타 생명체는 비로소 하나의 유기적 세계에 이른다.

「목넘이 마을」에도 드러나 있지만, 동물은 때로 인간에게 부끄러움을 주는 존재가 된다. 이것을 보여주는 소설이 「부끄러움」이다.

작가의 피난 시절 이야기로 보이는 이 소설은 '곰 사냥' 이야기에 초

---

112) 황순원, 「아내의 눈길」, 『황순원 전집 5』, 문학과지성사, 1990, 46쪽.
113) 위의 책, 46쪽.

점이 맞추어져 있다. 새끼 곰들에게 가재를 먹이러 어미 곰은 종종 내려온다. 사냥꾼은 이 길을 미리 알아두고 숨어 있다가 어미 곰이 내려와 가재가 많이 들어 있음직한 바위를 번쩍 앞발로 들여 올렸을 때 일부러 다른 방향으로 총을 쏜다는 것이다. 그러면 총소리에 놀란 어미 곰이 들어 올렸던 돌을 놓아 버리고 총소리가 난 곳을 찾아가는 사이에 가재를 먹던 새끼 곰들은 바위에 깔려 죽고 만다. 어미 곰이 다시 새끼 곰 있는 곳으로 돌아와 거기에 죽어있는 자기 새끼들을 발견했을 때 어미 곰의 슬픔은 극에 달하게 된다. 그는 이상한 울음을 울며 그 주위를 맴돌다가 다시 자기 새끼들이 움직이기를 기다리는 듯 그들을 들여다 보기를 여러 번 한다. 그러다가는 드디어 자식놈들을 하나하나 집어 네 활개를 찢어 버린 후 그 곳을 떠난다는 것이다. 새끼들을 들여다보는 안타까움을 더 이상 견딜 수 없었던 까닭이다. 새끼에 대한 어미곰의 사랑은 화자의 가슴을 울리며 그의 첫 딸에 얽힌 부끄러운 과거를 떠올리게 한다.

그의 첫 딸은 워낙 병약한 아이였다. 작은 소리에도 깜짝 깜짝 놀라 울며 밤이나 낮이나 긴 잠을 자지 못했고 햇볕도 좋아하지 않았다. 이런 아이가 열 달 정도 지나자 홍역에 걸리게 된다. 화자 부부는 그 아이의 병을 낫게 하기 위해 갖은 수고를 아끼지 않는다. 심지어 화자의 아내는 죽어 가는 아이가 있는 힘을 다해 피가 날 정도로 젖꼭지를 물어 대어도 아이를 위해 그 고통을 참는다. 그렇게 자식에 대한 애정이 깊었던 그들이지만 그들은 자식이 죽어 얼굴이 흙빛으로 변하게 되자 순식간에 돌변한다. 좀 전까지도 자신들의 일부로 느꼈던 자식이건만 바로 그 아이의 얼굴에서 무서움을 느끼고 그 아이와 한 방에 있는 것조차 싫어하게 된다. 날이 밝아 아이를 가마니에 싸 가지고 나가는 것을 보면서 그들은 아이를 생각나게 할 만한 모든 물건도 다 싸 가지고 나가게 했다. 죽음 앞에서도 처절할 정도로 새끼에 대한 사랑을 보여주는 곰과 달리 죽은 아이보다는 자신들을 더 생각하는 인간의 모습을 통해 인간의 자식 사랑이 동물의 그것보다 못하다는 것을 보여준다.

이와 같이 생명체를 향한 작가의 시선에는 인간이든 비인간이든 모든 생명체가 근원적으로 평등하다는 인식이 담겨 있다. 이런 입장을 견지할 때 인간에게 해를 주는 존재라 해도 그들의 생명을 함부로 훼손할 수는 없다. 이를 말해주는 소설이 「청산가리」이다.

> 스무이틀 되는 날부터 까기 시작했다. 삐악삐악, 약하나 사람의 가슴을 행복 그것처럼 간지러 마지않는 속삭임. 조그만 대강이를 밖으로 내밀었다가 무엇에 놀란 듯이 도로 숨어버리는고 귀여운 동작, 절로 손이 어미닭 품속으로 가진다. 아직 몸이 마르지 않은 놈은 고 놈대로 애처롭고 사랑스런 것이나 아주 몸이 다 마른 뒤에, 손에 만져지는 아 고 보드랍고도 따스한 촉감 밑에 만져지는 생명의 고동이란. 자주 손을 대서는 안된다는 걸 알면서도 자꾸 손이 어미닭 품속으로 가진다. (…중략…) 나는 한 마리를 꺼내어 차례로 한 번씩 만져보게 하고는 일절 병아리에 손을 못 되게 했다. 공연히 꺼내 가지고 그러다가 어미닭이 깔 알도 채 안 까가지고 내려버리면 어떡하느냐. 그러면서도 나 나신은 달걀 껍데기를 꺼내는 척, 필요 이상으로 어미닭 품속으로 손을 넣곤 했다.[114]

병아리에 대한 화자의 섬세한 사랑은 어머니의 자식 사랑과 같다. 그것은 타산적이 아니라 본능적이며 생리적인 것이다. 여기에서 인간과

---

114) 황순원, 「청산가리」, 『황순원 전집 3』, 문학과지성사, 1985, 58~59쪽.

동물의 경계는 불필요하며, "보드랍고도 따스한 촉감 밑에 느껴지는 발랄한 생명의 고동"만으로 그것은 소중한 가치가 있다.

실로 이 소설 속에서 인간과 동물의 경계 설정은 무의미하다. 화자의 가족 모두는 병아리에 대해 '한 몸 의식'을 지니고 있다. 그들은 "병아리 밑구멍이 메지 않는다는 깨 섞인 싸래기"를 잘 먹을 수 있도록 해주어야 하는 "주둥이 끝 까주기"란 것도 병아리의 연약한 주둥이가 상할 것 같아 그만 둔다. 그리고 "어미 닭을 따라 무어라 속살거리며 모이를 찾아다니는" 병아리들의 모습을 시간 가는 줄 모르고 서서 바라보기도 한다. 세 살짜리 아들은 "노상 병아리가 되고 싶어서 삐삐 소리를 지르며 앉아 돌아가다 병아리장 속으로 머리만을 디밀고 어깨가 걸리곤" 한다. 인간과 동물이 깊은 유대 관계 속에 교감을 나누는 모습이다. 이들에게는 "나 아니면 너"라는 파편화된 개체로서의 의식은 찾아 볼 수 없다. 인간과 동물이 동체적 관계 속에서 하나로 어우러져 있는 것이다.

그러나 병아리가 고양이에 의해 죽게 되자 그들은 고양이를 죽일 궁리를 한다. 병아리에 대해서는 동체의식을 가지고 있지만 병아리를 해친 고양이에게는 적대감을 갖고 있는 까닭이다. 연약한 생명체에 대한 애정을 가지고 있을 때는 주체와 객체라는 경계를 무화시킬 수 있었으나, 이해관계가 걸린 문제에 봉착하게 될 때는, 주체/객체의 대립 구도를 유지하며 주체를 위해 객체를 파괴하려 하는 것이다.

그렇지만 "고깃점 속에 그걸 넣어 매달아 놓기만 하면 고양이란 놈이 집어 물기가 바쁘게 신경이 마비돼 그 자리에 거꾸러지고 만다"는 청산가리를 써서 고양이를 죽이겠다는 "이 간단하다는 일"을 화자는 "별안간 끔찍이 어려운 일"로 생각하며 실행에 옮기지 못한다. 병아리라는 미약한 생명체에 대해 '한 몸 의식'을 느꼈던 화자에게 '고양이'

또한 비록 해를 주기는 하지만 생명을 지닌 소중한 존재로 느껴지기 때문이다. 고양이를 죽이지 않으면서도 병아리를 지키기 위해 안간힘을 쓰는 모습에는, 영리보다는 생명에 대한 경외를 더 소중히 생각하는 '생명중심적 평등성'의 추구가 담겨져 있다.

인간은 연약한 생명체에게서도 생명의 소중함을 느낄 수 있다. 이들은 때때로 실의에 빠진 인간을 소생시키는 역할을 하기도 한다. 「이삭 주이」에는 이러한 작가의 생각이 잘 구현되어 있다.

표제어 그대로 몇 가지 이야기들이 각각 하나의 '이삭'이 되어 병치되어 있는 이 소설에서, 마지막 '이삭'은 여주인공 '혜경'이 이루어질 수 없는 사랑으로 인해 실의에 빠져 자살을 생각한다는 이야기다. 사랑하는 남자가 없는 삶은 무의미하므로 그녀는 자살을 결심한다. 그러나 자살을 위해 찾은 장소에 떨어져 있던 피묻은 새털은, 삶의 소중함을 깨닫게 하는 역할을 해준다. "털로 보아 작은 새였다는 걸 알 수 있게" 하는 흰 새털, "저보다 큰 짐승에게 잡혀 먹혔음에 틀림없을" 작은 새는 틀림없이 생명이 남아 있는 동안 가녀린 날개짓을 하다 죽었을 것이다. 그 가엾은 생명체의 몸짓을 떠올렸을 때 그녀는 새에 대해 강한 연민과 동정을 느끼게 되며 작은 새와 자신이 동일시되는 체험을 한다. 이러한 체험은 그녀에게 생명이란 소중한 것이라는 각성을 불러일으키며, 삶에 대한 강한 의지를 회복시킨다.

인간과 동물 모두 소중한 가치를 지니고 있다는 인식은 「어둠 속에 찍힌 판화」에도 잘 구현되어 나타난다. 작가의 피난 시절 이야기로 짐작되는 이 소설에서 주인 집 부부는 깊은 상처를 안고 사는 인물들이다. 주인집 사내는 이름난 포수로 많은 짐승들을 살육해 오면서도 사냥꾼의 생리대로 그것에 대해 별다른 죄의식을 느끼지 못하는 사람이다.

그러던 그는 어떤 일을 계기로 밀렵을 그만 두게 된다. 임신한 아내를 데리고 떠난 산행에서 그는 총에 맞기는 했으나 완전히 죽지는 않은 노루의 가슴을 찌르고 참대통을 꽂아 아내에게 생노루 피를 먹인다. 아내 또한 노루의 애처로운 비명을 들으면서도 태아를 위한 일이라 생각하며 순순히 그 피를 마신다. 그러나 그 노루가 새끼를 가진 암놈이었다는 사실이 밝혀지면서 아내는 이내 구역질을 하더니 그날 밤 아이를 유산하고 만다. 그리고 그 뒤로도 아내는 번번이 유산을 되풀이한다는 이야기다. 이 소설에는 노루나 아내나 똑같이 생명을 잉태하고 있는 존재임에도 불구하고 총을 지닌 강자라는 이유로 연약한 동물 위에 군림하려고 해서는 안 된다는 의미가 담겨 있다. ‘나’를 위해 ‘너’의 희생을 당연시하는 논리는 부당하다. 노루의 피를 마신 이후 구역질이 시작되고 결국은 아내가 아이를 가질 수 없게 되었다는 사실은, 생명의 소중함에 대한 인식이란 생리적이고 본능적인 것이기 때문에 이성으로 깨닫기도 전에 온몸이 먼저 이를 느끼고 반응을 보이는 것임을 의미한다. 처형네 아이를 자식 대신 데려다 키우면서도 사냥에 대한 미련을 버리지 못하고, 아내 몰래 숨겨둔 총기를 꺼내 쓰다듬으며 또 다시 숨길 곳을 궁리하는 사내의 모습은 바로 자신의 욕망 충족을 위해 과학기술을 이용하여 자연 파괴를 서슴지 않는 인간의 단면이다.

인간이 타 생명체와 어울리지 못하고 정복과 파괴에 대한 야심을 버리지 못할 때, 타 생명체들의 복수는 시작된다. 이러한 경고를 담은 소설이 「이리도」다.

액자 형식을 갖춘 이 소설 속에서 액자 속 이야기의 중심을 이루는 부분은 ‘만수’ 외삼촌이 몽고에서 겪었던 경험이다. 몽고에서 머물던 가정집에서 그는 일본인 객과 동석을 하게 된다. 그때 밖에서 개들이 심상치 않게 짖는 소리가 들리자, 집주인은 이리 떼가 나타난 것이라 말해준다. 이 말에 일본인 객이 총을 쏘려 하자 집주인은 산 속에서는 "날짐승이건 길짐승이건 심지어는 한 마리의 벌레까지라도 함부로 죽여서는 안 된다"며, "특히 총을 가진 외지인일 경우 직접 쏘아서는 안 되며 그저 한방 허공에다 대고 총소리를 내는 정도로 쫓아 버리는 것이 상책"이라고 말한다. 이러한 경고에도 불구하고, 일본인 객은 이를 경멸하며 자기는 손꼽히는 사격수로 대일본제국 신민의 솜씨를 보여 주겠다면서 나갔다가 결국은 이리떼에 의해 비참하게 죽고 만다. 머리카락 하나 남기지 않고 이리떼가 지나간 자리에서 주인이 찾아 낸 것은 가로 세로 무수한 이빨 자국이 남아 있는 권총 한 자루였다. 강자의 위치에 군림하여 타 생명체를 함부로 죽이는 생명체는 존재할 수 없다는 사실을 단적으로 보여 주는 예라 하겠다.

인간은 고도로 발달한 과학기술을 이용하여 자신의 이익을 위해 자연을 끊임없이 착취 파괴해 왔다. 그야말로 "근대 산업의 눈에 비친 그녀(대지 : 인용자)는 생명의 모태가 아니라 언제 어디서건 착취, 겁탈, 왜곡이 가능한 멍청이이며, 산업의 호출과 명령 앞에 24시간 대기하는 도구적 노예이고, 쥐어짜기에 따라 석탄에서부터 다이아몬드 또는 곰 발바닥에 이르기까지 무엇이든 내놓아야 하는 식민지적 벙어리 자원창고"[115]가 되었다고 할 정도로 근대 기술은 자연을 능멸해 왔다. 그러나 인간을 위해 자연이 항상 그 자리에 있을 것이라는 생각은 천연 자원의 고갈로 인간의 삶 자체가 위협받게 되면서 변화하기 시작한다. 인간이 생태계에 피해를 가할 때 그 피해는 고스란히 인간에게 되돌아 올 수밖

---

115) 도정일, 「시인은 숲으로 가지 못한다」, 『시인은 숲으로 가지 못한다』, 민음사, 1994, 355쪽.

에 없다. 곧 자연이 노예화될 경우, 그 자연의 일부인 인간 자신도 노예화의 운명을 피하지 못한다는 것116)이다. 따라서 소설 마지막 부분의 "이리도, 그러면 이리까지도?"란 '만수' 삼촌의 독백은 동물 또한 자신의 생명을 소중하게 여기는 본성이 있음을 말해준다. 그리고 이를 무시하는 생명체에게는 무수한 이빨 자국을 남길 정도로 항거할 수 있다는 자연의 법칙을 전해준다.

다. 통과제의적 형식에 구현된 동물에 대한 애정

소설 「닭제」, 「골목안 아이」, 「송아지」 등에는 동물에 대한 애정과 경외감이 잘 드러나 있다. 특히 이들 소설에서 동물과 관계를 맺고 있는 인물은 어린아이라는 공통점을 지니는데, 이것은 어린아이만이 가진 어떤 특성을 지향한다는 의미로 해석할 수 있다. 융에 의하면 어린아이와 같이 된다는 것은 리비도의 보배를 소유한다는 것이다. 어린이는 점차 외부의 사물을 중시하면서 세계 내의 자기 존재를 상실해 나간다. 이것은 세계와의 유대관계가 단절되어 나감을 뜻하는 리비도의 상실과정이다. 자신에게 잔재하는 어린아이의 세계에 대한 억압이 커질수록 인간은 생명의 원천에서 더욱 소외되어 삶은 황폐해져 가고 정신적 혼란에 빠지게 된다. 이로 인해 인간은 자신의 생명의 원천을 재발견하기 위해 절규하기에 이르렀다. 이러한 인간에게 리비도를 회복시켜 주는 방법은 어린아이와 같이 되는 것이다.117) 황순원 소설에 나타난 어린이

---

116) 위의 책, 356쪽.
117) 제임스 베어드, 「칼 융의 원형 이론과 문예비평」, 『정신분석과 문학비평』, 고려원, 1992, 42쪽 및 욜란디야코비, 이태동 옮김, 『칼 융의 심리학』, 성문각, 1982, 127~130쪽 참조.

세계의 지향은 이러한 맥락에서 이해된다.

황순원 소설에 등장하는 어린이들은 그들 내부에 존재하는 리비도로 인해 동물과 더욱 각별한 관계에 놓이게 된다. 소설 「닭제」에서는 소년과 닭이 유기적 관계에 있다.

> 소년은 수탉 한 마리를 기르고 있었다. 늙은 수탉은 모가지에 온통 붉은 살을 드러내놓고 있었다. 그저 꼬리와 날갯죽지 끝에 윤기없는 털이 남아 있을 뿐이었다. 벗도 거무죽죽하게 졸아들어 생기가 없었다. 이제는 소년이 손짓해 밖으로 데리고 나가지도 않으니까, 수탉은 뜰안에서만 발톱 없는 다리로 휘뚝거리며 소년을 따라다녔다. 소년이 밖에 나가고 없으면 수탉은 응달을 찾아 혼자 졸기만 했다.
> 그날은 소년과 함께 응달에 앉아 있었다. 소년은 늙은 수탉의 목을 쓸어주고 그새 더 드러난 등의 붉은 살을 애처롭게 쓰다듬어주었다. 수탉은 또 오래간만에 받는 소년의 애무를 죽지를 떨면서 받고 있었다.[118]

"늙은 수탉의 목을 쓸어주고 그새 더 드러난 등의 붉은 살을 애처롭게 쓰다듬어 주는" 소년과 쭉지를 떨면서 애무를 받고 있는 늙은 수탉 사이에는 언어를 초월하는 감정의 교류가 흐르고 있다. 그들은 연민에 의해 하나가 되어 있다.

그들의 관계에 균열을 가져오는 존재가 '반수영감'이다. 황순원 소설 속에 등장하는 할아버지들이 대체로 포용력 있고 관대한 이미지를 지닌 것과는 달리 '반수영감'은 자신의 세계에 고착되어 있는 사람이다. 그는 어린아이가 지닌 생명의 원천에서 멀리 떨어져 있다. 그렇기 때문

---

118) 황순원, 「닭제」, 『황순원 전집 1』, 문학과지성사, 1992, 105쪽.

에 그는 늙은 닭과 동체 관계를 이루고 있는 소년을 이해하지 못한다. 그는 소년에게 수탉을 "어서 잡아먹어야지. 그렇지 않다가는 이제 뱀이 돼 나갈 거"라는 위협적인 말을 한다. 영감의 말로 인해 소년은 새끼를 간 제비집을 노리고 기둥을 올라가던 뱀을 생각하며 늙은 수탉과 새끼 제비를 놓고 생명의 가치의 저울질하게 된다. 소년은 수탉보다는 새끼 제비의 생명이 더 소중하다는 생각에 수탉을 죽이게 되지만, 수탉과 소년은 동체 관계였었던 까닭에 소년 또한 자리에 눕고 만다.

타자와 공고한 사랑의 끈으로 동체 관계를 맺고 있는 소년과 달리 생명체에 대한 가학을 서슴지 않는 '반수영감'은 세계와의 유대가 단절된 인물이다. '반수영감'으로 표현되는 어른의 세계에서 "제비 새끼가 언제쯤 날게 되느냐"란 질문은 '헛소리'로 간주될 수밖에 없으며, "동구 밖 갈밭의 흰 꽃이 남김없이 다 패고, 다섯 마리 제비새끼가 축가지 않고 완전히 날 수 있던 날" 소년이 제비들을 내다보며 얼굴 가득히 미소를 지을 때도 "소년이 마지막 웃음을 웃는다고 막 소리 내어 울음을 터뜨릴" 수밖에 없는 것이다.

성장 소설의 관점에서 독해할 수 있는 이 소설은 어린아이의 생명체에 대한 애정과 이분법적 사고를 가지고 타자에 대한 횡포를 일삼는 어른의 모습을 대비시킴으로써 생명의 소중함을 부각시키고 있다.

「골목 안 아이」도 「닭제」와 동일한 맥락에 있다. 골목 밖 쓰레기통 옆에서 주운 고양이 새끼를 아이는 집으로 데리고 와 기르게 된다. 몸을 씻기고 함께 먹고 자면서, 아이와 고양이는 또한 동체 관계가 된다.

아이에게 고양이는 어머니의 환유다. 잠결에 고양이 새끼의 몸을 어루만지는 행위는 "지난날 잠결에 어머니의 젖가슴을 어루만지는 심사"에 다름 아니다. 모체로부터 분리되면서 상실한 자기 몸의 일부를 찾으려는 아이의 욕망이 어머니의 젖가슴을 더듬게 하듯이,[119] 고양이 새끼의 몸을 어루만짐으로써 합일의 상태를 희구하는 것이다.

아이는 고양이를 위해 개구리와 참새 새끼 등을 구해다 준다. 그러나 고양이를 위하는 행위는 다른 생명체의 희생을 전제로 한다. 따라서 고양이뿐만 아니라 다른 동물들과도 관계를 맺고 있는 소년에게 있어서 한 생명체에게만 유익한 '고양이 먹이 구하기'는 그의 무의식 속에서 늘 그를 괴롭히는 요인이 된다.

> 논둑에 이르기 전에 무엇이 탁 튀어 오르며 종아리를 와 무는 게 있다, 보니 개구리다. 그런데 한 마리가 아니다. 헤일 수 없이 많다. 그 많은 개구리가 뛰어오르며 물어 뜯는다. 못 견디겠다. 달아난다. 그러는데 이번에는 머리며 목덜미를 와 쪼는 게 있다. 보니 참새다. 수없이 많다. 그 많은 참새가 마구 몰려와 쪼아댄다. 못 견디겠다. 뛰지도 못한다. 사람 살려랏 소리를 지르려 해도 소리가 돼 나오지 않는다.[120]

생명중심적 평등성을 지향하는 소년의 무의식이 꿈으로 나타나 소년을 괴롭히는 모습이다. 이로 인해 소년은 "고깃국물에 만 밥"을 줄 수 있는 앞집 아이의 집에서 고양이 데려 오는 일을 포기하고 만다. 타자에 대한 깊은 애정은 자신의 이익을 포기할 수도 있게 해준다. 그러나 이러한 소년과 달리 앞집 아이 집에서는 약으로 쓴다고 남의 고양이를 잡아 그 가죽까지도 귀걸이로 쓰기 위해 널어 말린다. 나의 이익을 위

---

119) 김형효, 「라깡과 무의식의 언어학」, 『구조주의의 사유체계와 사상』, 인간사랑, 1989, 293쪽.
120) 황순원, 「골목 안 아이」, 『황순원 전집 2』, 문학과지성사, 1981, 215쪽.

해서는 타자를 도구화시키는 것도 아랑곳하지 않는 모습이다.

소설 「송아지」에는 죽음도 불사할 정도의 동물에 대한 애정이 그려져 있다. 6·25 때 북에서 남하한 군인들이 송아지를 끌고 가려 하자 '돌이'는 자기 앞에 들이대는 총부리에도 아랑곳하지 않고 저항함으로써 송아지를 지켜 준다. 죽음까지도 불사하고 자신을 지켜준 '돌이'의 마음은 송아지에게 그대로 전해진다. 피난길을 떠나며 어쩔 수 없이 남겨두었던 송아지는 자신의 고삐를 끊고 '돌이'를 찾아 얼음 강으로 달려온다. '돌이' 또한 부모의 만류에도 불구하고 달려오는 송아지를 향해 살얼음 강으로 마주 걸어 나간다. 종적인 차이를 초월하여 사랑으로 융합된 '돌이'와 송아지에게 얼음 강이라는 현실은 장애가 되지 못한다. '돌이'에게 송아지는 바로 자기 자신이었고, 송아지에게도 '돌이'는 자기 자신이 되는 것이기 때문이다.

이처럼 황순원의 소설에서 동물은 중요한 존재로 그려진다. 그들은 인간과 동체 관계에 있다. 인간은 동물들과의 유대 관계가 무너졌을 때 삶이 균형을 잃게 되며 심하게 훼손된다. 따라서 서로의 삶을 영위하기 위해서 동물과 인간은 相生의 관계에 놓여야 한다.

4) 인간과 자연의 어울림의 세계

불교 '화엄경'의 '연기법(緣起法)'에서는 이 세상에 존재하는 모든 것들은 고립된 단독자로 존재할 수 없고, 변화를 부정한 고정태(固定態)로서도 존재할 수 없는 상호의존적 연관 구조를 지닌 것이라 한다. 연기적(緣起的) 세계관에서는 상호의존적 연관성과 운동·변화성이 철저하고 일관되게 고수되며, 이것이 삶의 문제를 해결하는 기본토대로 놓여진다.121) 불교에서는 인간이 '연기법(緣起法)'을 깨닫지 못하는 이유를 인간의 소유욕에 둔다. 만물은 상호의존적 연관관계로 인해 경계를 나눌 수 없는데도 불구하고 인간은 인위적으로 금을 그어 경계를 짓고 소유하려 한다는 것이다.

인간에 국한해서 보더라도 사람 몸을 구성하는 물질은 고도의 상호의존적 연관성 속에서 조화와 균형을 이루고 있다. 그러나 이러한 조화와 균형이 깨졌을 때 인간은 질병에 걸리게 되고 급기야는 죽음에 이르게 된다. 암세포가 다른 세포들과의 상호의존적 연관 구조를 파괴하고 타세포를 지배하고자 했을 때 몸 전체를 죽음에 이르게 하는 것처럼, 인간이 자연과의 상호의존적 관계를 파괴하고 그들을 도구화하여 지배하고자 할 때, 우주공동체는 파멸의 길로 치달을 수밖에 없다.

소설 「탈」은 인간과 자연의 유기체적 관계 개념을 집약적으로 보여주는 소설로서 불교의 윤회사상이 근간이 되고 있다.

다리에 총탄을 맞고 쓰러진 몸을 일으키려다 대검에 찔려 죽게 된 일병의 가슴에서 흘러나온 피는 황토 땅에 스며들어 흙이 된다. 한 억새뿌리가 땅 속에서 일병의 진을 빨아올리면서 일병은 다시 억새가 된다. 억새는 농군에 의해 베어져 소꼴이 되어 소에게로 들어가면서 소가 된다. 이 소는 팔려 도수장을 거쳐 푸줏간에 걸리게 되고, 소의 살점 하나가 식당에서 동냥한 찌꺼기 음식을 먹던, 일병을 죽인 사나이 속으로 들어가면서 일병은 자신을 죽인 사나이가 된다.

이 소설은 지구상의 모든 존재는 거미줄처럼 얽혀 있는 상호의존적 존재임을 말해준다. 이것은 지구상에 존재하는 것은 모습만 변할 뿐 결

---

121) 최석호, 「불교의 세계관에서 본 환경문제」, 『창작과 비평』, 1991 여름호, 318쪽.

코 없어지지 않는다는 생태학의 법칙과도 밀접하다. 일병은 흙, 억새, 소, 그리고 자신을 죽인 사나이로 외형적인 모습만 바뀌었을 뿐 엄연히 존재한다. 그리고 외형적 모습의 존재 방식대로 살아간다. 흙이 되어서는 흙의 생리대로 타자에 영향을 주고, 억새가 되어서는 억새의 생리대로 강인함을 지니게 되며, 또 소가 되어서는 자신을 소중한 식구로 생각하고 위해주는 주인 농군을 위해 멍에 가죽에 혹이 생기도록 부지런히 일을 한다. 그러다가 자신을 죽인 사나이 속에 들어와서는 외상을 입었음에도 불구하고 삶에 대해 오기에 찬 의지를 버리지 않는 사나이의 성격에 부응한다.

사나이는 들고 있던 깡통을 홱 내동댕이치고 기운을 내어 걸었다. 다 해진 작업복을 걸친 채 한쪽 팔이 없는 소매가 헐렁거렸다. 철공장 앞에 이르렀다. 전쟁터에서 한쪽 팔을 잃기 전까지 자기가 선반공으로 일하던 곳이었다. 거침없이 공장 안으로 들어섰다. 예전의 그 공장장이 있었다.
　"안녕하세요?"
　공장장은 달갑잖은 표정이 역력했다. 물고 있던 담배를 구두 끝으로 뭉갰다.
　"공장장님, 기분 나빠하실 것 없습니다. 오늘은 제가 뭐 떼를 쓰러 온 게 아니니까요. 아시겠어요? 예전처럼 다시 일하러 온 겁니다."
　공장장은 이쪽의 팔 없는 헐렁한 소매에 찜찜한 시선을 던졌다.
　"뭘 보시는 거죠?" 사나이는 공장장을 정시하며 말을 이었다. "다리 하나 총탄에 맞아 못 쓴다구 선반 깎는 일 못할 것 없잖아요?" 몸을 움직여가며 말하는 사나이의 한쪽 팔 없는 소매가 그냥 대롱대롱 흔들리고 있었다.[122)]

"다리 하나 총탄에 맞아 못 쓴다구 선반 깎는 일 못할 것 없잖아요?"라는 구절을 주목할 필요가 있다. 사내는 사실 '다리'가 아니라 '팔' 하나가 없기 때문이다. 그럼에도 불구하고 "다리 하나"가 없다고 하는 사내의 말은 일병을 죽인 사내와 일병이 사내의 내면에서 하나로 융합되어 있음을 보여준다. 다리가 없다는 사내의 말 속에서 그의 무의식을 지배하는 일병의 목소리를 들을 수 있거니와, 팔 없는 소매가 대롱대롱 흔들리는 모습에서 "피해자와 원수의 야릇한 합창에서 빚어진 통렬한 아이러니"123)를 느낄 수 있다.

인간괴 지언이 유기적 괸계에 있을 때, 인간과 자연은 조화롭게 어울릴 수 있다. 이러한 어울림 속에서는 主와 從의 개념이 무의미하다. 「나무와 돌, 그리고」는 인간과 자연의 동화를 그려낸 소설이다. 표제어인 '나무와 돌 그리고' 다음에 놓이는 것이 '인간'이리라는 짐작이 들지만, 이 소설은 '나무와 돌'로 상징되는 자연과 인간이 더불어 사는 존재라는 사실을 말해 주고 있다.

노년으로 접어들면서 작중 화자의 의식에 자리를 비집고 들어서는 것은 '작은 것'들에 대한 새로운 인식이다.

> 어렸을 때 뜰에서 오줌을 누다 오줌에 맞아 필사적으로 꿈틀거리는 벌레를 보고는 쫓아가며 그리로 오줌발을 겨냥했던 일, 소학교에 들어갔을까 말까 했을 나이 때 같은 또래의 옆집 계집애가 자기가 물고 있던 눈깔사탕을 입술로 내밀어주는 것을 손으로 거칠게 움켜 땅바닥에 내동댕이쳤던 일, 중학 이삼학년 때 비둘기 한 쌍을 사다 기르는데 저녁마다 장에 옮겨 넣기를 몇 번 거듭하자 비둘기들이 어디론가

---

122) 황순원, 「탈」, 『황순원 전집 5』, 문학과지성사, 1990, 172쪽.
123) 이태동, 「작가로서의 황순원」, 『황순원 연구』, 문학과지성사, 1983, 301쪽.

가버리고 만 일, 대학생 때 10전 균일 스탠드바아의 여자와 극장구경 가기로 약속을 하고 다음날 낮에 만나 보니 색전등 조명 밑에서는 괜찮던 얼굴이 아주 딴판이어서 영화관에 들어가자 변소에 가는 척하고 여자를 혼자 남겨놓은 채 극장을 빠져 나왔던 일, 태평양전쟁 말기에 시골 고향으로 소개해갔을 무렵 어느 어둑한 저녁녘에 동구 밖을 지나다 동네 여인이 밀밭 속으로 기어들어가는 걸 목격하고는 외잡스런 연상을 했던 것이나 나중에 여인의 남편되는 사람이 징용 끌려 나갔다 도망쳐 와 그 속에 숨어 있다는 걸 알게 됐던 일 등.[124]

하찮게 여겨지던 일상의 일들이 노년에 든 그에게는 뉘우침으로 다가온다. 평생을 걸쳐 해 온 영문학 연구마저 공허한 일로 생각되는데 비해 상대방의 가슴에 상처를 준 사소한 일들은 오히려 크게 부각된다. 강자와 약자, 인간과 동물이라는 구분을 떠나 모든 생명체들은 소중하며 내재적 권리가 있다는 근원적인 인식에 도달한 까닭이다. 이것은 바로 "자연 질서와의 본능적인 교감에 대한 의식 같은 것"[125]이 화자의 내면에서 깊이 작용하고 있음을 보여준다.

생명에 대한 외경은 비단 인간이나 동물차원에 머무는 것이 아니라 식물이나 돌과 같은 무생물에게까지 확대된다. 소설의 화자는 친구 집에서 얻어 온 철쭉 한 포기를 심고 물을 주어도 꽃이 피지 않자 삽으로 파내버린다. 그러나 뿌리에 허연 움이 돌아나는 것을 보고는 도로 꽂고 흙을 덮어 주지만 철쭉은 죽어 버리고 만다. 자연의 때를 기다리지 못한 조급함 때문에 한 생명을 죽게 했다는 뉘우침 속에서 볼품도 없고 질도 물러 보였던 정원의 돌에 대해 회상한다. 운치 있고 생기를 발하

---

124) 황순원, 「나무와 돌, 그리고」, 『황순원 전집 5』, 문학과지성사, 1990, 236~237쪽.
125) 김종철, 『시적 인간과 생태적 인간』, 삼인, 1999, 17쪽.

는 주위 돌들과 달리 눈에 거슬려 치워버리게 한 그 돌은 그에게 모든 생명체들의 소중함을 일깨워준 거울과 같은 존재였다. 돌은 화자에게 "네 누추한 꼴에 비하면 얼마나 의연한 자태이냐"며 자신의 가치를 항변하는 것처럼 느껴진다. 이처럼 돌과의 대화가 가능하게 되었다는 사실은 돌도 인간과 마찬가지로 유기적 전체의 일부라는 자각에 이르렀음을 말해준다.

이러한 작은 것들에 대한 자각, 다시 말해 철쭉 한 포기가 자신의 성급함으로 죽어 버린 데 대해 아파하고, 볼품없다고 버린 하찮게 여긴 돌의 가치를 발견할 줄 아는 감수성이 바로 시적인 사고이다. 시적인 사고 속에서 벌레, 비둘기, 철쭉, 돌 등이 나와 무관한 존재가 아니라 "자신과 한 뿌리를 공유하고 있는 한 형제이며, 나의 생명의 일부"[126] 인 것으로 받아들일 수 있는 것이다.

소설의 말미는 인간의 마지막 모습이 어떠해야 하는지를 말해준다.

석양 그늘 속에 은행나무는 한창 황금빛으로 물들어있었다. 가을이 온통 한데 응결된 듯만 싶었다. 얼마든지 풍성하고 풍요했다.

그 둘레를 서성거리고 있는데 난데없는 회오리바람이 일어 은행나무를 휘몰아쳤다. 순식간에 높다란 나무 꼭대기 위에 새로운 장대하고도 찬란한 황금빛 기둥을 세웠는가 하자, 무수한 잎을 산산이 흩뿌려놓았다. 아무런 미련도 없는 장엄한 흩어짐이었다.

뭔가 그는 속깊은 즐거움에 젖어 한동안 나뭇가를 떠날 수가 없었다.[127]

---

126) 김종철, 「시의 마음과 생명공동체」, 『녹색평론선집 1』, 녹색평론사, 1998, 75쪽 참조.
127) 황순원, 「나무와 돌, 그리고」, 『황순원 전집 5』, 문학과지성사, 1990, 238~239쪽.

자기중심적으로 살았던 지난 삶에 대한 회오 속에서 그는 자연의 법칙을 깨닫는다. 황금빛으로 물든 아름다운 은행잎이 한순간 회오리바람에 미련도 없이 장엄하게 흩어지듯이, 인간 또한 가야될 날이 오면 자연의 법칙에 순응해야 할 것이다. 아집과 탐욕으로 자연의 세계에서 자신을 분리시키고 자연을 대상화시켰지만 무위적 사고를 회복할 때 인간은 자연 본연의 상태로 돌아가 우주의 순환법칙에 가담할 수 있게 된다. 은행잎에서 무위적 삶의 아름다움을 발견한 화자는 은행잎이 떨어진 나뭇가에서 속 깊은 즐거움에 젖어 있는 것이다.

지구상의 모든 것은 내재적 가치를 지닌 평등한 존재이며 인간은 순리대로 살아야 한다는 인식은 「할아버지가 있는 데쌍」에도 잘 담겨 있다. 황순원 소설에서 완고하나 맑고 천진한 할아버지의 이미지를 부여해주는 화자의 할아버지는 한평생 선산의 소나무 숲을 늘 돌보셨다. 이 선산은 주위의 어느 산보다도 소나무가 우거져 항상 청정했고, 부근의 산이 송충이가 끓어 빨갛게 되어도 변함없이 푸르렀는데 여기에는 할아버지의 남다른 노력이 숨어 있다. 할아버지는 풀은 거름이 되도록 일체 못 베도록 했고, 가랑잎도 긁지 못하게 했으며, 송충이도 자신의 손으로 잡아 주었다. 그는 굽은 나무줄기를 곧게 잡아주는 방법도 알고 있었다. 소나무를 "마치 살아 서있는 사람들이나 바라보듯"하였으며, 굽어진 나무를 가리키며 저 나무는 어째서 바로 잡아주지 않고 그냥 내버려 두느냐는 화자의 질문에도 "마치 아는 사람이나 쳐다보듯이 그 나무를 바라보며" 곧은 나무만이 쓸모 있는 것이 아니라 다 나름대로 쓰일 수 있다고 말한다.

이러한 할아버지의 모습은 자연에 순응함으로써 전일적 세계에 이르는 길을 터득한 노현자의 모습과 같다. 범상(凡常)한 눈에는 가치 없어

보이는 굽은 나무일지라도 그는 나름의 쓸모나 가치를 인식할 수 있었다. "마치 아는 사람"인 듯 애정어린 시선을 보내는 그의 모습에서는 만물의 가치에 차별을 두지 않고 일체를 긍정하려는 장자의 '만물제동(萬物齊同)'을 읽어낼 수 있다. 그는 무위적 삶을 통해 죽음을 예감할 수 있었고, "조용히 밥이 잦듯이" 자연스럽고 담담하게 죽음을 맞이할 수 있었다. "애초부터 유언같은 것은 할 필요가 없다고 생각한" 그에게 있어서 죽음은 삶의 종말을 의미하는 비극적 사건이 아니다. 그것은 '끝'이 아니라 '처음'으로의 복귀이며, 오래 집을 떠나 있던 자가 자기 집으로 돌아가는 것[128]과 같이 극히 자연스러운 것이다. 그의 죽음이 단순히 그의 개체적 소멸로 끝나지 않는다는 것은 그의 사랑을 받아왔던 묏자리 둘레의 큰 소나무들이 그가 죽던 날 묏자리를 향해 가지들이 부러진 채 축 늘어져 있었다는 사실에서도 확인된다.

　　이튿날 아버지와 맏삼촌과 나는 미리 할아버지께서 정해놓으신 묏자리의 향좌를 산역꾼에게 이르기 위해 산으로 올라갔다. 거기서 우리는 이상한 광경을 목격하고 놀라고 말았다. 묏자리 둘레의 큰 소나뭇가지들이 부러져 축축 늘어져 있는 것이 아닌가. 어제 오늘 바람이라곤 분 일이 없다. 그것이 이 산에만 세찬 바람이 불었단 말인가. 그렇다면 어째서 다른 나무들은 아무렇지도 않은데 여기 묏자리 둘레의 굵직굵직한 나무만이 부러졌단 말인가. 그것도 모두 묏자리를 향해서. 어쩐 영문인지 몰라하다가 마침내 우리는 이렇게 믿었다. 운명하시는 순간 할아버지의 마음은 이 선산 소나무들에게로 와 계셨다. 그러자 여기 묏자리 가까이 섰던 큰 소나무들이 주인을 잃은 설움에 자기자신의 가지를 뚝뚝 부러뜨린 것이다. 한 사람의 정신력의 작용이란 능

---

128) 박희병, 『한국의 생태사상』, 돌배개, 1999, 141쪽.

히 이럴 수도 있는 것이라고.[129]

"둘레의 큰 소나뭇가지들이 부러져 축축 늘어져 있는 것"에 대해 "주인을 잃은 설움에 자기 자신의 가지를 뚝뚝 부러뜨린 것"이라 여긴 화자의 생각에서 주술적 요소도 느껴지지만, 인간과 자연의 동화가 이보다 더 잘 드러난 것도 없어 보인다. 차별성 너머에 존재하는 생명의 근원적 동일성과 가치를 알고 있었던 할아버지와 소나무들의 관계는 영적인 교감마저 나눌 수 있는 '한 몸'의 관계라 할 수 있다. 그러므로 할아버지의 죽음이 나무들의 죽음으로도 이어진다는 논리도 성립 가능한 것이다.

---

129) 황순원, 「할아버지가 있는 데쌍」, 『황순원 전집 4』, 문학과지성사, 1991, 121쪽.

제3장
산업화 이후의 소설에 나타난 생태의식

●한국 현대소설의 생태 비평적 이해●

산업화 이후의 소설에 나타난 생태의식

1. 산업화 초기 소설에 나타난 생태의식

환경·생태문제가 우리 삶에 깊숙이 들어와 충분한 공감대를 형성하게 된 것은 그리 오래전 일이 아니다. 근대의 산물이라 할 환경 문제는 근대화 과정이 길었던 서구에서는 그만큼 빨리 전면에 부상했지만, 우리의 경우는 뒤늦게 드러난다. 근대화 기간이 짧기도 했지만, 우리 사회가 도시 산업 사회로 편입된 것이 불과 4·50년밖에 되지 않았기 때문이다. 우리 사회의 근대화는 제국주의 열강의 압력에 의한 문호 개방에서 비롯되지만, 이후 수용과 거부가 일관되게 이루어지지 못하다가 일제가 받아들인 근대화를 중역적(重譯的)으로 받아들이게 됨으로써 타율적 기반 위에서 기형적으로 이루어지게 된다.1) 따라서 한국 사회에서 근대의 시작과 함께 근대화가 확산되었다고 하기는 어렵다. 근대화가 그 이념형으로 보아 민족이라는 동일체감을 국가라는 테두리 안에서 조성하는 것이라면, 식민지 공간이라는 실국(失國) 상황은 주체적 근대화의 가능성을 완전히 박탈한 것이라 할 수 있기 때문이다.[2] 이러한 이유에서 한국 사회의 실질적인 근대화는 일제 강점기와 8·15 광복, 6·25 등의 과도기를 지나 경제개발 계획과 함께 시작된 1960년대에 들어 본격적으로 시작되었다고 할 수 있다. 따라서 환경·생태 담론 또한 근대의 폐해가 가시화되기 시작한 1970년대에 발아되어 산업화가 어느 정도 정착한 1990년대에 들어서면서 본격적으로 확산되는 경향을 보인다.[3]

환경·생태 담론이 확산하면서 등장한 생태문학과 생태문학론은 이제 어느 정도 본격적인 궤도에 오른 것으로 보인다. 하지만 아직도 생태주의를 구현한 문학을 지칭하는 용어가 통일되지 못한 채 여러 가지로 혼용되고 있고, 개념도 정확하게 정립되지 못한 실정이다.[4] 이 장에

---

1) 임현진, 「사회과학에서의 근대성 논의―근대화 프로젝트를 중심으로」, 역사문제연구소 편, 『한국의 근대와 근대성 비판』, 역사비평사, 1996, 191쪽 참조.

2) 위의 책, 192~193쪽 참조. 신용하(『한국 근대사와 사회 변동』, 문학과지성사, 1980)는 이러한 이유에서 한국의 근대화가 일제로부터 해방된 대한민국 정부 수립 이후의 시기로 지연된다고 하였다.

3) 우리나라의 환경 운동은 산업화 이후 조성된 공단의 영향으로 주변 농가가 피해를 입으면서 피해 보상을 요구하는 차원에서 촉발되었다. 이후 1980년대에 들어서는 조직적인 환경운동의 양상을 보이다가, 1987년 6월 항쟁 이후 급속히 확산·발전하기 시작한다. 1992년 리우회의를 계기로 환경 운동에 대한 국민들의 인식이 확산되며 적극적 관심을 갖기에 이른다(구도완, 『한국 환경운동의 사회학』, 문학과지성사, 1996, 142~162쪽 참조).

4) 환경·생태 문제의 문학적 대응으로서 출현한 문학은 환경문학, 생태문학, 녹색문학, 생명문학, 환경생태문학, 생태주의문학 등과 같이 다양한 용어로 사용되고 있다. 몇 가지 대표적인 견해를 들면, 김욱동(『문학 생태학을 위하여』, 민음사, 1998, 39~40쪽 참조)은 환경오염이나 자연파괴의 실상을 고발하고 이러한 오염과 파괴가 인간의 삶에 얼마나 치명적인 해를 끼치는지를 일깨우는 문학을 환경문학, 생태의식을 불러일으키는 쪽에 훨씬 더 관심을 기울이는 문학을 생태문학이라 구분하고, 환경문학과 생태문

서는 산업화가 본격화하기 시작한 1970년대 소설을 대상으로 산업화 초기에 나타난 생태의식의 양상을 고찰하고자 한다. 특히 산업화가 초래한 파괴 상황 속에서 인간과 자연의 관계는 어떻게 자리매김하고, 생태의식은 어떠한 양상으로 전개되는지 살펴볼 것이다.

1) 디스토피아적 현실의 폭로

근대의 신념에 기초하여 한국 사회는 빈곤 문제 해결에 초점을 두고 본격적인 근대화 작업에 착수한다. 1962년부터 4차에 걸쳐 진행된 경제개발 5개년 계획은 연평균 9.7%의 경제 성장과 1977년 1인당 국민소득 1000달러, 수출 100억 달러를 달성하는 등 괄목할 만한 성과를 기록하고, 공업과 중화학 공업의 비중이 각각 농업과 경공업을 능가함으로써 한국 사회를 도시 중심의 산업사회로 급격하게 변모시킨다.[5]

하지만 산업화와 도시화를 개발전략으로 삼아 추진한 경제 개발은 대규모의 자연 파괴를 전제로 한다. 성장을 기치로 마구잡이식 개발을 하면서 자연 공간은 심하게 훼손되기 시작했고, 공해방지 시설에 대한 투자는 경쟁력 악화로 이어진다고 생각한 정부가 환경오염 방지에 방

학을 다 함께 포함하는 개념의 용어로 문학생태학을 제안한다. 이남호(『녹색을 위한 문학』, 민음사, 1998, 13~22쪽 참조)는 문학에 내재된 녹색의 가치를 강조하는 녹색문학이란 용어를, 박경리와 김지하, 정효구, 송희복 등은 생명문학이라는 용어를 사용하고 있다(자세한 내용은 곽경숙, 「한국 현대소설의 생태학적 연구」, 전남대학교 박사학위논문, 2001, 3~4쪽 참조). 이밖에도 환경과 생태와 관련되어 다양하게 사용되는 개념들을 모두 아울러 생태문학이라는 용어를(김용민, 『생태문학—대안사회를 위한 꿈』, 책세상, 2003, 97~98쪽 참조), '근대산업사회의 환경문제를 다루는 문학'이라는 데에 초점을 맞추어 환경생태문학이라는 용어를 사용하자는 견해가 있다(김종성, 「한국 현대소설의 생태의식 연구」, 고려대학교 박사학위논문, 2003).

5) 김인걸 외, 『한국 현대사 강의』, 돌베개, 1999, 310쪽 참조.

임적 태도를 보임으로써 환경 파괴는 가속화하기 시작한다. 이로 인해 대기오염이나 오폐수로 인한 농작물 피해로 나타나던 환경 파괴가 인간의 몸에까지 나타나면서 환경폐해로 인한 생존의 문제는 우리의 의식 속에 큰 두려움으로 자리하게 되었다.

소설을 통해 생태의식을 확산하려는 의도가 강할 때 가장 먼저 떠오르는 것은 파괴 상황을 고발하자는 생각일 것이다. 생태계 파괴 현장을 사진을 찍어 낱낱이 고발함으로써 생태학적 자각을 일깨우듯이, 소설을 통해 구체적 훼손 사례를 보여줌으로써 동일한 목적을 달성하자는 것이다. 김용성의 「사해위에서」(1976)는 유해를 뿌려달라는 아버지의 유언조차 따를 수 없을 정도로 부패되고 썩어버린 바다의 이미지를 충격적으로 고발함으로써 생태소설의 서장을 연다.

> 바다는 짙은 잿빛을 띠며 죽어 있었다. 그것은 마치 선사시대의 거대한 짐승의 시체처럼 소리 없이 누워 있었다. 구름은 태양을 가렸고 수면 위에는 바람 한 점 스치지 않았다. 길게 육지를 파고들어 물굽이를 이루는 곳에 강물이 흘러들어오고 있었으나 유심히 눈여겨보지 않으면 그것도 움직이는 것 같지가 않았다. 다만 움직이는 것은 하구(河口)에 우뚝 솟은 공장 굴뚝들을 통해 솟아오르고 있는 여러 개의 불기둥뿐이었다. 불기둥은 밤낮을 가리지 않고 여기 바닷물 위에 붉은 그림자를 던지고 있었다. 그래서 때때로 용암이 솟아오르듯 바닷물이 이글이글 타오르는 것이 아니가 하는 착각을 불러일으키고는 하는 것이었다. 그렇다고 바다가 살아 있다는 생각은 들지 않았다. 그 붉은 그림자들은 바다를 서서히 죽이고, 드디어는 죽어버린 죽음의 사신이었다. 그 흔한 갈매기조차 잿빛 바다 위에 너울거리는 붉은 그림자들을 두려워하고 날아오지 않았다.[6]

‘바다’는 삶과 죽음이 넘실대는 근원적 공간이다. 수많은 생명체를 먹여 살리는 생명의 젖줄로서 ‘바다’는 오랜 시간 인간과 함께 해왔다. 하지만 수많은 사람들로 북적거려할 할 풍요로운 삶의 터전 ‘바다’는 고요만이 감도는 거대한 죽음의 공간으로 변해버리고 만다. 살아 있음을 감지하게 하는 미동조차 부재한다. “선사시대의 거대한 짐승의 시체처럼 소리 없이 누워 있”는 바다 이미지는 엔트로피가 최대화한 열사(heat death) 상태를 환기시킨다.7) “불기둥”으로 상징된 산업중심의 경제개발 정책으로 인해 “밤낮을 가리지 않고” 끝없이 사용 가능한 자원을 사용 불가능한 쓰레기로 비끄면서 영원한 정지 상태인 종말에 이른 모습이다. 인간의 삶의 질을 향상시킨다는 명분으로 추진한 산업화, 근대화가 역설적이게도 바다를 죽이고, 그 곳을 젖줄로 살아가던 인간마저 살 수 없는 황폐한 공간인 디스토피아의 세계로 변모시켰던 것이다.

이 소설에서 황폐화된 마을을 지키는 사람이 힘 있는 성인 남자가 아니라 소년과 노인이라는 점이 눈에 띤다. 그들은 산업화의 대열에 합류할 수 없는 무력하고 소외된 주변인이다. 하지만 노인이라는 존재는 힘과 권위의 상징인 ‘아버지’와 달리 비록 육체적으로는 연약하나 인생 경륜을 통해 상처받은 존재를 품고 위로할 수 있는 사람이다. 그의 내면에는 인간과 자연의 조화로운 공생을 도모한 전통적 자연관이 여전히 잔재한다. 그리하여 아들과 며느리는 돈을 벌기 위해 서울로 떠나갔어도 그는 손자와 함께 고향에 남아 파괴된 자연 공간이 회복될 것이라

---

6) 김용성, 「사해위에서」, 신덕룡, 『환경위기와 생태학적 상상력』, 실천문학사, 1999, 229~248쪽.

7) 엔트로피가 극대점에 달한 상태에 이르면 사용 가능한 에너지가 완전히 사용 불가능한 형태로 바뀌게 되면서 아무 일도 일어나지 않는 영원한 정지 상태에 이르게 되는데, 이를 열사상태(heat death)라 한다(제레미 리프킨, 최현 옮김, 『엔트로피』, 세종연구원, 2000, 59쪽 참조).

는 믿음을 가지고 살아간다.

> "인간은 물과 불이 서로 싸우도록 싸움을 붙였지. 기름은 불이거든. 인간은 물과 불에서 생명을 얻는데도 불구하고 싸움을 붙였으니 반드시 벌을 받고 말 거야. 벌 받은 사람은 사라지고 언젠가는 물과 불을 아끼는 사람들이 돌아올 거야. 그것을 믿기 때문에 이 물도 깨끗해지리라는 것을 믿을 수 있는 걸세."

'물'은 '생성'의 이미지를, '불'은 '소멸'의 이미지를 지닌다. 서로 상반되는 것들까지도 조화롭게 융합함으로써 자연의 질서는 유지되어 간다.[8) 무기물이든 유기물이든 생태계를 구성하는 모든 존재들이 상호의 존적 그물망 속에서 서로 간에 종적·횡적으로 연결됨으로써 물질과 에너지는 순환을 되풀이하는 것이다. 지구상에서 사라지는 것은 없으며 단지 형태가 바뀐 채 존재하게 될 뿐이다.

그러나 "물과 불이 서로 싸우도록 싸움을 붙였"다는 노인의 말처럼 이러한 생명의 그물은 인간의 탐욕에 의해 깨지게 된다. 인간은 단순히 생물학적 조건을 채우는 데 그치지 않고 보다 많은 것을 소유하기 위해 자연을 무분별하게 착취하고 파괴했다. 또한 자신의 과도한 욕구를 충족하기 위해 모든 수단을 정당화시킬 뿐만 아니라 철저하게 자기중심적이면서도 공격적인 성향을 보임으로써 생태계의 무질서를 야기했다.

노인은 파괴적 현실을 초래한 것이 인간중심의 산업화이며, 이 상황을 수습할 수 있는 대안이 생태주의임을 강조한다. 그가 말하는 "물과

---

8) 마르치아 엘리아데, 이재실 옮김, 『이미지와 상징』, 까치 글방, 1998, 102~103쪽과 165~166쪽 참조.

불을 아끼는 사람"이란 생태계의 상호의존성과 상호순환의 구조를 존중하여 자연에서 취한 생명을 자신의 생명으로 갚을 수 있는 사람이다. "물고기를 먹고 자랐으니 이제는 물고기를 살찌게 할 차례"라는 말처럼 다른 생명체를 위해 기꺼이 자신을 희생함으로써 파괴된 생태계의 원리를 회복시키는 사람이다.9) 이들이 지닌 생태의식이 확산되어 인간과 자연이 조화로운 관계를 회복하게 될 때, 조상들이 증여한 몸으로 비옥해진 땅에서 자라는 "노송은 언제나 푸르"고, "마을 아낙네들은 바닷물을 떠서 장을 담"는 에코토피아는 실현될 수 있는 것이다.

「사해 위에서」는 대안적 세계를 구체적으로 형상화하지 못한 섬이 미흡한 부분으로 지적될 수 있지만, 산업화 초기 급격한 사회 변화로 야기된 디스토피아적 세계를 충격적으로 고발함으로써 자연 파괴의 심각성을 고취시켰다는 점에서 의미를 지닌다.

산업화로 인한 파괴는 비단 인간이 몸담고 사는 자연 공간에 국한되지 않는다. 생명의 그물에 의해 모든 존재는 밀접하게 연결되어 있으므로 인간 또한 파괴의 대상에서 예외적 존재일 수는 없다. 한승원의 「누이와 늑대」10)는 인체의 파괴 상황을 담아낸 소설이다.

60년대 농어촌 근대화 운동으로 산업화의 폐해는 농촌 마을에까지 불어 닥친다. 경제개발 5개년 계획의 목표 중 하나인 식량의 자급자족 달성을 위해 화학비료를 과도하게 사용한 결과이다.

---

9) 자신의 생존을 위해 부득이 다른 생명을 희생시킬 수밖에 없는 '성스러운 폭력'은 다른 생명체를 위해 기꺼이 자신을 줄 수 있는 자기희생으로 자연스럽게 이어진다. 이와 같은 자연의 '먹고 먹힘'의 거래 속에서 전체와 유기적 상호 관련을 맺은 생태계 안의 모든 유기체들은 진정한 자아실현과 평등을 실현할 수 있다. 이것은 생태주의의 원리인 동시에 우리 사회의 전통적 자연관이기도 하다.

10) 한승원, 「누이와 늑대」, 문이당, 1999.

「금비는 꼭 소주나 사탕 같은 것인 모양이더라. 소주 많이 먹으면
은 속이 상하고, 사탕 많이 먹으면은 이빨이 안 썩더냐? 그것하고 같
은 이치인 모양이더라. 그리고 금비를 오래 쓰면은 땅도 버린다고 하
더라.」

그러는 줄 알면서도 쌀을 많이 내어먹자면 비료를 뭉청뭉청 뿌려야
한다고 했었다. 그래서 웃자라가지고 병치레 벌레치레를 하면, 농약을
마구 뿌리면 된다고 하던 것이었다.

쇠장사를 다니는 아버지와 도시에 나가 있는 형제를 위해 자주 집을
비우는 어머니 대신 집안의 머슴처럼 일을 도맡아 하던 누이를 시초로
일가족이 모두 농약에 오염되면서 단란하고 화목하던 집안의 평화는
깨진다. 이 모든 사건을 전하는 화자가 황새를 "스무 마리쯤 번식시킨
다음에 그것들의 발목에 끈을 매달아 잡고 하늘을 날아보겠다는" 꿈을
지닌 천진하고 순수한 소년이라는 점에서 소설 속 비극은 가중된다.
소년 '방철이'는 근대의 대척점에 있다. '늑대'의 울음소리가 실재처
럼 느껴지는 산골 농촌 마을은 산업화와는 무관해 보인다. 양자의 대조
적 거리로 인해 '방철이' 가족에게 닥친 비극은 더욱 낯설고 애처로움
을 자아낸다. 가족의 파괴 상황을 비판이나 원망 없이 바라보는 '방철
이'의 시각은 애처로움을 고조시키는 요인이다. "자신의 식구들이 다시
오지 못할 어떤 곳으로 끌려가고 있"다는 생각 속에는 어떠한 피해의식
도 담겨 있지 않다. 병원에 입원한 그의 가족 또한 자기 병의 심각성을
깨닫지 못하고, 굶고 있을 소나 닭, 돼지, 황새 등을 염려할 뿐이다.
오늘날 산업화 초기에 목표했던 식량의 자급자족은 달성되었을 뿐
아니라, 처리에 고민해야 할 정도로 식량은 넘쳐나고 있다. 하지만 그

것을 위해 뿌려댄 화학비료와 농약 때문에 농민들의 몸은 망가져갔다. 무지로 인해 근대화의 대열에 합류했을 뿐인 농민들에게 주어진 대가는 근대를 기획한 사람들이 받는 대가에 비해 실로 가혹하기 그지없다. 이런 점에서 환경파괴는 주로 '엘리뜨'에 의해 초래되지만, 그 피해는 사회적 약자(저소득층)와 생물적 약자(아동·노인·장애자) 등에게 집중되는 경향이 있다는 말11)은 의미가 있다.

「누이와 늑대」는 전통적 생활양식을 유지하며 다른 생명체들과 조화로운 관계를 잃지 않고 살아가는 농촌 일가족의 파괴를 고발함으로써 산업화의 폐해를 지적한다. 또한 사회적 약자에게 십중석으로 향하는 환경 파괴의 피해 사례를 통해 근대가 내포한 계급구조의 부당함에 대해 미약하나마 문제를 제기하고 있다.

2) 파괴 원인에 대한 성찰과 대응

조세희의 연작소설 『난장이가 쏘아올린 작은 공』은 도구적 이성에 의해 물화된 인간의 파괴적 삶을 폭로한 소설이다. 그 중에서도 「기계도시」(1977)12)는 인간과 자연의 파괴적 상황을 병치시키면서 양자가 서로에게 침투하는 양상을 보여주고 있다.

작중인물 '난장이'의 자식들이 일하는 공간은 공업단지이다. 그 곳은

---

11) 여기에서 '엘리뜨'란 정보·의사 결정의 권한, 부(富), 위신 등에서 특권층에 있는 집단 개인을 말한다. 특히 환경 파괴가 발생하는 데 책임을 지고 있는 것은 정치·경제·문화엘리뜨, 즉 중앙정부의 간부, 고급관료, 정치가, 대기업 경영자, 정부나 대기업과 유착된 과학자나 기술자 등이다(토다 키요시, 『환경정의를 위하여』, 창작과비평사, 1996, 17~19쪽 참조).
12) 조세희, 「기계도시」, 신덕룡, 『환경위기와 생태학적 상상력』, 실천문학사, 1999, 249~ 261쪽.

"수없이 솟은 굴뚝에서 시커먼 연기가 오르고, 공장 안에서는 기계들이 돌아가고" 있다. "공기 속에는 유독가스와 매연, 그리고 분진이 섞여 있"으며, "모든 공장에서는 제품 생산량에 비례하는 흑갈색, 황갈색의 폐수, 폐유를 하천으로 토해"낸다. 근대의 풍요로운 꿈과 행복 대신에 이곳은 "검은 기계"가 가득 차있는 디스토피아적 공간이다. 이곳에서의 삶은 '윤호'나 '윤희'로 대변되는 기득권층의 삶과 대비된다. "냉방기가 잡음 하나 안 내고 찬 공기를 내뿜"는 방에서 대학 입학을 지상 최대의 목표로 삼고 있는 기득권층의 삶과, 기계가 있는 작업장에서 땀 흘려 돈을 벌어도 "보리쌀을 안쳐 끓이다 감자를 까넣"는 생활에서 벗어나지 못하는 '난장이' 가족의 삶은 천양지차이다.

자본주의 사회에서 기업의 최대 목표는 이윤 창출이다. 최소의 비용을 지불해서 최대의 잉여가치를 얻기 위한 방법으로 노동자의 노동력이 착취당하는 일은 비일비재하다. 목표에 이르는 경제적 방법에 초점을 맞추다보니 노동자들은 이용 가치에 의해 평가되는 사물로 전락한다. 노동자들의 삶의 질은 기업인들에게 의미를 지니지 못한다. 기업인들의 유일한 관심사는 목표에 이를 수 있는 최선의 경제성이다. 그리하여 노동자들은 최저생계비에도 못 미치는 돈을 받으며, 가난에서 벗어나려고 몸부림을 쳐도 벗어날 수 없는 굴레에 놓인다. 그야말로 개발의 이익에서는 소외되며, 개발의 폐해라 할 공해에서는 최대의 수혜자가[13] 되는 것이다.

　　은강 바람은 낮에는 바다에서 육지로, 밤에는 육지에서 바다로 분다. 그 바람이 공장지대의 유독가스와 매연을 바다와 내륙으로만 몰

---

13) 토다 키요시, 『환경정의를 위하여』, 창작과비평사, 1996, 18~19쪽 참조.

아갔다. 그런데 오월 어느 날 밤, 은강 사람들은 바람이 갑자기 방향을 바꾸었다는 사실을 알았다. 바람은 바다로 안 불고, 내륙으로도 안 불고 공장 지대의 상공에 머물렀다가 곧바로 주거지를 향해 불었다. 그 바람은 기복을 이룬 시내의 구릉을 넘어 주거지 일대에 가라앉으며 빠져 나갔다. 막 잠이 들려던 어린아이들이 바람이 방향을 바꾼 사실을 제일 먼저 알았다. 어른들은 아이들이 갑자기 호흡장애를 일으키는 것을 보았다.

아이들을 안고 병원으로 달려가던 어른들도 악취 때문에 제대로 숨을 쉴 수 없었다. 눈이 아프고, 목이 따가웠다. 견딜 수 없는 사람들이 거리로 떠어나왔다. 시기지와 주거지에 안개가 내리고, 가로등은 보이지 않았다. 대혼잡이 일어 질서는 순식간에 무너졌다. 도둑과 불량배가 꿈에도 생각 못했던 기회를 잡아 날뛰었다. 시민들은 주거지를 벗어나 중앙으로 이어지는 국도 쪽으로 대피했다. 아홉시에서 자정까지, 세 시간에 지나지 않았지만 은강 사람들은 큰 공포 앞에 맨손으로 노출된 자신들을 깨닫고 몸서리쳤다. 짧은 시간에 은강 사람들은 여러 가지 불안을 경험했다. 아무도 정확히 말하지 못했지만, 그들은 은강 역사에 전례가 없는 생물학적 악조건 속에서 자기들이 살아간다는 것을 깨달았다. 다음날 그들은 문제를 해결해 보겠다고 생각했다. 그러나 이내 큰 벽에 부딪혀 그들은 맥없이 물러서고 말았다. 은강을 움직이는 사람들은 서울에 있었다. 은강 사람들은 필요하다면 공중 집회를 갖거나 시위를 벌일 수 있을 것이라고 믿고 있었다. 그럴 수 없다는 것을 뒤늦게 깨닫고 입을 벌렸다.

엔트로피 법칙에 따르면, 우주 안의 모든 것은 일정한 구조와 가치로 시작해서 무질서한 혼돈과 낭비의 상태로 나아간다. 이를 거꾸로 되돌리는 것은 불가능하다. 고립된 시간과 장소에서 엔트로피 과정을 역행시키는 것이 가능하지만 그 과정에서 또 다른 에너지를 소비해야 하기 때문에 결국 전체 환경의 엔트로피 총량은 증가한다. 그러므로 지구상이건 우주건 어디서든 질서를 창조하기 위해서는 더 큰 무질서를 만들어내야만 한다.[14] 산업화의 결과 풍요롭고 질서 있는 세계가 구축되었지만, 그것을 얻기 위해 유독가스와 매연을 부단히 쏟아냄으로써 다른 한 쪽에서는 더 큰 무질서가 야기되었다. '바람의 방향 전환'이라는 불가항력적 상황 속에서 펼쳐진 아비규환의 모습은 무질서가 극에 달한 열사 직전의 상태를 보여준다.

근대의 신념이 인간의 삶마저 위협하는 거짓말에 불과한 것임을 인식한 시민들은 근대의 하수인인 기업인들을 대상으로 투쟁을 결심한다. 하지만 이것은 불가능한 일이다. 기업들보다 더욱 강한 정부가 뒤에 있기 때문이다. 정부는 다수의 국민을 위해 존재해야 하지만, 국가의 부가 기업의 생산량에 비례한다는 강박관념에 빠져 정부는 기업의 부도덕성을 크게 문제 삼지 않았다. 이러한 사회적 분위기 속에서 시민들은 삶의 파괴에 직면해 있으면서도 속수무책일 수밖에 없었다.

여기에서 환경 파괴가 인간 사회에 내재하는 '위계 서열의 지배 관계'에 의한다는 사회생태주의자들의 주장[15]은 의미가 있다. 사회생태주의자들은 인간의 지배와 자연 파괴가 몇몇 인간이 타자에 대해 지배하고 통제하는 '지배'와 '위계'라는 사회적 유형에서 나온다고 본다. 이와 같은 구조가 타자의 이익을 위해 사회 구성원을 억압하는 한편, 자연계

---

14) 제레미 리프킨, 최현 옮김, 『엔트로피』, 세종연구원, 2000, 21쪽과 60쪽 참조.
15) 지배와 위계 형태에는 사유재산권, 자본주의, 관료주의, 국가뿐만 아니라 인종주의, 성차별주의, 계급구조 등의 사회적 관행과 사회구조가 모두 포함된다(머레이 북친, 박홍규 옮김, 『사회생태주의란 무엇인가』, 민음사, 1998, 11쪽과 조세프 데자르뎅, 김명식 옮김, 『환경윤리』, 자작나무, 1999, 370~372쪽 참조).

에 대한 지배를 포함하여 일체의 지배 형태를 조장하는 사고방식과 생활방식을 강화하도록 기능한다는 것이다.

그러므로 인간이든, 자연이든 위계 서열의 지배관계에서 벗어날 때라야 불평등하고 파괴적인 상황은 극복될 수 있다. 이 소설은 이를 실현하기 위한 대응 방식으로 투쟁을 제안한다. 그리고 이것은 어느 한 사람의 힘에 의해 이루어지는 것이 아니라 연대에 의해 가능한 것임을 강조한다. 약자들의 힘이 결집되어 위계적 구조에 대항할 때 분배정의가 실현될 수 있으리라는 믿음이다. 소설 결미는 이를 잘 보여준다.

> 그 때 윤호는 어떤 도덕적인 핵심과 맞부딪쳤다. 그래서 이제 끝내야지. 하고 그는 중얼거렸다. 은희를 안고 있는 머릿속에 까만 기계들이 들어 차 있는 은강시가 떠올랐다.
> "단체를 만들자. 그 사람 혼자의 힘으로는 안 되는 일야"
> 그 날 호텔을 나서면서 윤호는 생각했다.

여기에서 보듯이 인권 회복과 환경 복원은 맞물려 있다. 인권 상실과 환경 파괴는 주체 / 객체라는 이분법적 구도에 기인하는 것이므로 인간에 내면화되어 있는 지배와 권력의 의지에서 벗어날 때 양자의 회복은 성취될 수 있다. 따라서 주체 / 객체의 해체를 지향하는 생태문학이라면 단순히 환경 파괴 현장을 보여주거나 자연친화적 사상을 드러내는 것으로 그치지 말고 노동자들의 열악한 작업환경과 반인간적인 처우까지 함께 보여주어야 할 것이다. 조세희의 「기계도시」는 이 점을 직시한 소설이다.

3) 인간 내면 가치의 상실

산업화의 폐해는 자연 공간이나 육체의 파괴에 국한되지 않는다. 이보다 더 심각한 것은 인간성 파괴이다. 김원일의 「도요새에 관한 명상」[16]은 삶의 변화가 인간성 상실과 맞물려 있음을 보여주는 소설이다. 네 명의 일가족 이야기를 시점을 달리하며 전개해 나간 이 소설에서 내면 가치의 파괴를 대표하는 인물은 병식과 그의 어머니이다.

족제비는 사방 5백 미터 정도의 면적에다 불린 콩을 띄엄띄엄 흩뿌렸다. 나는 그를 따라다녔다. 일이 끝났다.
“어른들이 뜨기 전에 이젠 가지.”
족제비가 말했다.
“시체 수거는?”
“해질녘 우리집으로 와. 등산가방은 내가 준비할 테니. 시내로 반입을 해야 하거든”
“넌 살인자야.”
내가 말했다.
“인이 아닌, 살조자인 셈이지.”
“넌 먼저 시내로 들어가. 나온 김에 난 좀 남았다 갈래.”
“즉살 현장이 보고 싶어서?”
“……”
“죄책감 때문에?”
“무슨 나발 같은 소리.”
“인간은, 인간은 물론 인간 외에 무엇이든 죽일 수 있어. 인간은 파괴자야.”

16) 김원일, 『도요새에 관한 명상』, 문예산책, 1995.

“제법인데?”
“인간은 자연을 정복해왔어. 정복이란 곧 살인이지.”
“그만해 둬. 이빨에 땀 나겠다.”

도구적 이성은 오직 자기 자신만을 세계의 중심에 놓기 때문에 이기주의를 낳는다. 이기적 사고를 견지하는 한 다른 생명체의 내재적 가치는 망각될 수밖에 없다. 단순히 “한 번 더 올나이트로 흔들기 위한” 용돈을 위해 철새에 독약을 먹여 박제로 넘기는 일에 동참하면서도 작중인물 ‘병식’은 자신의 일에 정당성을 부여한다. 인류 문명의 역사란 정복의 역사이다. 그러므로 위대한 인간은 무엇이든 파괴해도 좋다. 자기 세대의 타락은 “그들로부터 배운 것이므로” 손가락질은 자신이 아니라, 어른들이 받아야 한다는 논리이다.

근대 과학기술의 발전으로 형성된 과학지상주의는 과학 이외의 모든 것의 가치를 상실시켰다. 종교나 윤리, 예술 등과 같이 전통적으로 소중히 여겨왔던 대상들이 과학적으로 증명할 수 없다는 이유에서 무의미한 것들로 전락했다. 도덕적 규범 자체가 ‘인간이라면 마땅히 해야 한다’는 당위적 가치에서, ‘대부분의 사람이 하는 것’이라는 사실적 가치로 선회했다. ‘병식’ 아버지는 ‘병식’의 인성 파괴가 “물질 위주의 기계주의”에 기인한다고 지적한다. 과학기술을 바탕으로 하는 “물질 위주의 기계주의”가 “자동 기계로 찍어내듯 새로운 타락의 방법을 만들어내”면서 젊은 세대들의 도덕적 가치판단의 기준을 잃게 만들었다는 것이다.

‘병식’의 가치관 형성에 영향을 준 사람은 그의 어머니이다. 그녀는 시위에 가담함으로써 명문대에서 제적당하고 귀향한 큰 아들 ‘병국’에게 분노를 쏟아 붓는다. 이러한 행위는 아들의 삶에 대한 진정한 염려와 걱정보다는 아들에 투사된 자신의 세속적 실패에 가슴아파하는 허영심의 발로이다. 그녀는 사회의 부조리를 개혁하려다 주저앉은 아들 '병국'의 절망이나, 이북에 있는 가족과 고향에 대한 그리움을 안고 살아가는 남편의 회한과 좌절을 이해하지 못한다. 통일에 대한 열망으로 새의 비상에 집착하는 남편에게 "잉꼬나 십자매를 키워 돈이라도 만진다면야 그것도 벌이랄 수나 있지" "무슨 고상한 유람취미라고 허공중에 나는 새에 다 미쳐"있느냐는 비난을 서슴지 않는다. 그녀의 유일한 가치 척도는 경제성이므로 남편이나 아들의 도덕적 신념이나 이상은 무의미하게 여겨질 뿐이다.

자본주의 경제의 폐해 중 하나가 가치 전도 현상이다. 물질이란 인간을 위해 존재하는 것임에도 불구하고 물질 그 자체가 중시되면서 물질이 역으로 인간을 지배하는 현상이 나타난다. 대표적 예가 아파트 투기이다. 근대화는 서구화라는 등식에 의해 등장한 '아파트'의 수요가 늘면서 아파트 가격은 자본주의 경제 원리에 따라 급등하게 된다. 그 결과 아파트의 사용가치보다는 교환가치가 강조되면서 아파트는 '자본(돈)'이라는 인식이 싹튼다. 그리하여 노동력을 들이지 않고도 '큰 돈'을 쉽게 벌 수 있는 '아파트' 투기가 전국적으로 확산되면서 '아파트'는 주거의 개념에서 소유의 개념으로 변화한다. '병식'의 어머니는 이와 같은 사회적 분위기에 편승한다. 학교 공금을 빼내도록 유인하고, 이를 돌려 갚지 못해 사직한 남편의 무능함을 탓하며 아파트 투기에 뛰어든다. 이를 통해 경제권을 쥐게 된 '어머니'에 대해서 '병식'은 '수완가'라는 평가를 내린다. 그녀의 '천민자본주의'가 아들의 의식 속에 그대로 이식된 모습이다.

산업화가 몰고 온 정신적 공황은 당시 한국 사회를 견인해온 성장이데올로기와 안보이데올로기라는 두 축에 의해 더욱 강화된다.

“예. 분명합니다. 알고 보니 자제분은 이런 방면에 상습범이더군요. 지난 6월에는 풍천화학을 상대로 또 진정서를 낸 바 있었습니다. 풍천화학 역시 야음을 틈타, 카드뮴 수은 등 중금속 물질을 다량으로 배출시켜 동진강 하류 삼각주 지대의 각종 새 3백여 마리와 물고기들이 떼죽음을 했다나요. 사람이 아닌 한갓 새나 물고기가 말입니다.”

노무과장의 목소리가 비로소 열을 띠더니 ‘새나 물고기’라는 말을 힘주어 강조했다.

“내참, 기가 막혀서. 제 놈이 실신을 했다거나 가족이 떼죽음을 당했다면 또 몰라.”

한 젊은이가 가소롭다는 듯 시큰둥 말했다.

“국민소득 1천 달러 달성에, 오늘날 조국근대화가 다 무엇으로 이루어진지는 선생도 잘 알지요?”

다른 젊은이가 내 눈을 찌를 듯 손가락질했다.

“빈대 잡겠다고 초가 삼칸 태우겠다는 미친놈의 짓거리는 이번으로 뿌릴 뽑아야 해!”

“국민소득 1천 달러 달성”과 “조국근대화”라는 성장이데올로기 앞에서 새와 물고기들의 “떼죽음”은 별반 의미가 없다. 인간의 풍요로운 삶에만 가치를 두는 근대인들에게 다른 생명체들의 생명 존중 행위는 “빈대 잡겠다고 초가삼칸 태우겠다는 미친놈의 짓거리”에 불과하다. 모든 생명체가 내재적 가치를 가진 존재이고 인간의 삶과 문화가 인간 이외의 생명체들의 풍부함에 의해 풍부해질 수 있다는 인식17)은 그들에게 들어설 자리가 없다. 이러한 논리는 안보이데올로기와도 연관된다. 정통성이 없는 정권일수록 안보이데올로기는 강조되는 반면에, 자연환경의 보호는 뒷전으로 밀린다. "국민복지와 제반산업의 향상이란 것도 안보의 확립 위에서만이 이루어지는 것"이라는 신념 속에서 현실에 대한 올바른 판단은 늘 유보 당한다. 한국 사회의 특수성으로 인해 형성된 성장이데올로기와 안보이데올로기는 인간중심적 사고를 공고히 하는 한편, 생태의식의 확산을 옭죄는 요인으로 작용해왔다.

「도요새에 관한 명상」이 인간 내면의 파괴가 무엇에 기인하는가를 범박하게 그려냈다면, 한수산의 「침묵」은 내면의 파괴 과정을 섬세하게 포착한 소설이다. 이 소설은 어린 아이들의 의식변화가 무엇에서 비롯되는지에 초점을 맞추어 인간성 상실의 원인을 탐구한다. 특히 이 소설에서 주목하는 것은 놀이 문화의 변화 과정이다.

아이들 놀이의 변화는 주변 자연공간의 변화와 밀접하다. 70년대 후반부터 아파트가 본격적으로 건설되기 시작하면서 논이나 밭, 벌판 들이 있던 자연 공간은 인위적 공간으로 변화한다. 이와 함께 들쥐 잡기, 흙싸움, 곤충채집, 개구리 사냥 등과 같이 자연 공간에서 이루어지던 아이들의 놀이도 변화를 겪기 시작한다. "하늘을 쳐다보거나 비행기를 바라보기 위해서는 고개를 발딱 젖혀야 하"고, 아스팔트가 "아파트 건물만을 남기고 모든 흙 위에 발리워진" 곳에서 이전의 자연친화적 놀이는 더 이상 불가능하게 되었다. 그래서 아이들은 아파트에서 가능한 놀이를 찾아 나선다. 그들의 놀이는 다양하게 변모한다. 침대 위에서 "코마네치"라는 놀이를 한다거나 침대 밑에서 뒹굴기도 하고, 욕조에 물을

---

17) Bill Devall & George Sessions, *op.cit.*, p.67, pp.70~73 참조.

받아 종이배를 띄우는 놀이도 한다. 그러나 이러한 놀이에도 권태를 느끼던 중 그들의 눈을 사로잡은 것은 도색잡지이다. "교회 안에서 바라보는 한 벌거벗은 남자"가 떠올라 죄의식에 사로잡히지만, 아이들은 이를 통해 일찍 성에 눈을 뜨며 어른의 세계로 진입해 간다.

융에 의하면 어린아이와 같이 된다는 것은 리비도의 보배를 소유한다는 것이다.[18] 어린 아이들은 어른들이 상실한 순수한 생명의 원천을 소유하고 있다. 그러나 소설 속 어린이들은 너무도 빨리 이것을 상실한다. 자연 파괴로 말미암아 구축된 아파트 숲을 통해서 어른들의 파괴적 성향에 길들여진 때문이다. 이러한 성향을 잘 보여주는 예가 '병아리' 놀이다. 널찍한 바깥 대신 실내에 갇혀 애완동물로 양육되고 있는 '병아리'는 아이들에게 "살아 있는 장난감"으로 인식된다. 아이들은 '병아리'도 자신들처럼 소중한 생명을 지닌 존재라는 사실을 망각하고, 그들의 목숨을 담보로 높은 데서 떨어뜨리는 놀이에 탐닉한다. 인간 주체를 위해서는 객체가 희생되고 파괴되어도 괜찮다는 도구적 이성의 폐해가 아이들에게도 그대로 나타나고 있다.

> 그때였다. 누가 먼저였는지 모른다. 우리는 눈빛을 번들거리며 계집애를 향해 뛰어갔고 그녀의 머리채를 나꿔챘다. 우리들은 계집애의 팔을 비틀어 잡았고 그 손에서 병아리를 빼앗으려고 했다. 계집애의 몸이 나뒹구는 것과 함께 손에서 떨어져 나간 병아리는 뒤뚱거리며 몸을 일으키더니 그 작은 하늘 높이 쳐들며 뛰어 달아나기 시작했다. 우리들에게는 이제 계집애가 문제가 아니었다. 우리는 새로운 사냥감을 보았고 그 뒤뚱거리며 달아나는 병아리를 좇아서 달려갔다.

---

18) 욜란디야코비, 이태동 옮김, 『칼 융의 심리학』, 성문각, 1982, 127~130쪽 참조.

계집애가 악을 쓰며 울어대는 울음소리도 들려오지 않았다. 우리는 다만 이제는 누구도 가지지 못한 그 노오란 한 덩이의 움직이는 털에게 갑자기 온갖 적의를 번득이며 누가 먼저일 것도 없이 발길질을 쏟아붓기 시작했다. 아무 소리도 들려오지 않았다. 이미 배가 터져버린 한 마리의 병아리를 향해 우리는 끊임없이 발길질을 계속하고 있었다.

주체 / 객체의 사고 원리는 다양성을 배제한다. '너 아니면 나'와 같은 이분법적 사고는 사실세계를 극도로 단순화시키므로 투쟁을 일으킬 뿐이며, 세계를 정확하게 평가하는 능력을 감소시킨다. 이것은 상황이나 논점을 극단적으로 치닫게 하여 극단적 사고, 배타적 사고, 단정적 사고의 원인이 된다.[19] 이와 같은 사고 속에는 선 / 악, 긍정 / 부정, 아군 / 적군의 개념만 존재한다. 따라서 자신과 다른 정체성을 가진 존재는 모두 투쟁해야 할 '적'이 되고 만다. 옥상에서 병아리를 떨어뜨리는 일에 동참하지 않음으로 '병아리'를 살려낸 '계집애'를 향한 아이들의 광기 어린 분노는 이를 잘 보여준다. 자신들 편에 서지 않은 '계집애'는 마땅히 공격하고 파괴할 대상인 것이다.

이와 같은 의식을 형성하는 데에 영향을 준 것이 획일화를 추구하는 현대사회의 왜곡된 모습이다. 아이들의 집은 시간이 지날수록 '커튼', '욕조', '붙박이장' 등 모든 것이 똑같이 변해간다. 그들의 어머니들 또한 '머리 모양'에서 '옷'에 이르기까지 똑같은 것을 추구한다. 유행에 뒤지면 낙오자가 되고, 남들과 다르면 불안을 느끼는 소비사회의 왜곡된 욕망이 '어머니들'의 의식을 지배하면서 그들의 아이들 또한 다양성

---

19) 사무엘 I. 하야까와, 김영준 옮김, 『의미론』, 현음사, 1982, 207쪽.

을 인정하지 못하는 사람이 된 것이다.

소설 속에 아이들의 이름이 나오지 않는다는 점도 현대의 획일화한 모습과 관련이 있다. 아이들은 이름 대신에 아파트 호수를 따라 '1호집', '3호집' 등으로 불리어진다. '이름'이 있다는 것은 다른 사물이나 대상과 구별되는 개별 생명체의 가치가 인정받고 있다는 뜻이다. 그러므로 아이들의 이름이 없다는 사실은 소설의 아이들이 개성을 지니지 못한 획일화된 대상으로 존재함을 의미한다. 곧 거대한 산업사회 속에서 자신만의 개성을 상실하고 획일화된 존재로 전락해버렸음을 상징한다.

이렇게 볼 때 "환경 새난은 산업 문화의 뇌폐성과 직결되어 있고, 뿐만 아니라 그것은 또 우리 자신의 개개인의 인간성이 극도로 피폐해진 것과 완전히 내면적으로 일치하고 있[20]"는 게 사실이다. 소설 「침묵」은 아이들의 인성 변화를 통해 현대 사회의 인간성 파괴는 자연 공간이 파괴되면서 인간이 인위적인 공간에 갇히게 된 결과임을 보여준다.

2. 「신들의 주사위」의 문명 비판과 생명의 가치 추구

1) 억압된 생명의 이미지

황순원의 「신들의 주사위」는 산업화가 진행되면서 초래된 환경오염 문제를 다룬 소설이다. 물론 환경 문제는 이 소설에서 본격적으로 다루어지기보다는 배면으로 처리된 감이 있지만, 소설 속에서 상당한 비중을 차지하고 있다.

---

20) 김종철, 「시의 마음과 생명공동체」, 『녹색평론 선집1』, 녹색평론사, 1998, 77쪽.

유용성을 떠나 생명은 살아 있다는 것만으로도 그 가치가 존중되어야만 한다. 생명은 단순히 가치중립적인 '사실'이 아니라 그 자체로 선이며, 존중받을 가치가 있는 것[21]이기 때문이다. 그럼에도 불구하고 여러 가지 이유로 생명은 억압되고 훼손되며 유린된다. 생명은 융의 리비도와 관계가 있다. 융에게 리비도의 개념은 프로이트의 임상적 강박관념과는 다른 생명 에너지의 법칙이다. 이것은 정신 조직의 모든 형태와 정신 활동을 통해 나타나고, 이들 상호간에 어떤 연관성을 맺어주는 총체적 힘이다.[22]

융의 리비도 개념은 과학 이론과도 밀접한 관련 있다. 물리학 제2법칙에서 보듯이 닫힌계에서 에너지는 질서 상태에서 무질서의 상태로 흘러간다. 따라서 엔트로피는 계속 증가하여 새로운 에너지가 외부에서 유입되지 않는 한 세계는 엔트로피가 최대치가 된 평형상태 즉 죽음에 이를 수밖에 없다. 그러나 생명체들은 자신을 에워싼 환경에서 끊임없이 에너지를 흡수함으로써 엔트로피의 과정에 역행한다. 이와 같은 현상은 생명활동이 다른 화학 반응과는 달리 외부의 환경에서 새로이 에너지를 취하는 힘을 갖고 있기 때문이다. 곧 생명반응은 '열려진 계'이며 물질이나 에너지를 외부와 교환하는 복잡한 변화를 되풀이한다. 이것은 살아 있는 이상 평형 상태에 도달하는 일이 없으며 주위의 사용이 가능한 에너지를 계속해서 섭취함으로써 평형상태를 회피하면서 생명을 유지하고 있다.[23]

생명은 물리적, 심리적 에너지에 의해 세계가 종말로 치닫지 않도록

---

21) 조세프 데자르뎅, 김명식 옮김, 『환경윤리』, 자작나무, 1999, 205쪽.
22) 욜란디야코비, 이태동 옮김, 『칼 융의 심리학』, 성문각, 1982, 83~85쪽 참조.
23) 제레미 리프킨, 최현 옮김, 『엔트로피』, 세종연구원, 2000, 72~73쪽.

능력을 발휘한다. 생명 에너지에 의해 인간의 삶은 질서 있고 안정된다. 그러므로 생명을 억압하는 일은 생명이 지니고 있는 에너지를 상실케 하여 죽음에 이르도록 하는 행위이다. 소설 「신들의 주사위」는 다양한 유형의 인물을 통해 이러한 사실을 보여준다.

먼저 이 소설의 주인공 '한수'의 형인 '한영'과 그의 아버지는 생명 에너지가 억압되어 있는 대표적인 인물들이다. 그들의 생명력은 유교적 가부장제를 토대로 절대적인 권위를 행사하고 있는 '두식 영감'에 의해 억압되고 있다. '한영'의 아버지는 '두식 영감'의 권위에 굴복하고 말지만, 맏손자 '한영'은 그렇게 하지 않았기 때문에 비극석 인물이 되고 만다. 온순하고 착실한 성격의 '한영'은 표면적으로는 할아버지의 가치관에 순종하는 듯 보이지만, 이면에서는 할아버지의 권위에 반발하고 있다. 결국 그의 내면에 억압된 에너지는 강렬하게 표출되는데, 그가 밤마다 대문 밖에서 "관계없다아, 관계없다아!"라고 고함을 외치는 행위는 이처럼 억눌려 있는 생명 에너지의 표출이라 할 수 있다.

그는 어릴 적 신동이라는 소리를 들을 정도로 동생 '한수'보다 영리했다. 그의 할아버지는 그가 가업을 이어갈 사람이라는 이유로 고등교육을 시켜주지 않았지만, 남몰래 고등학교 교과서를 구해 틈틈이 공부할 정도로 그는 배움에 대한 의욕도 강했던 사람이다. 그러나 그의 타고난 권리는 할아버지에 의해 유린당한다. '두식 영감'은 넘을 수 없는 산이며, 결코 깨뜨리지 못하는 거대한 바위였다. 그는 할아버지에 대한 첫 도전으로 아버지 재가비용에 쓸 100여 만 원의 돈을 빌리지만 끝내 그 빚을 갚지 못하고 자살을 한다. 강자에 의해 약자의 생명 의지가 무참히 짓밟힌 양상이다.

강자에 의해 위축되고 훼손된 생명 이미지는 '중섭'과 '진희'가 가르치는 학생들에게서도 나타난다. 읍장의 딸인 '창숙'은 성적이 상위권이면서도 문제아로 분류되는 아이다. 그녀는 교사들과 관계된 헛소문을 퍼뜨리기도 하고 그들을 골탕 먹이기도 하는데, 이와 같은 '창숙'의 반항에는 남모를 이유가 있다. IQ도 높고 공부도 잘해 선망의 대상이었던 '창숙'의 언니는 누가 보더라도 행복한 커플이라 할 사람과 결혼한다. 그러나 표면적인 모습과는 달리 언니의 삶은 남편의 구타와 신경성으로 생긴 위염 때문에 불행해진다. 언니의 불행한 모습을 보며 공부의 무의미함을 깨달은 '창숙'은 삶의 목표와 방향을 상실해버림으로써 생명력을 발휘하지 못하고 시들어버리게 된다.

작중 인물 '복주'와 '영란'도 '창숙'과 같은 맥락에 있다. '복주'와 '영란'은 둘 다 공부를 잘해 서울의 대학에 가자고 약속한 사이다. 그러나 '복주'의 부모는 그녀가 공부하기 싫어 학교를 그만두었다고 하면서 왕대포집에 붙잡아 놓고 심부름을 시킨다. '복주'의 어머니는 날마다 손님들이 주는 술에 취해 있고, '복주'의 아버지는 '복주'의 어머니의 입에 행주나 걸레 같은 것을 틀어박고 구타한다. '영란'은 이런 상황을 견디다 못해 가출한 '복주'를 동정하며, 자신도 그녀와 함께 생활하고자 한다.

이들의 눈에 비친 어른들은 위선과 탐욕으로 가득 찬 존재들이다. '창숙'의 형부는 겉모습과 달리 포악한 성격을 가진 위선적 인물이었으며, '복주'의 부모 또한 자식의 장래는 안중에도 없고 자식을 자신들의 욕망충족을 위한 도구로 삼고 있다. 어른 세계의 부정적인 요소로 인해 그들의 생명 가치는 훼손되고 유린된다. 그러므로 '복주'와 '영란'의 가출은 강포한 어른들에 의해 억눌려 있는 생명에너지를 찾기 위한 몸부림으로 해석된다.

2) 문명 비판과 생태학적 자각

황순원 소설 전반에 담긴 생명에 대한 외경은 본격적인 근대화, 산업화 속에 생태계 훼손이 가시화되기 시작하면서 자연스레 문명비판의 형태로 나타난다. 인간이든 비인간이든 생명을 지닌 모든 것이 소중하다는 인식을 가지게 되면 생명을 위협하는 공해 문제는 심각하게 다가올 수밖에 없기 때문이다. 공해에 대한 인식은 "각종 공해 문제를 어물쩍 넘겨 버리는 것처럼 무서운 일은 없다. 공해 문제를 뒷전에 밀어 넣고 경제성장을 하여 설사 선진국대열에 끼다 한들 무슨 수용이 있는가"[24]라는 말에서도 잘 드러난다.

이러한 인식을 보여주는 소설이 「신들의 주사위」[25]이다. 이 소설에서 환경문제는 구체적인 사건을 통해서가 아니라, 염색공장이 무사히 읍내에 들어서도록 환경보호연구소 직원인 '한수'와 그의 친구 '병배'의 입을 막기 위해 준비한 宴會에서 작중 인물들이 나누는 대화 속에 드러나 있을 따름이다. 하지만 소설 창작 당시에 대두된 환경 문제가 심도 깊게 논의되고 있어 눈여겨 볼만하다.

이 소설에서 '한수', '병배', '중섭' 등이 생태학적 문제의식을 선취한 지식인이라면, 지역 유지인 읍장과 보건소장, '윤의사' 등은 정부와 기업의 논리를 대변하는 인물들이다. 전자의 인물들은 환경보전법이 실효를 거두기 위해서는 위범자에게 과중한 책임을 물어야 한다는 것, 서울의 수질 오염과 대기 오염이 심각해지고 있다는 점, 이대로 가다가는 장차 인류의 존망이 불투명하다는 점 등을 거론한다. 더 나아가서 최근

---

24) 황순원, 『말과 삶과 자유』, 문학과지성사, 1985, 32~33쪽.
25) 황순원, 「신들의 주사위」, 『황순원 전집 10』, 문학과지성사, 1982.

심각하게 논의되는 기상 이변의 문제, 해수면의 상승으로 인한 많은 도시의 침몰까지도 날카롭게 지적한다. '중섭'은 공장에서 흘러나온 폐수에서 살던 생선으로 인해 발생한 일본의 '미나마따병'의 예를 들며 비양심적 기업가들을 규탄한다. '병배'는 논의 수은중독으로 그 논에서 난 쌀을 먹고 수은중독에 걸린 '담양 고씨 일가족 사건'의 사례를 들어 당국의 비인간적이고 무책임한 처사를 비판한다. 그는 또한 신품종인 '노풍'이란 벼가 병충해를 견디지 못하고 쓰러져 버린 까닭은 화학비료를 덜 넣어 준 때문이 아니라 농토의 빈사 상태가 원인이라고 말한다. 농약과 화학비료를 많이 쓴 탓에 농토의 혈맥이라 할 지렁이가 살지 못하면서 대지는 힘을 잃어 생산을 하지 못하는 땅으로 전락해 버렸다는 점을 들며 생태학적 각성을 촉구한다.

> "말하자면 농토가 기진맥진 빈사상태에 빠져 있다는 거죠. 그 증거루 지렁이가 살지 못하는 걸 봐두 알 수 있다나요. 지렁인 농토의 혈맥 같은 거라구 하더군요. 사실 붉은지렁인 동맥이구, 푸른지렁인 정맥이라구 볼 수 있잖아요? 이 혈맥이 농약과 화학비료 땜에 경화를 일으켰다는 거예요. 그래서 벼를 힘있게 키울 수 없다는 거죠."[26]

그러나 심읍장과 보건소장은 우리나라가 '개발도상국'이라는 사실을 강조하면서 '성장 후 환경보호'라는 정부의 논리를 피력한다. "염색공장을 꼭 들여앉혀 지역개발을 시켜야 해. 읍사무소도 신축해 놓았것다, 이렇게 하나하나 다져 나가면 영전의 길도 트일 것 아닌가"라는 그들에게 환경은 고려할 만한 문제가 되지 못한다. 이들의 논리에 '중섭'은 생

---

26) 황순원, 「신들의 주사위」, 『황순원 전집 10』, 문학과지성사, 1982, 92쪽.

태학적 부메랑효과가 초래할 심각성을 들며 맞선다.

> "아무튼 너무 공업지상주의를 앞세워 환경 파괴 예방을 소홀히 해
> 서는 안될 겁니다." 중섭이 이야기에 끼어들었다. "공해 예방으루해서
> 다소 경제 발전의 템포가 늦춰지더라두 말이죠. 다 건설해 놓구 그걸
> 누릴 사람이 병들거나 후손이 병신으루 태어난다면 무슨 소용이 있습
> 니까? 그리구 이미 우리나라 산업공해가 곳곳에서 인명을 노리구 있
> 는 형편 아녜요? 어쩌면 인명의 희생을 당하구 있으면서두 그저 표면
> 에 나타나지 않아 그걸 모르구 있는 건 아닐까요?"[27]

생명을 지닌 모든 것은 관계의 망 속에서 자신의 위치와 역할에 따
라 관계성, 순환성, 다양성을 유지하면서 번성하여 더 큰 우주의 일원
으로 존재하게 된다. 이러한 관계는 '약탈과 공격'이 아니라 '나눔과 베
풂'의 관계이다. 그런데 이들 중 어느 하나가 주체가 되어 다른 생명체
를 도구화한다면, 이들은 주체 / 객체라는 이분법적 주종 관계로 바뀌게
되어 주체가 객체를 억압하고 파괴하는 양상으로 변화한다. 그런데 생
태계의 특성상 주체와 객체는 늘 그 자리에 머물러 있는 것이 아니라,
주체는 객체로, 객체는 다시 주체로 자리 이동을 하므로 주체 / 객체의
관계를 견지하는 한 모든 생명체는 서로가 서로를 파괴하여 공멸에 이
를 수밖에 없다. 이 소설은 눈앞의 이익에 급급하여 무분별한 환경 파
괴를 계속한다면 종국에는 인간의 생존마저 위태로워질 것이라는 생태
학적 각성을 촉구한다.

　이와 함께 인간의 파괴 양상은 비단 육체에 국한된 것이 아니라 정

---

27) 위의 책, 88~89쪽.

신 심리적인 측면에서도 나타나는 것임을 '미나마따병'의 희생자 유가족들의 사례를 통해 말해준다.

> (…중략…) 이미 오래 전 남의 나라에서 있었던 사건이건만 그 정상과 절규는 시간과 공간을 뛰어넘어 지금의 한수를 붙드는 것이었다. 그 정상에 고통스런 동정이 가고, 그러한 절규를 할 수밖에 없었던 심정에 고통스런 이해가 갔다. 그러면서도 그 절규를 용납할 수 없게 하는 건 대체 무얼까. 당사자가 아니고 제삼자의 입장이라서 그럴까. 눈에는 눈, 이라는 원시적 보복이 오늘날엔 통용돼선 안 된다는 뜻에서일까. 그러니 <미필적 고의의 살인>으로 법절차를 밟아 다스려져야 한다는 뜻에서일까. 아니다. 그 때문만은 아니다. 뭐랄까 오랫동안 인간이 가꾸어온 근원적인 사랑이랄까 혼이랄까, 그런 것을 잃을 수 없다는 데서 오는 게 아닐까…….[28]

'미나마따병'의 희생자 유족들이 회사 측에 요구하는 것이 보상금이 아니라, 수은모액을 먹고 자기네가 죽은 수만큼, 또 병든 수만큼 죽고 병들어 달라고 했다는 사례는 주목해야할 대목이다. 그야말로 "눈에는 눈"이라는 원시적 보복을 요구하는 모습을 통해 환경의 파괴가 그들의 내면을 얼마나 황폐하게 만들었는가를 알 수 있다. 이런 점에서 볼 때 "환경 재난은 산업 문화의 퇴폐성과 직결되어 있고, 뿐만 아니라 그것은 또 우리 자신의 개개인의 인간성이 극도로 피폐해진 것과 완전히 내면적으로 일치[29]"한다는 주장을 되새겨볼 필요가 있다. 환경 파괴는 인간의 육체만을 파괴하는 것이 아니라, 인간의 심성마저 파괴하고 있는

---

28) 위의 책, 96쪽.
29) 김종철, 「시의 마음과 생명공동체」, 『녹색평론선집 1』, 녹색평론사, 1998, 77쪽.

것이다.

작중 인물 '한수'는 자신들이 당한 억울함을 그들도 똑같이 당해야 한다는 피해자들의 심정을 이해하면서도 이러한 논리가 용납될 수 없다고 생각한다. 생명체들의 생명력은 객체가 주체에게 당한 피해를 똑같이 돌려줄 때 회복되는 것이 아니라, 오히려 생명의 존엄성에 대한 인식을 회복하고, 가해자마저 포용하는 '한 몸 의식'을 회복할 때라야 회복될 수 있다는 인식에서다. 피해 당사자의 분노는 극한의 것일 수 있지만, 그물로 맺어진 연쇄 고리 속에서 파괴는 끝없는 파괴를 낳을 뿐이므로 보복은 진정한 해결책이 되지 못한다. 회사가 폐수를 무단 방류한 것은 다른 생명체에 대한 '한 몸 의식'이 없었기 때문이며, 희생자 유족들이 가해자들에게 자신들과 같은 고통을 강요한 것도 '한 몸 의식'이 부족했기 때문이다. 그러므로 이들 모두에게 필요한 것은 '한 몸 의식', 바꾸어 말해 "살아 있는 생명을 돌보고 보살피면서, 어느 하나도 상처받지 않게 마음쓰며, 상처받은 것은 깊이 위무하고 품속으로 거두어들이려고 하는 태도", 그리고 무엇보다도 "생명 가진 존재들 사이의 조화로운 관계의 유지를 늘 중시하는 정신"[30]의 회복이라 할 수 있다.

이것은 환경문제에 대한 작가적 인식이 다른 소설들에 드러난 '연약한 생명체에 대한 감싸 안기'와 연관되어 있음을 보여준다. 이를 통해 볼 때 황순원 소설에서 중심을 차지하는 것은 생명의 존엄성에 대한 인식이라는 점을 재확인할 수 있다. 이것은 작중 인물이 70년 미국 플로리다 해변 도시의 유조선 침몰 사건 당시, 배에서 흘러나온 중유 때문에 죽어가는 물오리들을 구조하기 위해 애쓰던 사람들을 떠올리는 장

---

30) 위의 책, 80쪽.

면에도 잘 드러나 있다.

　　죽어가는 물새들을 건져내고 씻어주고 있는 사람들의 모습이 한수
의 눈앞에서 바삐 움직이고 있었다. 그 시커먼 기름투성이의 해변가
남녀노소들의 모습은 그림처럼 아름다웠다. 그것은 물새들의 당한 일
을 장차 자기네도 당할지 모른다는 의식에서가 아니고, 그저 살아 있
는 것을 파괴로부터 보호해야 한다는 일념에서 나온 작업이기 때문에
더욱 귀하고 아름답게 여겨지는 게 아닐까. 일본에서 있은 <미나마따
병>을 겁내고 무서워하기에 앞서 우리도 좀더 개개인이 환경에 대
해 자각을 갖는 마음자세가 필요한 게 아닐까.[31]

　진정한 생태의식은 자연의 파괴가 가져올 피해를 모면하기 위해 어
쩔 수 없이 행해지는, 이기적 발상에 기인한 자연 보호와는 다르다. 그
것은 인간의 본성 깊숙이 내재해 있는 생명에 대한 근원적 경외감에서
비롯된다. 곧 생태계의 재난에 직면해서야 인간의 생존을 걱정하는 차
원에서 자연을 돌아보는 것이 아니라, 보다 근본적인 차원에서 다른 생
명의 내재적 가치를 인정하고 배려해 주는 것이다. 인류의 역사를 지탱
해온 이러한 감성은 "화학비료에다 별의별 농약을 뿌려 만든 멀쑥하게
부푼 채소에 만족해 있구, 과일두 합성세제에 씻어 먹어야 직성이 풀리
는" 몰자각 상태에서 벗어나, "비록 부피는 작구 벌레는 먹었을 망정
진짜 신선한 거"를 택할 수 있는 안목을 갖게 해준다. 또한 "앞으루 인
구폭발이 심해져서 75년도에 세계인구 40억이던 게 서기 2천년엔 70억
으로 증가되"고 "2천 6백년경엔 일인당 사방 30센티의 땅밖에 차지하

---

31) 황순원, 「신들의 주사위」, 『황순원 전집 10』, 문학과지성사, 1982, 240쪽.

지 못하게 된다니 공해루든 뭐루든 사람 좀 죽는다구 뭐 대숩니까?"라
는 냉소적 절망감에서 우리를 구해 낼 수 있다.

3) 모성성을 통한 생명의 각성

황순원의 장편소설에서 즐겨 사용되는 사색형의 남성과 모성성을 지
닌 헌신적 여성 / 도회풍의 세련된 여성이라는 삼각관계는 이 소설에서
도 주축을 이룬다. 읍장의 딸로 교직생활을 하는 '진희'는 모성성을 지
닌 여성이다. 그녀는 학생들의 문제를 자신의 문제처럼 고민하며 해결
하는 데서 보람을 느끼는 인물이다. 그녀는 학생들의 상처를 위무해 주
고, 관계의 고리에서 떨어짐으로써 적응하지 못하는 이들을 관계망 속
으로 편입시키기 위해 애쓰는 '어머니의 마음'을 지니고 있다. 이것은
곧 헤어지게 될 '한수'의 아이를 갖게 된 불모적 상황에서도 아이를 유
산시키지 않고 낳아 키우겠다고 결심하는 동인이 된다.

여인이 상체를 꺾을 때는 가리워졌다가 허릴 펴면 앞에 안은 아이
의 얼굴이 다시 보인다. 어린것은 한결같이 무생물처럼 꼼짝않고 있
다. 저 어린것이란 무언가. 어떤 상황에 놓여 있든 어엿이 독립된 하
나의 생명체이다. 그러나 누가 말했듯이 아직 태어나기 전에는 여자
의 신체의 일부에 불과하지 않는가. 제거해 버려도 무방하다. 그때 또
진희에게 흔드는 손이 있었다. 빠이 빠이. 그 손은 이라의 애의 손보
다도 작았다. 아니, 아직 손의 형태조차 갖추지 못한 손이었다. 빠이
빠이. 그 손이 진희에게 작별의 인사를 하는 것이었다. 그러나 진희는
이 아직 형태도 갖추지 못한 손길의 빠이 빠이를 거부하듯이 세게 고
개를 좌우로 저었다.[32]

모든 생명체가 소중하다는 인식은 눈에 보이는 생명체에 국한된 것이 아니라, 아직 독립된 인격체가 되지 못한 태아에게까지도 확장된다. 비록 아직은 비인격체이지만, 그 작은 태아의 몸짓까지도 선명하게 떠올릴 수 있을 정도로 그녀의 생태의식은 심화되어 있었다. 이런 그녀였기에 그녀는 죽음 앞에서도 초연할 수 있었다.

현대기술문명의 바탕을 이루는 기술주의적 사고 속에는 본질적으로 타자를 자기의 의지 밑에 종속시키려는 지배와 권력의 의지가 내재되어 있다. 따라서 기술문명을 누리고 사는 현대인들은 죽음조차 지배하려 든다. 죽음은 피할 수 없는 인간의 근원적 조건임에도 불구하고, 권력 의지의 확대에 길들여진 현대인들에게 이는 불안과 공포를 느끼게 하는 외면하고 싶은 대상이다. 그러므로 타자에 대한 지배와 장악의 크기가 확대될수록 자유를 느끼기는커녕, 도리어 죽음이라는 순수한 자연현상 앞에서 과거 어느 때의 인간보다도 더 무력한 겁에 질린 불쌍한 인간으로 떨어져 버렸던 것이다.[33]

'진희'가 자신의 죽음 앞에서도 초연할 수 있었던 것은, 그녀가 기술주의적 사고의 지배를 받은 인물이 아니라, 심층생태주의에서 말하는 자아실현에 이른 인물이었음을 말해준다. 따라서 그녀의 죽음은 단순한 일회성의 종말을 의미하는 것이 아니라 새로운 생명의 탄생과 부활로 나타난다. 죽음 앞에서도 '한수'를 감싸 안을 수 있었던 '진희'로 인해 '세미'는 '한수'의 의식이 돌아올 때까지 그를 정성껏 돌보다가 그가 퇴원할 때는 아무런 대가를 바라지 않고 떠날 수 있는 헌신적 사랑을 획

---

32) 위의 책, 244~245쪽.
33) 김종철, 「시의 마음과 생명공동체」, 『녹색평론선집 1』, 녹색평론사, 1998, 80~81쪽 참조.

득한다. 또한 형의 자살과 할아버지의 정신 이상, 사랑하던 이의 죽음, 재산의 탕진 등 많은 것을 잃어버린 '한수'도 생명의 소중함에 대한 인식과 삶에 대한 강한 의지를 갖게 된다. 비록 '진희'는 죽었으나, 그녀는 '세미'와 '한수'를 통해 재생한 것이다.

> 퇴원 보따리를 든 신씨 부부가 일행을 앞선다.
> 한수는 다시 걸음을 옮겨 정문께로 향했다. 천천히 걸어가던 한수가 문득 한 곳에서 발길을 멈췄다. 그리고 발 아래를 내려다본다.
> 함께 가던 일행도 걸음을 멈추었다.
> 콘크리트 포장길에 가느다란 금이 나있고, 그 틈새기로 풀잎들이 돋아나 있었다. 제법 파랬다. 어쩌면 이런 데서?
> "자기 그림자가 신기해서 그러는 거냐?" 병배가 툭 한마디 했다.
> 한수 앞에 뭉툭한 그림자가 져 있었다.
> 사람들이 오가는 가운데 한 청년이 한수네 곁으로 다가섰다.
> "무얼 잃어버렸습니까?"[34]

「신들의 주사위」의 결미에 해당하는 이 부분에는 이 소설에서 전하고자 하는 핵심 내용이 함축되어 있다. '한수'는 콘크리트 포장 틈새에 돋아난 풀잎을 보며 강인한 생명력에 감탄한다. 콘크리트 새로 싹을 틔우기 위해 풀씨는 온몸의 고통을 감내해야 했을 것이다. 콘크리트를 비집고 올라오는, 고통을 초극하려는 풀씨의 몸짓이 '한수'에게 그대로 전해지면서 그는 그 풀잎에 대해 연민과 사랑을 느낀다. 이 소설은 그 풀잎이 바로 '한수' 자신임을 보여준다. 육체적, 정신적 상실로 인한 고통 끝에 '진희'와 '세미'를 통해 '한수'가 도달한 자리는 다름 아닌 콘

---

34) 황순원, 「신들의 주사위」, 『황순원 전집 10』, 문학과지성사, 1992, 305쪽.

크리트 새로 돋아난 풀잎의 자리이다. 인간은 자신의 의지대로 살 수 없고 '신들의 주사위' 놀음에 몸을 맡길 수밖에 없는 불가항력적 운명을 타고났지만, 자연의 일부라는 본래의 자리로 돌아와 세상을 지배하는 섭리의 손길에 온몸을 맡길 때, 생명력의 분출 끝에 도달하는 만족감을 맛볼 수 있을 것이다. 그 생명력은 결코 헤쳐 나갈 수 없게 느껴졌던 자리를 지나서 "자기 그림자가 신기한 듯" 어려웠던 지난날들을 되돌아보게도 하고, 많은 것을 잃은 것 같으나 실은 더 큰 것을 얻은 충일감을 주기도 한다.

70년대 도시 자본의 유입으로 농촌 공동체가 서서히 무너지고, 개발이란 명목 아래 생태계 파괴가 자행되던 시대를 배경으로 가족, 교육, 환경, 이성 문제 등 다양한 소재를 치밀한 조직력으로 배합시켜 단일한 주제를 거두는 데 성공한 이 소설이 주는 메시지는 생명체의 소중함에 대한 인식 회복과 그들에 대한 모성적 사랑이라고 말할 수 있겠다. 이 사랑은 '한영'과 동생 '한수'의 말을 초월하는 형제애나 자전거포 소년인 '명재'와 여동생 '명애' 남매 간의 따뜻한 사랑과 '중섭'과 '진희'의 제자들에 대한 사랑 등에 담겨 있는 것이기도 하다.

3. 1990년대 소설에 나타난 생태의식

해마다 강도가 심해지고 있는 황사, 기상 이변, 지구 온난화 현상 등 최근 들어 생태계 파괴의 심각성에 대한 인식이 널리 확산되면서 환경·생태문제는 이제 특정 지역의 특정인만의 문제가 아니라 우리 모두의 중심 문제로 자리매김하였다. 지구 온난화의 원인인 온실가스를

줄이지 않는다면 21세기 후반 해수면이 4~6m 상승해 우리 후손에게 심각한 영향을 줄 것이라는 경고35)도 이제 낯설지 않다. 그만큼 환경 폐해로 인한 생존의 문제는 오늘날 우리에게 큰 두려움으로 존재한다.

이 장에서는 1990년대에 창작된 세 편의 소설36)을 택해 1990년대 소설에 나타난 생태의식의 양상을 고찰할 것이다. 개화기와 일제강점기를 거쳐 산업화에 이르기까지 변천한 생태의식이 1990년대에는 어떠한 양상으로 전개되고 있는지를 중심으로 살펴보고자 한다.

1) 디스토피아적 현실 인식

가. 디스토피아적 현실 인식과 파괴의 원인 성찰

한국 사회에서 디스토피아적 현실에 대한 인식은 1960·70년대에 본격화한 산업화에서 비롯된다. 경제 제일주의를 표방한 마구잡이식 개발과 공해방지 시설에 대한 정부의 방임적 태도로 인해 자연공간은 심각하게 파괴되기 시작했다. 조세희의 「기계도시」나 김원일의 「도요새에 관한 명상」 등은 산업화가 초래한 파괴적 상황을 그려냄으로써 생태소설의 서장을 연다. 하지만 이들 소설에서 환경 문제는 1970년대에 만개한 사회학적 상상력이라는 틀 속에서 갈등이론·소외이론·계층론 등과 같은 복잡한 문제와 연계된 채 드러나 있어 이 소설들은 생태 문제만을 중점적으로 그려낸 소설이라고 하기는 어렵다. 한국문학사에서

---

35) 『중앙일보』, 2007. 3. 30일자 기사.
36) 고찰 대상으로 삼은 소설은 이남희의 『바다로부터의 긴 이별』(1991)과 박윤규의 『물 속나라』(1994), 한강의 「내 여자의 열매」(1997) 등이다. 이들은 1990년대 생태소설의 유형별 특성을 잘 보여 주고 있다고 여겨진다.

본격적으로 생태문제에 천착한 소설은 환경 파괴가 심각한 양상을 보이기 시작한 1990년대에 와서 비로소 등장한다. 이남희의 장편『바다로부터의 긴 이별』은 생태문제에만 초점을 맞추어 파괴 상황을 집요하게 추적해 나간 소설이다.

이 소설은 산업화의 전초기지가 된 '당항'이라는 작은 어촌 마을을 배경으로 산업화가 몰고 온 폐해를 예리하게 진단하고 있다.

이제 버무리곶 언덕에 푸르렀던 솔숲은 사라졌다. 공장부지 공사가 시작되면서 숲은 벌채되고 닥치는 대로 언덕을 발파해버려 넘어질 듯 형해가 드러난 절벽만 남았다. 그 절벽 위 당항리 마을 옆 산에는 철조망을 두르고 그 산을 차지한 한일광업이 들어서고 있었다. 현재 삼분의 일 이상 지어졌는데 규모가 커서 내년이나 준공되리라고 하였다. 절벽 위에 시커멓게 서 있는 그 형체가 혜윤에게는 음산하게만 보였다.

'정말 저건 어떤 의미일까?'

혜윤은 쓸쓸하게 자신에게 물었다. 시커먼 공장의 모습은 흡사 먹이를 노리는 거대한 육식동물 같았다. 그리고 공장 턱 가까이 납작 엎드린 당항리 마을이 바로 삼켜지기 직전인 먹이였다.[37]

정부 주도로 진행된 산업화 과정 속에 수출과 수입이 용이한 해안지역이 공업전진기지로 선택되어 대규모 공단이 조성되면서 어촌 지역은 일대 혼란에 빠지게 된다. "풍광이 아름다운 곳"으로, "만이 깊숙하고 물이 따스해서 천혜의 어장"이었던 '당항'은 이제 형해만 남은 곳으로 변화한다. 그러나 이러한 변화는 시작에 불과하다는 데에 문제의 심각

---

37) 이남희,『바다로부터의 긴 이별』, 풀빛, 1991, 50쪽.

성이 있다. 푸르렀던 솔숲의 자리에 들어선 "시커먼 공장"은 "흡사 먹이를 노리는 거대한 육식동물"처럼 앞으로 계속해서 전개될 파괴를 예고한다. 이것은 작중 인물 '혜윤'의 독백처럼 불길한 "어떤 의미"를 지닌다. 바닷물의 오염으로 더 이상 어업을 할 수 없게 되고, 공장에서 뿜어내는 연기 때문에 하교하던 초등학생이 실신하며, '혜윤 어머니'가 공해병으로 숨지는 일련의 사건들은 "시커먼 공장"을 통해 '혜윤'이 받았던 불길한 느낌이 단지 기우가 아니었음을 보여준다.

하지만 이 소설은 생태계 파괴 현장에 대한 폭로보다는 인간의 내면 가치의 상실에 초점을 맞추고 있다. 산업화 초기의 생태소설들이 산업화가 초래한 파괴 상황의 폭로에 초점을 맞춘 데 비해서, 이 소설은 그곳에 거주하는 사람들의 인간성 상실에 초점을 맞추어, "무엇 때문에", "도대체 무엇을 위하여?" 이러한 일이 시작되었는지 원인 규명에 천착하고 있다.

공단이 들어서기 전 '당항리' 마을 사람들은 오랜 시간 같은 전통과 관습을 유지하며 친밀한 관계를 지속해왔다. 경제학자 퇴니스의 이론을 빈다면 이곳은 사람들이 본질의지에 의해 정서적 일체감 속에서 융합적으로 생활하는 게마인샤프트였다.[38] 이들은 삶의 터전인 마을에 뿌리

---

38) 퇴니스는 본질의지에 의해 형성되는 게마인샤프트와 선택의지에 의해 형성되는 게젤샤프트라는 두 가지 개념을 가지고 사회의 모든 현상을 설명한다. 본질의지란 인간이 본래적으로 가지고 태어나는 실재적이며 자연적인 의지로서, 본질의지에 따른 사람들의 결합관계는 감정적이고, 또 매우 긴밀한 성질을 지닌다. 이에 비해 선택의지란 본질의지에 대치되는 것으로, 사고 작용이 지배적으로 작용하여 의지작용을 포함하고 있는 듯한 의지를 말한다. 이에 의해 누구든 적어도 자기가 준 것과 동등하다고 생각되는 반대급부나 답례가 없으면 남을 위하여 어떤 일을 하거나 어떤 것을 주려 하지 않는다. 게젤샤프트는 남이 일정한 범위를 넘어서 자기 영역에 들어서는 것을 거부하고 이성적 자유를 보유하면서 생활을 한다. 이는 항상 사람들 사이에 긴장 관계를 만들어내고, 개인의 원자화와 소외를 초래하기도 한다(정문길 저, 『소외론 연구』, 문학

를 내리며 서로 사랑하며 교류해왔다. 겨우살이 준비가 되지 않아 굶고 지내던 곁방살이 시절 이를 알고 집집마다 고구마를 보내주어 농사지은 집보다 더 많은 고구마를 쌓아두었다는 '혜윤 어머니'의 회상이나, 어느 집에 불이 나자 마을 사람들 모두가 집을 고쳐주기 위해 산에서 나무를 벴다가 지서로 불려갔어도 불평하는 사람이 없었다는 '경택'의 회상은 당항리 사람들의 친연적 관계를 잘 보여준다.

하지만 이러한 인정 넘치던 공동사회의 모습은 공장의 등장과 함께 점차 균열 양상을 보이기 시작한다. 토지 보상비 명목으로 마을에 "현금이 나돌기 시작하면서" 사람들은 "이해득실을 날카롭게 따졌고, 매몰차게 제 것만 챙기려고 드는" 현상이 확산된다. 도시화·산업화를 축으로 하는 경제개발의 논리대로 이곳 또한 반대급부가 없으면 결코 남을 위해 무엇을 주려하지 않는 게젤샤프트로 변모하게 된 것이다.

게젤샤프트는 남이 일정한 범위를 넘어서 자기 영역에 들어서는 것을 거부한다. 이는 항상 사람들 사이에 긴장 관계를 조성하고, 개인의 원자화와 소외를 초래하기도 한다. "개발 바람에 덩달아 춤추다가 사기를 치고 달아난 아버지며 수삼년 사이에 양친을 잃고 천애고아가 된 송이섭네 남매들, 농사지을 논밭을 팔아버리고 돈맛을 알게 된 마을 사람들"이나 도망간 아버지 대신 어머니에게 인정사정없이 폭력을 휘두르는 마을 아줌마들, 살려달라는 애원에도 불구하고 아무도 돌아보지 않는 마을 사람들의 모습은 갈수록 소외되고 고립되어 가는 '당항리' 마을 사람들의 모습을 잘 보여준다.

"(…중략…) 우리 마을에 돈이 한창 나돌아 다닐 때 사람들이 우예

과지성사, 1978, 22쪽 참조).

했습니꺼? 그런 공돈이 들어오기 전에는 안하던 짓을 해싸서 동네가 살벌한 싸움터같이 안됐습니꺼?"

"근본이 날부랑당 같은 놈들한테 돈을 쥐어주면 그래 되는 기 당연하제. 돈도 가질 자격이 있는 사람은 따로 있대이."

김판술씨는 말을 전혀 다른 각도로 받아들여 고개를 끄덕였다. 경택의 얼굴이 성이 나서 하얗게 질렸다. 그러나 목소리만은 차분했다.

"그런 말이 어디 있습니꺼? 할 일이 없으니까 화투를 치지예. 고기가 안 잡혀서 뭘 해야 될지 모르겠으니까 술이나 묵게 되고예. 갑자기 돈이 나돌아 다니니까 돈에 눈이 뒤집히고예. 오염돼서 더러운 땅에서 살려니까 거칠어져서 싸움도 하고 말입니다. 순박하던 우리 마을 사람들을 이래 만들어놓은 게 뭡니꺼? 이 땅에 공단을 들일 때 여기 주민들도 사람이니까 사람답게 살 권리가 있다는 생각이 손톱만큼이라도 있었더라면 이래는 안했을겁니더. 지금이라도 안 늦었습니더, 이곳 주민들이 생업을 영위하면서 예전처럼 살 수 있게 만들어주도록 해야 합니더."[39]

위의 예문은 '당항리' 사람들의 내면이 어떠한 과정을 거쳐 황폐해졌는가를 잘 보여준다. 해당 지역민의 사정을 고려하지 않고 강력하게 밀어붙인 공업단지 건설로 농어민들의 생업은 강탈당한다. 삶의 구심점을 잃어버린 사람들은 술과 노름에 빠져들게 되고, 토지보상금이란 '돈'과 함께 자본주의의 논리가 확산되면서 사람들은 거칠어지고 이웃들도 서로 반목 투쟁하는 관계로 변모한 것이다.

당항리 사람들의 내면의 변화는 조용한 어촌 마을에서 점차 도시 빈민가처럼 변해 가는 당항리의 모습과도 일치한다. 당항리는 "공단 공사

---

39) 이남희, 『바다로부터의 긴 이별』, 풀빛, 1991, 182쪽.

가 시작된 이래 공사판 일꾼들에게 세를 놓느라 집집마다 처마를 잇대
어 천막과 슬레이트로 가건물을 지었기 때문에 골목들은 비좁고 지저
분해"졌고, "원래부터 따로 하수도가 없던 터라 길은 항상 구정물로 진
창을 이루었고 구석마다 술취해 비틀거리는 남자들이며 싸구려 술집의
교성과 싸움, 아이들의 우는 소리가 뒤범벅되어 귀가 따가울 정도"인
마을로 탈바꿈한다. 공단 준공식에서 "공장 굴뚝에서 나오는 검은 연기
가 바로 우리나라의 발전을 말해주는 증거"라던 대통령의 발언은 "실
제론 그게 삶을 발전시키는 연기가 아니라 삶을 파괴하는 것"이었음을
입증한다.

　이 소설의 등장인물 중 인간성 상실을 보여주는 대표적 인물이 '혜
윤'이다. '혜윤'은 자신의 방황이 아버지의 실종, 곧 "아버지라는 모든
것의 해체"에서 비롯된 것이라 진단한다. 공단이 들어섬으로써 오랜 시
간 마을의 평화를 존속시켰던, '아버지'로 표상된 공동체적 질서가 와
해되었고, 이로 인해 자신의 내면도 파괴되기 시작했다는 것이다. 그녀
에게 "아버지의 사라짐"은 게마인샤프트의 와해를 의미한다. 곧 친밀한
관계 속에서 서로 마음을 터놓고 교류할 수 있는 공동체 사회의 해체이
다. 아버지의 실종을 전후로 시작된 마을의 변화는 "파괴해서는 안 될
것들"의 파괴이다. 그러므로 삶의 구심점을 상실한 그녀는 "모든 것을
다 자신의 수단으로 이용하고 거리낌없이 내버리는" '하영호'에게 함몰
된다.

　나. 파괴 현실의 대응 의지

　산업화에 내재된 목적 지향적 개발 논리는 근본적으로 주체 / 객체의

발상에 근거한다. 국가와 재벌이라는 거대 강자의 목적을 이루려면 목적과 배치되는 타자들은 고려의 대상이 될 수 없다. 그들은 약자의 위치에서 거대 강자의 횡포와 억압을 견뎌내야 할 자에 불과하다.

이 소설에서 '당항리'의 파괴가 주체 / 약자라는 이분법적 구도에서 출발한 것이라는 깨달음은 '혜윤', '경택', '이섭', '상모' 등과 같은 청년들에게서 시작된다. 이 중에서 '경택'을 제외한 인물들은 공해병으로 고통을 받는 가족을 두고 있다. '혜윤'은 어머니를, '이섭'은 여동생을, '상모'는 조카를 공해병으로 잃게 된다. 그들은 가족의 고통을 지켜보며 끊임없이 "무엇 때문에", "도내체 무엇을 위하여?"라는 질문에 봉착한다.40) 이들 중에서도 특히 '이섭'은 서울에서 갖은 고생을 경험하면서 사회적 약자가 처한 불평등하고 부조리한 현실에 대해 남다른 각성을 한다.

> 이렇게 경제적이 아니면 안되는 사회이니 그 속에서 사장이 경제적으로 돈을 별겠다는 게 뭐가 이상하겠어? 당연한 일이야. 경제적으로, 즉 최소의 비용으로 최대의 이익을 올리려고 하다보니 인간이고 나발이고 안중에 둬선 안돼. 돈을 덜 들이는 게 최선이니까. 그래서 작업장의 환경개선도 하지 않고 노동자들이 일을 하다가 죽거나 병신이 되거나 상관 안해. (…중략…) 경제적으로 살아가는 사회 속에서 사람은 일회용이었어. 쓰다가 못 쓰게 되면 새로 뽑으면 돼. 사람이야 죽든 말든 최소의 비용으로 생산만 하면 돼.41)

---

40) 유순영, 「생태소설의 두 가지 양상」, 『논문집』 제8집, 광주대학교 민족문화예술연구소, 1999, 64쪽.
41) 이남희, 『바다로부터의 긴 이별』, 풀빛, 1991, 273쪽.

고향에서 부모를 여의고 '뿌리 뽑힌 자'로 살아가는 '이섭'은 산업화 현장의 한복판에서 근대화·산업화의 폐해를 직시한다. 유용성과 합리성, 생산성을 강조하는 근대적 사유가 인간을 물화시키고 말았다는 깨달음이다. 유용성에 초점이 놓일 때 노동자들은 이용 가치에 의해 평가되는 사물로 전락할 수밖에 없다. 노동자들의 삶의 질은 기업인들에게 의미를 지니지 못한다. 그들은 "일회용"으로서, 이용 가치를 상실할 때는 사물처럼 폐품처리가 될 뿐이다. 그들이 빠진 자리는 "경제적이라고 여겨질 때까지만 사용되고 곧 버려질 일회용인 나"와 같은 '일회용' 인간이 차지하게 될 것이다.

'이섭'은 삶의 역정을 통해 당항리의 파괴가 인권 파괴와 동궤에 있다는 사실을 자각한다. 생태계 파괴가 강자 인간이 약자 자연을 향한 파괴라면, 인권 훼손은 강자 인간의 약자 인간에 대한 파괴이다. 이들은 모두 강자/약자라는 이분법적 사고에 기인하며, 이를 뒷받침하는 것은 거대 강자인 국가 권력이다. 따라서 그가 파괴적 삶에서 벗어나 다시 '뿌리 내린 자'로 살 수 있는 유일한 방법은 귀향이다. 원점으로 돌아가 강자에게 맞서서 "사람을 사용하지 말고 노동을 하게 하라는 요구"를 함으로써 비록 더디지만 "사람 사는 세상을 만들어" 나가야 하는 것이다.

강자의 폭압과 지배에 맞서 "조금씩"이라도 연대투쟁을 하다보면 "사람 사는 세상"이 올 것이라는 '이섭'의 믿음은, 무자비한 자연 지배를 초래한 사회구조적인 요인을 찾아 개혁하는 것이 우선이라는 사회생태주의자들의 인식[42]과 동일하다. "모두가 못 살겠다고 아우성"을 치

[42) 대표적 사회생태주의자인 머레이 북친이 말하는 지배와 위계의 형태에는 사유재산권, 자본주의, 관료주의, 국가뿐만 아니라 인종주의, 성차별주의, 계급구조 등과 같은 사회

는데도 "미친듯이 자원을 고갈시켜서 상품을 만들고 유행에 쫓겨 그 상품을 즉시 쓰레기로 버리지 않으면 불행해질 거라고 여기는" 데서 벗어나, "인간을 사용할 게 아니라 노동하게 하며, 물건도 조금 만들어 공평하게 나누어 쓰고, 쓰레기도 조금 만들어서 우리의 자식들도 이 지구에서 살 수 있"는 사회를 실현해야 한다는 '이섭'의 생각에는 생태의식이 담겨 있다.

이와 같은 모습은 '혜윤'에게서도 동일하게 나타난다. 아버지의 실종 이후 끝없이 탈출을 꿈꾸며 방황하던 '혜윤'은 객지 생활의 경험과, 공해병으로 투병하는 어머니를 지켜보면서 성숙한 생태주의자로 거듭난다. 그녀는 더 이상 고향의 파괴를 외면하거나 회피하려 하지 않는다. 어머니가 고통 중에 무심코 던진 말이지만, "거대한 벽 속에 혼자 격리된 죄수 같은 느낌"은 방황하던 시절의 자신의 내면을 정확하게 보여주는 말이다. 이것이 "아버지의 해체"에서 시작된 파편화된 자아의식에서 비롯된 것임을 깨달은 '혜윤'은 비로소 자신의 파괴가 시작된 출발지점을 찾음으로써 삶의 방향감각을 회복하게 된다. 따라서 '혜윤'의 귀향은 파괴의 구심점을 찾아 이것을 회복하기 위함이다. 소외되고 원자화한 마을 사람들의 유기적 관계를 회복하여 서로 사랑하고 교류하는 "소박한 삶의 덕목"을 회복시켜야 하는 것이다.

이러한 생각은 이분법적 관계에서 벗어나 조화로운 공생의 관계를

적 관행과 사회구조가 모두 포함된다. 사회생태주의자들은 '우월한' 집단이 '열등한' 집단에게 행하는 지배 구조가 자연계에 대한 지배를 포함하여 일체의 지배 형태를 조장하는 사고방식과 생활방식을 강화하도록 기능한다고 주장한다. 그러므로 사회생태주의적 관점에서 볼 때 파괴의 대상이 인간이든, 자연이든 이와 같은 위계서열적 지배관계에서 자유롭게 될 때라야 불평등하고 파괴적인 상황은 극복될 수 있다(머레이 북친, 박홍규 옮김, 『사회생태주의란 무엇인가』, 민음사, 1998, 11쪽과 조세프 데자르뎅, 김명식 옮김, 『환경윤리』, 자작나무, 1999, 327쪽과 370~372쪽 참조).

추구할 때 파괴로부터 구출될 수 있다는 믿음에 근거한다. 이것은 소설 말미에 '혜윤 어머니'가 고통 중에 부르짖었던 "아아들이라도 살려야 되는데……"라는 말에 집약되어 나타난다. 모성성이야말로 이분법적 대립 구도에 의해 단절되고 파편화된 생명체를 회복시킬 수 있는 대안이라는 것이다. '돌봄'과 '감싸 안음'으로 표현되는 '어머니 마음'[43]을 가지고, "다른 생명으로 보이는 것들이 결코 나와 상관없는 존재가 아니라 내 생명의 일부"[44]라고 생각하게 될 때 유기체적 관계맺음은 회복될 수 있다는 생각이다.

2) 생명의 소중함과 유기체적 세계 인식

박윤규의 소설 『물속나라』는 인간 세계와 물고기 세계라는 두 세계의 서사가 병치되어 있다. 이것은 자연물도 인간처럼 소중한 존재라는 사실을 보여주는 소설적 장치이다. 자연을 객체적 위치에서 주체적 위치로 이동해보는 일은 중요한 의미를 지닌다. 위치 이동을 통해 우리의 삶이 얼마나 인간중심적으로 전개되는가를 살필 수 있다. 자연물의 주체로의 자리 이동은 그들 본연의 생명력이 회복된다는 의미로 해석된

---

43) '어머니로부터의 분리'는 최초의 관계 단절 체험으로, 이 경험은 개인에게 평생 영향을 준다. 여성의 경우, 어머니로부터의 분리 체험을 겪은 후 독립적인 자아를 가지고 타자에 대한 지배욕을 소유하게 된 남성과 달리, 어머니와의 동일시 감각을 오랜 시간 유지하기 때문에 삶의 제반 현상을 관계성 속에서 파악하게 된다. 이러한 관계는 표면적이고 일시적인 것이 아니라 내면적이고 본질적인 것이므로, 관계의 파괴는 여성들에게 큰 영향을 준다. 따라서 여성에게 있어서 다른 사람을 돌보는 일과 자신을 돌보는 일은 동일한 것이 된다. 이로 인해 여성들은 타생명체를 한 몸으로 인식하는 특성을 지닌다(Michael E. Zimmerman, "Feminism, Deep Ecology, and Environmental Ethics", *op.cit.*, pp.177~178 참조).
44) 김종철, 『시적 인간과 생태적 인간』, 삼인, 1999, 61~63쪽 참조.

다. 객체의 자리에 있을 때는 주체인 인간의 관점에서 해석되고 인간의 기준에 따라 가치가 평가되지만, 주체의 자리로 이동했을 때 이들의 내재적 가치는 비로소 회복된다. 대상을 위치 이동시키는 일은 "인간으로 하여금 타자와 타자적 존재의 고귀함을 알게 하고 그것의 관점, 가치, 언어를 배우게"[45] 한다.

인간의 손이 닿지 않은 '숨은 하늘'은 생명력이 넘치는 극상의 모습을 드러낸다.

> 연못에서 계곡을 따라 올라가는 길은 완전한 숲의 터널이었다. 양 옆의 벼랑엔 자작나무와 전나무가 총총한데, 그 앞에는 빽빽한 재색 신갈나무들이 여울 쪽으로 활처럼 휘어져 건너편까지 이어졌다. (…중략…)
> 멀찍이 목초지로 개발해도 좋을 만큼 완만한 경사의 산비탈 숲이 보이고 그 계곡 사방에서 작은 물줄기들이 모여든 곳에 마치 거대한 박, 혹은 호리병 모양의 움푹한 소가 파란 수풀과 하늘을 담고 있었다. 하지만 그들이 넋을 잃고 바라보는 건 그 멋진 한 폭의 풍경화 때문이 아니었다. 그 소에는 팔뚝만한 물고기들이 서로 쫓고 쫓기는 일대 활극이 펼쳐지고 있었다. 장작개비만한 것들이 엎치락뒤치락 튀어오르고 포물선을 그리며 곤두박질치는 모습이 마치 현란한 서커스 같기도 하다.
> 「할아버지, 열목어 떼예요!」
> 「예린이 들뜬 목소리로 외쳤다」
> 「……!」
> 설박사는 그 광경에 도취된 듯 말이 없다.[46]

---

45) 도정일, 「시인은 숲으로 가지 못한다」, 『시인은 숲으로 가지 못한다』, 민음사, 1994, 362쪽.

숲은 생태계의 상호관련성을 보여주는 가장 좋은 본보기로 꼽힌다. 수억 마리의 미생물이 살고 있고, 땅위에서는 덤불과 나무들이 자라고 있으며, 이 덤불과 나무들에는 갖가지 식물과 동물들이 서식하고 있다. 개체와 개체는 물론이고 더 나아가 개체와 환경도 서로 떼어 놓을 수 없을 만큼 유기적으로 긴밀하게 연관되어 있다.[47] 이것은 숲뿐만이 아니다. 숲 옆의 연못 속에서 짝짓기를 하는 열목어 떼들까지 이곳의 모든 생명체들은 자신의 생명력을 발휘하며 큰 유기체 속에서 조화와 합일을 이루고 있다.

그러나 이러한 평화는 인간에 의해 깨지고 만다. 포 사격 연습 중 민간의 목장에 포탄이 떨어져 피해가 나자 이곳으로 포 사격장을 이전하면서 '숨은 하늘'의 파괴는 시작된다. 암반 발파 소리에 놀라 "막 짝을 지어 알을 낳던 열목어들이 놀라 허연 배를 드러내고는 숨을 헐떡거리고", "더러는 그대로 숨이 멎어버리는" 일이 발생한다. 또한 사격장에서 잘못 날아든 파편으로 산불이 나면서 삽시간에 수온이 높아져 열목어 절반이 죽게 되고, 공기가 증발되면서 연못은 물고기들이 숨쉬기 힘든 곳으로 탈바꿈한다. 게다가 인간의 필요에 의해 수입해온 외래종들의 침입으로 '하늘연못'에 사는 재래종 물고기들은 이중의 파괴에 노출된다. '하늘 연못'의 파괴는 여기에 그치지 않는다. 태풍의 영향으로 집중호우가 쏟아졌고, 산불로 허물어진 산과 베어진 나무들이 떠내려 와 배수로를 막으면서 수위가 높아지는 바람에 수압이 커져 연못 둑인 바위벼랑은 터져버리고 만다. 이로써 떠밀려 내려온 물고기들은 독극물과 외래종이 넘쳐나는 물속을 생명의 위협을 느끼며 떠다니게 된다.

---

46) 박윤규, 『물속나라』, 답게, 1994, 100~101쪽.
47) 김욱동, 『문학생태학을 위하여』, 민음사, 1998, 152쪽.

이 소설은 '하늘 연못'을 다스리는 왕치인 '황금잉어'의 입을 빌려 이러한 파괴가 인간중심적 세계관에서 비롯된 것임을 지적한다.

> 두발괴물이라 일컫는 사람들로 인해 이 모든 사태가 일어났다. 불 우레 땅울음도 그들 때문이고…… 베스를 아메리카에서 끌어들인 것 도 그들이다. 두발괴물들은 자신들의 입장만 생각하는 버릇이 있다.[48]

이원론적 세계관을 지닌 인간과 달리 '하늘 연못'의 물고기 세계는 일원론적 세계관에 기초한다. 그들은 상호의존적인 관계를 유지하며 생명의 질서에 동참한다. 모든 생명체는 자기에게 주어진 가장 적당한 일이 있다는 사실을 인식하고, 서로 돕고 사랑하라는 '하늘왕치'의 명령에 순종하여 종족을 번식하고 유지하는 데 최선을 다한다. 모든 생명체가 한데 어우러져 자신의 생명력을 발휘하고 있다.

> "베스들은 무섭다. 특히 왕치 무쇠 이빨은 시작한 전쟁을 멈춘 일 이 없다. 패배한 적도 없다. 이래도 나를 살려 보내주겠는가"
> "물론이다. 살고 죽는 것은 언제나 자연의 섭리다. 모든 생명은 스 스로의 운동력으로 살아가는 것이다. 그것을 거스르면 반드시 그 대 가를 받게 된다. 모든 생명은 돌고 돈다. 그대와 버들붕어도 언젠가 섞사귐이 있었거나 앞으로 있을 것이다."[49]

싸움에 진 '베스'에게 들려주는 '버들붕어'의 말은 곧 인간을 향한 발언이다. 생태계의 상호의존적 특성을 거부하고 관계의 그물에서 빠져

---

48) 박윤규, 『물속나라』, 답게, 1994, 285쪽.
49) 위의 책, 268~269쪽.

나와 자기중심적으로 파괴를 일삼으면 그에 대한 대가를 받게 된다는 경고이다. 이 소설은 '하늘 연못'의 일원론적 세계관을 통해 이 시대의 위기를 극복하는 대안은 생명의 소중함에 대한 인식과 인간과 자연의 조화로운 공생 추구임을 말한다. 인간과 "사귐을 갖고 이야기를 나누는 것만이 평화를 누리는 길"이라는 '황금 잉어'의 말에서 드러나듯이 인간과 자연이 친구가 될 때라야 파괴된 세계가 회복될 수 있다는 메시지다. 이것은 어류학자인 '설박사'와 '버들 붕어' 사이에 흐르는 교감을 통해 드러난다. 종이 다르다 해도 서로를 소중히 여기는 마음을 가지면 친구가 될 수 있다. "진실은 마음으로 전해진다"는 것이다.

이것은 심층생태주의에서 주장하는 자아실현(self realization)과 생명중심적 평등성(biocentric equality) 원리와 관련이 있다. 주어진 삶에 최선을 다해 제 몫을 살아가는 물고기들의 모습은 그 나름으로 자아를 실현해 가는 모습이다. 물고기를 사랑하며 골프장 공사로 삶의 터전을 짓밟힌 사회적 약자를 위해 애쓰는 '설박사'나, 유기농법과 함께 생태적 삶의 이치를 가르치고 지역민의 인권 회복을 위해 애쓰는 수도승 '심곡'은 인간에게 부여된 특성에 따라 자아실현을 하는 존재들이다.

이 소설은 '푸른대왕 거북이'가 가르쳐준 삶의 지혜를 통해 오늘날과 같은 파괴 현실 속에서 나아갈 길을 암시해준다. 파괴된 세계를 회복하는 유일한 해답은 존재하지 않는다. 다만 평화를 찾기 위한 간절한 바람을 가지고 죽음의 고비를 마다않고 최선을 다하는 것만이 파괴를 회복할 수 있는 길이다. 그리고 생명체들에 대한 사랑과 조화로운 공생에 대한 염원만이 평화를 가져올 수 있다는 것이다.

3) 생태여성주의적 성찰

역사적으로 여성과 자연은 정치, 문화, 윤리, 인식론적인 측면에서 깊은 상관성을 지녀왔다. 이것은 여성의 생물학적 특성에 기인한다. 여성의 노동 현장인 가정은 생물학적 기능이 강조되는 자연 집단으로 여기에서 행해지는 출산과 양육은 자연과정에 협력하는 일이다. 또한 여성의 역할을 통해 감성적이며 관계지향적인 심리적 성향이 강화됨으로써 여성은 자연과 더욱 밀착된다.[50]

1970년대를 기점으로 여성과 자연의 억압이 지닌 상관성에 대한 인식을 바탕으로 등장한 생태여성주의는 여성 차별과 자연차별, 그리고 인종차별과 계급차별이 서로 동떨어진 것이 아니라 구조적으로 맞물려 있는 복합적 문제라는 사실을 인식한다. 그리고 이 네 가지 억압의 뿌리에 가부장제가 놓여 있음을 통찰하고, 인간의 현실을 이원화하여 한 쪽이 다른 쪽보다 우월하다고 보는 위계적 이원론이 문제의 핵심임을 간파한다.[51] 자연지배의 관념을 신화적 종교적 영역에서 근대 과학기술적 표현으로 옮겨놓은 베이컨, 주체와 객체를 엄격히 분류하여 철저한 자연지배의 원칙을 수립한 데카르트, 그리고 근대의 기계론적 세계관을 교리 수준으로 끌어올린 뉴턴 이후, 여성과 자연이 남성

---

50) 이러한 주장은 초기에 생태여성주의를 논의하였던 학자군, 즉 오트너(Ortner, 1974), 델리(Daly, 1978), 스타호크(Starhawk, 1990), 자보(Javors, 1990), 크리스트(Christ, 1990) 등에 의해 이루어지고 있다. 이러한 동일성에 대한 주장은 여성과 남성이 서로 다른 속성으로 인하여 구분되고, 인간과 자연도 각기 다른 속성으로 구분될 수밖에 없는 실체라는 생각에 근거를 두고 있다. 이로부터 자연과 여성은 '돌보고' '양육하는' 존재방식, 모성, 감성 그리고 직관적 능력을 자신의 속성이라 하는데, 이 속성은 특히 여성에게는 생물학적 결정요인에 의해 본래적으로 주어진 것이라고 생각한다(문순홍 편저, 『한국의 여성환경운동』, 아르케, 2001, 32쪽).
51) 구미정, 『생태여성주의와 기독교 윤리』, 한들출판사, 2005, 109~110쪽 참조.

중심의 이원론에 의해 철저히 능멸과 훼손을 당해왔다는 깨달음이
다.52)

그러므로 생태여성주의자들은 이분법적 구도의 해체를 강조한다. 같
은 것과 다른 것을 철저히 구분하고 위계화하는 남성적 패러다임의 논
리가 이분법적 논리라면, 여성적 패러다임의 논리는 다른 것들 사이의
연속성과 공생적 측면에 초점을 맞추는 이분법 해체의 논리이다.53) 생
태여성주의자들은 여성적 패러다임이 확립되어 이원론적 위계 체계가
해체될 때 비로소 약자의 생명력이 회복될 수 있다고 주장한다.

생태여성주의는 1990년대 초반부터 한국에 소개되었다. 이 시기는
1980년대 들어 환경의 질이 급격히 악화되면서 여러 가지 여성 환경
운동이 확산되던 시기이다. 특히 1988년 영광원전의 무뇌아 출산, 골
프장 캐디들의 기형아 출산, 1991년 낙동강 페놀 사건과 같은 여성과
관련된 환경사안이 터져 나오면서54) 여성이 주체가 된 광범위한 대중
운동이 본격적으로 자리를 잡아가던 시기였다.55) 이와 같은 시대적 분
위기에 맞추어 생태여성주의는 한국 사회에 공고히 뿌리를 내리기 시
작한다.

한강의 「내 여자의 열매」(1997)는 생태여성주의를 형상화한 소설이

---

52) 위의 책, 18~29 참조.
53) 허라금, 「제3의 물결로서의 생태여성주의」, 최병두 외, 『녹색전망』, 도요새, 2002,
    83쪽.
54) 이와 같은 환경 사안을 소재로 한 소설로 김원일의 「따뜻한 돌」(1981), 정도상의 「겨
    울꽃」(1992), 문순태의 「낯선 귀향」(1992) 등을 들 수 있다. 이들은 환경 문제가 여성
    의 몸에 야기한 파괴적 상황을 폭로한 소설들이다.
55) 한국의 여성 환경운동은 1964년부터 1986년을 전사(前史)인 1기, 여성환경운동이 등
    장·형성하는 1987~1995년을 2기, 여성 환경운동의 확대재생산 및 변이인 1995~
    1999년을 3기로 분류한다(문순홍 편저, 『한국의 여성환경운동』, 아르케, 2001, 31쪽과
    54~65쪽 참조)

다. 여성과 자연의 친연적 관계에 초점을 맞춘 이 소설에서 작중 인물인 '아내'는 훼손된 자연과 상처 입은 여성을 동시에 보여주는 상징적 인물이다. 동부간선도로에 연하고 있는 13층 아파트에 살면서 깊은 밤 과속으로 질주하는 차량의 굉음에 놀라 "깜짝깜짝 깨어 몸을 떨곤 하는" 그녀의 모습은 남성적 지배논리 속에서 타자로 내몰린 자연의 신음 소리와 같다. 인구 칠십만이 모여 사는 아파트의 획일화된 공간에서 "천천히 말라죽을 것 같다"는 그녀의 탄식은 인위적 개발에 의해 생명의 내재적 가치를 상실한 채 시들어가는 자연의 목소리를 대변한다.

그러나 그녀의 남편은 대다수의 현대인들처럼 일종의 정신분열적 혹은 '이중사고'의 상태로 살아가는 사람이다.[56] 그는 환경 파괴의 심각성과 성장지향적인 경제체제가 이와 같은 파괴적 상황을 초래했다는 사실을 잘 알면서도 자신의 생활양식을 변화시키지 못한다. 근대가 가져온 경제적 풍요로움을 누리면서 이와 함께 깨끗한 공기와 물, 그리고 먹거리도 누리기 원하는 사람이다. 그는 "나의 꿈은 아파트 베란다에 큼직한 화분들을 들여 거기다 파랑 상추랑 들깨를 심는 거"라고 하지만, "물만 부어주면 잘 자라리라고 생각했던 채소들은 어쩐 일인지 한 번의 수확도 거두지 못한 채 시름시름 죽어간다"는 사실에 대해서는 깊이 있는 통찰이 부재한다. 중심 / 주변, 남성 / 여성, 인간 / 자연과 같은 이원론적 사유체계를 포기하지 않는 한, 생명체가 지닌 생명력은 회복될 수 없다는 사실을 인식하지 못하는 것이다. 그러므로 그가 "콧물도 가래침도 새까만" "여기에서는 답답해서 살 수가 없다"는 '아내'에 대

---

56) 마리아 미스·반다나 시바, 손덕수·이난아 옮김, 『에코페미니즘』, 창작과비평사, 2000, 80쪽 참조.

해 자신의 "아슬아슬한 행복을 함부로 깨뜨린다"고 생각하고, "두 손바닥 가득 받은 빗물을 아내의 얼굴에 끼얹으며" 소리를 지르는 등의 폭력을 휘두르는 것은 당연한 귀결이다. 하나를 둘로 나누어 우월한 것과 열등한 것으로 구분하면서 지배와 종속의 관계로 고착화시킨 근대의 지배를 받는 한 플럼우드(Val Plumwood)의 표현처럼 자연이 인간과의 관계에서 '환경'으로 정의되는 것과 마찬가지로 여성은 남성과의 관계에서 한낱 '배경'으로 정의될 수밖에 없다.[57] 그에게 있어서 '아내'는 자신의 행복을 위해 존재하는 배경에 불과한 것이다.

여성과 자연의 친연적 관계와 상처입고 훼손된 이미지는 남편의 폭력 이후 서서히 식물로 변해가는 아내의 모습에서 극대화되어 나타난다. 정상적인 토양도 아니고 좁고 딱딱한 화분 속이지만 아파트 베란다로 들어오는 햇살을 한껏 받고 있는 '아내'의 모습은 이원론적 억압적 상황에서 벗어나 마지막으로 자신의 생명력을 발휘하려는 모습이다.

> 그 때 나는 아내의 알몸을 보고 말았다.
> 아내는 베란다의 쇠창살을 향하여 무릎을 꿇은 채 두 팔을 만세 부르듯 치켜올리고 있었다. 그녀의 몸은 진초록색이었다. 푸르스름하던 얼굴은 상록활엽수의 잎처럼 반들반들했다. 시래기 같던 머리카락에는 싱그러운 들풀 줄기의 윤기가 흘렀다.[58]

"이제 다시는 이 세상에 피어나지 못하겠지요."라는 죽기 전 아내의

---

57) 허라금, 「제3의 물결로서의 생태여성주의」, 최병두 외, 『녹색전망』, 도요새, 2002, 85쪽.
58) 한강, 「내 여자의 열매」, 『내 여자의 열매』, 창작과비평사, 2000, 233쪽.

말에서 보듯이 이 소설 속에는 파괴 상황에 대한 절망적 인식이 담겨 있다. 하지만 이와 함께 조그맣고 동그란 화분에 기름진 흙을 가득 채운 뒤 아내가 남긴 "한움큼의 열매"를 심는 남편의 행동을 통해 이 소설은 희망의 싹을 남겨둔다. '아내'의 열매가 여전히 땅이 아닌 조그만 화분에 심겨지기는 했으나, 식물로 변한 아내를 정성껏 돌보았던 남편의 변화된 모습을 통해 파괴를 극복할 수 있는 일말의 가능성을 보여주고 있다.

한국 현대소설의 생태 비평적 연구의 의의와 전망

●한국 현대소설의 생태 비평적 이해●

한국 현대소설의 생태 비평적 연구의 의의와 전망

1. 한국 생태소설에 나타난 생태주의의 양상

우리나라의 근대·산업화는 1960대 초반부터 경제개발 프로그램에 의해 생산성 높은 중화학 공업을 중심으로 시작되었다. 빈곤 퇴치라는 구호 아래 공업화, 산업화 현상은 가속화되었으며, 그 결과 공단 주변의 환경은 급속히 파괴되고 가시적인 환경오염 사고도 줄을 잇게 된다. 공단 주변에 위치하는 농경지의 피해나 단순한 대기오염, 수질오염을 넘어서 인간의 몸에까지 이상 징후들이 나타나면서 성장이데올로기에 가려져 있던 환경·생태문제는 가시화되기 시작한다. 피해자 보상운동에서부터 반공해운동으로 사회 일각에서 생태의식의 확산이 진행되고 있었지만, 70·80년대의 한국 문학은 이념적인 문제에 관심을 집중하고 있었기 때문에 환경·생태문제에 대한 문학적 대응양식은 빈약할 수밖에 없었다.

환경·생태문제에 대한 소설적 대응은 70년대 중반 들어 국지적 사실에 대한 비판적 의식을 보이다가, 정치적 억압이 약화된 80년대 말에 이르러서야 핵문제를 중심으로 나타나기 시작한다. 그간의 연구[1]를 바탕으로 한국의 생태소설에 나타난 생태주의의 양상을 살펴보면, 첫째, 산업화·공업화 과정 속에서 파괴되고 황폐해진 자연환경을 고발하고, 파괴의 원인이 되는 문명을 비판한 소설, 둘째, 환경 파괴로 인간의 건강과 삶이 파괴되거나, 공동체의 삶이 파괴되는 등 삶의 파괴적 상황을 다룬 소설, 셋째, 생명의 소중함에 대한 인식이나 인간과 자연의 조화와 공생을 담고 있는 소설 등으로 나누어 볼 수 있다.[2] 하나의 소설 텍스트가 한 가지 주제만을 드러내고 있는 것이 아니라 복합적 양상을 띤 채 나타나기도 하지만, 그 중에서도 지배적으로 나타난 주제의식을 바탕으로 산업화 이후의 생태 소설을 범박하게 간추려본다면, 첫 번째 유형에 속하는 소설로는 이문구의 『관촌수필』, 김용성의 「사해위에서」, 김원일의 「도요새에 관한 명상」, 최성각의 「약사여래는 오지 않는다」, 정을병의 「병든 지구」, 김종성의 『연리지가 있는 풍경』 등을 들 수 있으며, 두 번째 부류에 속하는 것으로는 조세희의 「기계도시」, 한승원의 「누이와 늑대」, 김원일의 「따뜻한 돌」, 이청의 「부러진 노를 저어저어」, 한정희의 「불타는 폐선」, 최창학의 「해변의 묘지」, 박혜강의 『검은 노을』, 김원일의 『히로시마의 불꽃』, 김태연의 『그림 같은 시절』 남정현

---

1) 이 시기의 소설 텍스트를 대상으로 한 본격적 연구로는 신덕룡의 『환경위기와 생태학적 상상력』(실천문학사, 1999)과 구자희의 『한국 현대 생태담론과 이론 연구』(새미, 2004), 김종성의 『한국 환경생태소설 연구』(서정시학, 2012) 등이 있다.

2) 이 밖에도 환경 위기를 초래한 원인 중 하나로 거론되는 인간의 욕망을 다룬 소설들을 따로 분류할 수도 있지만, 욕망의 문제는 세 가지 유형의 소설에 두루 나타날 뿐만 아니라 그 외연이 넓다고 보여 여기에서는 생략했다.

의 「핵반응」, 우한용의 「불바람」, 정도상의 「겨울꽃」, 문순태의 「낯선 귀향」, 이남희의 『바다로부터의 긴 이별』, 한수산의 「침묵」, 조헌용의 『파도는 잠들지 않는다』 등을, 세 번째 유형의 소설로는 홍성원의 「폭군」, 정찬의 「깊은 강」, 한강의 「아내의 열매」, 홍성원의 「짠맛으로 남은 사람들」, 한승원의 『연꽃바다』, 문순태의 『느티나무 사랑』, 우애령의 「가로등」, 최성각의 「동강은 황새여울을 안고 흐른다」, 한창훈의 「돗 낚는 어부」, 「바다가 아름다운 이유」, 「닻」, 박윤규의 『물속나라』, 이문구의 『내 몸은 너무 오래 서 있거나 걸어 왔다』, 김영래의 『숲의 왕』, 공선옥의 『붉은 포대기』, 김형경의 『꽃피는 고래』 등을 들 수 있다.

위의 부류 중 첫째와 둘째 유형은 문명이 초래한 파괴 상황을 고발한 소설들이다. 공단에서 배출하는 매연과 폐수, 핵발전소에서 버리는 온배수 때문에 물, 대기, 토양, 농산물 등 자연은 오염되고 황폐화되어 부패의 그림자를 드러낸다. 이 부류의 소설은 이러한 파괴 상황을 그대로 드러냄으로써 환경 위기의 심각성을 환기시킨다. 이와 함께 환경오염이 인간을 둘러싼 자연환경을 오염시키는 데 그치는 것이 아니라 인간의 피해로 이어지고 있음을 지적한다. 또한 인간의 몸과 마음은 분리될 수 없는 것이므로 인간의 육체와 정신 양자에 걸쳐 파괴가 나타나고 있음도 보여준다. 예컨대 한수산의 「침묵」은 문명의 발달이 인간의 파괴를 초래한다는 사실을 잘 보여준다. "이놈의 시멘트가 물을 이렇게 빨아먹으니, 애들까지도 배리배리해질까 봐 큰일"이라는 아버지들의 염려처럼 인위적 공간 속에 놓인 아이들은 몸뿐 아니라 마음도 함께 병들어 간다. 이는 아파트 건축으로 그 동안 뛰놀던 자연 놀이터를 잃고 아파트 실내를 놀이공간으로 삼는 데서부터 시작된다. 아파트라는 획일화된 실내에 갇혀 획일화된 놀이를 하면서 아이들은 일찍부터 성에 눈뜬다. 섬뜩하리만큼 파괴된 아이들의 심성을 보여주는 것은 병아리를 아파트 옥상에서 떨어뜨려 어느 병아리가 늦게 죽는지 지켜보는 놀이다. "보드라운 털과 손가락 사이에 말랑말랑하게 만져지는" 병아리는 아이들에게 더 이상 인간만큼 소중한 생명을 지닌 존재가 아니다. 그들은 목숨까지 던져 아이들의 한순간을 즐겁게 해주는 장난감에 지나지 않는다. 생명 본연의 가치는 상실된 채, 그들은 도구적 존재로 머물러 있는 것이다. 이처럼 첫째와 둘째 부류의 소설들은 생태환경의 파괴로 인해 인간의 삶이 위협받고 있는 현실이나 이로 인해 발생하는 비극적 상황의 고발을 통해 환경파괴로 인한 삶의 위기를 경고하고 반성을 촉구하는 태도를 취한다.

세 번째 부류에 속하는 소설들은 인간 중심적 세계관 속에서 객체로 여겨졌던 자연에 대한 재인식을 바탕에 깔고 있다. 이는 오늘날의 환경위기가 자연을 더불어 삶아갈 존재로 보지 않고 인간의 욕망을 실현시키기 위한 자원으로 여겼기 때문이라는 인식에 근거한다. 따라서 이 부류의 소설은 생명체가 지닌 내재적 가치를 환기시키며, 생명체들 사이의 조화와 교감을 통해 동양의 융합적 세계관과 자연의 순환적 질서를 회복하고자 한다. 「깊은 강」의 작중인물 '김영식'에게서 이러한 인식의 일면을 찾아볼 수 있다. 그는 "전기가 들어오니 시간이 틀려집디다. 뭐라고 해야 될까요. 전에는 시간을 몸으로 느꼈어요, 해의 위치라든가, 빛깔, 살에 닿은 공기의 감촉으로 시간을 알게 되지요."라고 말한다. 여기에서의 시간은 '과학적'이라는 명분 아래 하루 24시간으로 분절되어 있는 그런 시간이 아니다. "어떤 덩어리"와 같다는 이 시간감각은 자연과 완벽한 조화를 이루고 있을 때 비로소 느껴지는 우주적 감각이다. 그러나 자연과 도구적 관계가 되면서 인간은 이 감각을 상실하게 되었다. 이 소설은 '김영식'의 삶을 통해 우주적 감각을 회복하는 길을 제시한다. 그것은 문명 세계를 떠나 자연으로 회귀하여 무위적 삶을 사는 것이다. 그때라야 인간의 "고달픈 삶에 지친 얼굴"은 "어린아이의 맑은 얼굴"로 바뀔 수 있다.

인간 / 자연이라는 이분법적 세계관에서 벗어나 일원론적 세계관으로 전환할 때, 자연과 인간의 공존원리는 발견된다. 「돗낚는 어부」에서 보듯이 "평생을 얻어먹었으니 물고기의 육신으로 쪄오고 그들의 시간으로 늙어 온 몸뚱이를 이제는 그들의 한 끼 점심으로 되돌려 주는 것도 나쁘지만은 않겠다"는 발상이 가능하다. 또 「가로등」에서처럼 내가 밤에 잠을 잘 수 있도록 가로등을 치워버릴 수도 있다. '벼'의 억압된 생명력을 생각하면 인간이 느끼는 불편함은 아무 것도 아니기 때문이다. 이러한 인식의 전환을 통해 『내 몸은 너무 오래 서 있거나 걸어 왔다』에서처럼 약자라는 이유로 무시되고 업신여김을 당했던 존재들은 복원된다. 인간과 타 생명체의 관계가 '약탈과 공격'에서 '나눔과 베풂'의 관계로 전환한다. 이것은 『숲의 왕』에 드러나 있듯이 고대 신화에 공통된 '희생과 재생의 교환' 방식이다. 먹고 먹히는 순환의 원리는 자연의 섭리로서 이 "성스러운 폭력", 곧 생명의 동등한 거래 속에 생명의 이치가 용해되어 있다.

이처럼 산업화 이후 생태주의의 소설적 수용은 파괴 현실의 고발과 자연친화적 삶의 지향이란 형태로 나타난다. 전자가 문명비판을 토대로 불화와 갈등에 처한 절망적 현실을 폭로하고 이에 대한 도덕적 각성을 촉구하는 묵시적 형태를 보인다면, 후자는 인간과 자연의 교감을 바탕으로 생명력 넘치는 에코토피아를 낙관적 전망으로 그려낸다는 점에서 차이를 보인다. 그렇지만 양자는 파괴된 현실인식을 바탕으로 삶의 터전이 더 이상 파괴되지 않고 유지되어야 한다는 데 일치한다. 동일한 생태적 이념을 위해 서로 다른 양상으로 전개될 따름이다.

생태주의의 궁극적 목표는 자연친화적 삶으로의 전환이다. 그러나 이것은 생태계 파괴 상황에 대한 인식 위에서 가능하다. 그러므로 파괴 현실의 고발과 자연친화적 삶의 지향이라는 생태문학의 두 갈래 지향점 중 어느 것을 우위에 놓을 수는 없다. 양자는 생태문학의 본질 면에서 모두 중요한 주제라 할 수 있다.

2. 한국 현대소설의 생태 비평적 연구의 의의와 전망

생태학적 상상력은 더 이상 생태계가 파괴되지 않고 유지되어야 한다는 믿음을 바탕으로 환경 위기 상황에 대처하는 대응 양식으로서의 의미를 지닌다. 본 연구에서는 생태 위기라는 시대적 상황 속에서 생태학적 상상력의 계발과 확산이 시급하다는 생각을 바탕으로 한국 현대소설에 나타난 생태의식을 찾아보았다. 특히 생태 이론이 비록 서구에서 출발한 것이지만, 그 이론적 발판은 동양 정신에 있고, 이러한 정신이 한국문학에 용해되어 있다는 생각에 100여 년에 걸친 한국의 현대소설을 생태적 관점에서 재조명했다. 생태적 관점에서 산업화 이전의 소설을 고찰할 때 그 중심에 놓이는 것이 자연인식이라 여겨져 산업화 이전의 소설에 나타난 자연인식을 살펴보고, 이를 산업화 이후의 생태의식과 연계시킴으로써 한국 현대소설에 나타난 생태주의의 맥을 찾아보았다.

전근대와 근대의 접점지대인 개화기는 근대의 유입 속에서 전통적 자연관이 변화를 보이기 시작하는 시기이다. 그러므로 이 시기의 변모 양상은 현대 한국인의 자연관을 이해하는 데 많은 도움을 준다. 이 시기 들어 자연관의 변모에 중요한 영향을 준 것은 기차의 등장이다. 자연의 질서를 가로지르는 기차의 속도감은 당대 사람들에게 도구적 이성의 위력을 실감시켜 근대의 매력에 빠져들도록 한다. 그 결과 한국 사회에는 인간 주체 / 자연 객체라는 근대적 자연관이 확산하면서 오랜 시간 동안 유지되어 왔던 인간과 자연의 공존관계가 균열 조짐을 보이기 시작한다. 그러나 이와 같은 근대 지향의 의식 세계와 달리 비합리적인 속신이 당대 사람들을 지배하고 있다는 점으로 미루어 볼 때 당대의 한국인을 지탱해주는 정신적 뿌리는 여전히 전통적 사고임을 알 수 있다.

개화기소설에 형성되기 시작한 근대적 자연관은 일제강점기에 들어와 더욱 공고하게 뿌리내리는 양상을 보여준다. 이상의 소설에는 철두철미한 근대적 자연관이 드러나 있다. 근대의 결과물인 도시화로 인해 인위적인 공간에 유폐된 인간은 자연과의 직접적 교류와 체험을 상실한다. 도시적 생리에 길들여진 근대인은 자연 속에서 낯설음을 발견한다. 자연 앞에서도 실체로서의 자연을 느끼지 못하고 도시적 기억으로 채색된 관념화된 자연을 발견할 뿐이다. 인간과 자연은 동화되지 못하고 영원히 거리를 유지할 수밖에 없다.

이러한 변화에도 불구하고 인간과 자연의 조화로운 관계를 지향하는 전통적 자연관은 여전히 잔존한다. 이것은 김동리의 소설에서 보듯이 철학적이고 원론적 입장에서 동양사상을 바탕으로 인간과 자연의 조화를 모색한다거나, 문명을 비판하고 야성을 추구하는 형태로, 또는 실낙원의 환유로 그려진다.

자연과 인간이 지닌 본연의 가치를 회복하려는 생태주의는 이념 투쟁을 담아낸 리얼리즘 소설에서도 찾을 수 있다. 「낙동강」에는 자연 파괴와 인간 파괴를 위계 서열의 지배관계에서 비롯된 것으로 보는 사회 생태주의의 인식이 담겨 있다. 이 소설에 나타난 투쟁지향성은 자연과 인간의 잃어버린 생명력을 회복하기 위한 실천적 기제로 파악된다.

산업화 이전의 소설에서 생태적 인식은 대체로 서정소설에 구현되어 있음을 볼 수 있다. 이것은 자연과 인간의 합일을 지향하는 서정 양식의 특성이 생태주의의 지향점과 다르지 않기 때문으로 여겨진다. 한국 현대소설사에서 서정 장르를 대표하는 김동리, 오영수, 황순원 등의 소설은 생태 비평적 관점에서 고찰하기에 적절하다.

김동리는 동양 사상을 바탕으로 인간과 자연의 관계를 이해했고, 이를 소설 속에 구현했다. 그에게 자연은 생명의 근원이며, 그의 문학은 자연으로의 회귀라 해도 과언이 아니다. 그의 소설에 원용된 샤머니즘, 불교, 도교와 같은 동양사상은 우주 공동체의 큰 질서에 편입되기 위한 한 방법이다.

오영수 문학에서 일관되게 추구한 문학적 과제는 문명에 대한 비판과 자연으로의 회귀이다. 인간이 문명의 유입과 함께 자연을 떠나면서 인간성을 상실하게 되었다는 진단을 바탕으로 자연 회귀를 인간성 회복의 대안으로 제시한다.

황순원의 문학은 관계의 파괴에서 초래된 불모적 현실에 대한 인식에서 출발한다. 그의 소설에 나타난 '모성성'과 '범생명주의의 추구', '자연과의 동화' 등은 이와 같은 결핍 상황에서 벗어나기 위한 기제이다. 그의 소설에서 일원론적 세계의 지향이라는 주제의식은 산업화 이후에는 산업화가 초래한 환경오염 문제로 연결된다. 인간이든 비인간이든 생명을 지닌 모든 것이 소중하다는 인식을 가지게 되면 생명을 위협하는 공해 문제는 심각하게 다가올 수밖에 없기 때문이다.

한국의 산업화는 국가 주도로 급격하게 밀어붙이는 식으로 진행되면서 자연 공간을 급격하게 훼손시킨다. 산업화 초기에 등장한 생태소설은 산업화가 초래한 파괴적 상황을 그대로 폭로하는 양상을 보인다. 자연 공간과 육체의 파괴를 폭로하는 한편, 인간 내면 가치의 상실을 보여줌으로써 근대의 도구적 이성이 지닌 탐욕과 과학기술지상주의, 인간 중심적 세계관 등을 비판한다. 또한 인권의 상실이나 자연 파괴가 모두 근대의 이분법적 잣대에 기인하고 있는 만큼, 환경 문제를 인권회복을 찾아가는 이른바 '큰 이야기' 속에서 함께 다루기도 한다.

하지만 산업화 초기 소설은 다양한 생태의식을 구현하지 못한 채, 폭로나 고발 수준에 머무는 한계를 보인다. 파괴의 원인을 진단하고 대안을 모색하려는 움직임도 보이지만, 아직은 미약한 수준이다. 이는 산업화 이후 급격하게 전개된 파괴적 상황을 드러내려는 목적의식이 강했던 데에 기인한다.

이에 비해 생태의식이 본격적으로 확산된 1990년대 생태소설은 더욱 깊이 있고 다채롭게 전개되는 양상을 보인다. 파괴적 상황을 단순하게 고발하는 형태에서 벗어나, 파괴의 원인을 깊이 있게 성찰하고, 생명의 소중함을 부각시키며, 인간과 자연이 조화로운 관계 속에서 만들어 내는 대안적 세계를 보여주기도 한다. 특히 1990년대 들어 소개되기 시작한 생태여성주의의 영향과 여성 환경운동의 확산을 바탕으로 근대 산업사회 속에서 억압되고 파괴된 여성과 자연의 이미지를 그려낸 생태여성주의 소설도 등장한다. 또한 산업화 초기의 생태소설이 대체로 단편 소설인 경우가 많아 단편이라는 형식적 제약 때문에 환경 문제를 단편적으로 그려내는 데 그쳤다면, 이 시기는 생태장편소설의 등장으로 이전보다 총체적이면서도 다양한 생태의식을 보여주는 성과를 거두고 있다.

생태적 관점에서 한국 현대소설사를 검토해본 결과 산업화 이전의 소설에 나타나 있는 난 전일적 패러다임이나 생물체간의 상호의존적 연관성, 이원론적 사고의 거부, 문명비판, 자연 회귀 등은 산업화 이후의 생태소설에 담긴 생태의식과 크게 다르지 않음을 볼 수 있다. 이러한 사실은 근대성의 대안으로 제시된 서구의 생태이념이 우리의 전통적 자연관과 다르지 않다는 것을 말해준다. 오늘날 우리의 전통적 자연관은 서구의 생태주의자들에게 새롭게 주목을 받고 있다. 인간과 자연을 유기적 관점에서 파악하고, 자연을 탈도구적 관점으로 보는 동양의 자연관은, 인간과 자연의 분리주의 이원론을 비판하는 생태주의와 맥을 같이 하기 때문이다. 이러한 점에서 생태주의를 소극적 생태주의와 적극적 생태주의라는 두 단계로 설정하여, 자연의 연계성과 자연의 탈도구적 가치 논제를 수용한 것을 소극적 생태주의, 이 두 가지 논제 위에 사회의 생태적 한계성과 이념 구체화 프로그램 논제를 더한 것을 적극적 생태주의라 한 한면희의 견해는 주목할 만하다.3) 이러한 관점을 수

---

3) 소극적 생태주의에서 자연은 그것을 구성하는 생명체와 물리적 여건이 서로 내적으로 연결되어 있고, 인간 사회에 의해 도구를 넘어선 가치를 지니는 것으로 간주된다. 즉 자연은 생명의 원천이고, 거기서 나오는 생명 에너지 덕분에 인간을 비롯한 지구 생명체가 생존을 할 수 있는 장으로 이해된다. 적극적 생태주의에서는 소극적 생태주의를 계승하는 가운데 두 가지 논제를 추가한다. 여기에서는 자연과학의 생태적 인식을 기반으로 태동한 생태주의 이념이 사회의 정치와 경제, 문화 등에 대한 인식과 교류하고, 사회과학의 실천적 프로그램과 조우하며, 그럼으로써 대안사회의 지평이 열린다고 본다. 그래서 산업주의 및 자본주의 문명이 무한 성장을 도모하지만, 그것이 한계에 봉착할 것임을 통렬하게 비판하면서, 문화적 패러다임의 전환 등을 통해 새로운 사회로 이행하는 구체화 전략을 제시하는 데까지 이르게 된다(한면희, 『동아시아 문명과 한국의

용할 때 전일적 패러다임이나 생물체간의 상호의존적 연관성, 이원론적 사고의 거부, 자연 회귀 등은 소극적 생태주의에, 문명비판이나 사회 생태주의적 인식 등은 적극적 생태주의에 포괄된다. 그렇다면 한국 현대소설사에서 산업화 이전의 소설에는 대체로 소극적 생태주의가, 산업화 이후의 소설에는 대체로 적극적 생태주의가 드러나 있다고 할 수 있다.

본서의 논의는 전통사상과 현대 생태문학론이 긴밀하게 접목되지 않은 현 상황 속에서 양자를 잇는 하나의 시도가 될 수 있을 것이다. 이를 통해 서구적 잣대에 의해 연속성과 전통이 분리되어 버린 한국문학을 계기적 관점에서 재해석하는 가능성을 제공할 수 있으리라 본다. 이와 함께 한국문학 속에 녹아 있는 전일적 세계관이 새롭게 인식되어 그 가치가 확인됨으로써 삶에 대한 생태적 인식이 우리의 전통 속에 면면히 이어져 왔고, 또 그 가치는 충분히 계승되어야 한다는 깨달음으로 이어질 수 있을 것으로 기대한다.

생태주의』, 철학과현실사, 2009, 51~55쪽 참조).

참고문헌

1. 자료

김동리, 『생각이 흐르는 강물』, 갑인 출판사, 1985.

______, 『사랑의 샘은 곳마다 솟고』, 신원문화사, 1988.

______, 『김동리 전집(8권)』, 민음사, 1997.

______, 「신세대의 문학정신」, 『문장』, 1940. 5.

김원일, 『도요새에 관한 명상』, 문예산책, 1995.

김유정, 『김유정단편선』, 서문당, 2006.

김용성, 「사해위에서」, 『환경위기와 생태학적 상상력』, 실천문학사, 1996.

김윤식 엮음, 『이상문학전집 2』, 문학과지성사, 1991.

__________, 『이상문학전집 4』, 문학과지성사, 1995.

박윤규, 『물속나라』, 답게, 1994.

서울대학교 출판부 엮음, 『한국신소설전집(10권)』, 서울대학교 출판부, 2003.

오영수, 『오영수 대표단편선집』, 책세상, 1996.

______, 『갯마을』, 학원사, 1994.

이남희, 『바다로부터의 긴 이별』, 풀빛, 1991.

이효석, 『이효석 전집(8권)』, 창미사, 1983.

조명희, 『낙동강(외)』, 범우사, 2004.

조세희, 「기계도시」, 『난장이가 쏘아올린 작은 공』, 이성과 힘, 2000.

한 강, 「내 여자의 열매」, 『내 여자의 열매』, 창작과비평사, 2000.

한수산, 「침묵」, 『이상문학상 수상작품집』, 문학사상사, 1977.

한승원, 「누이와 늑대」, 문이당, 1999.

황순원, 『황순원 전집(12권)』, 문학과지성사, 1980~1985.

황순원 외, 『말과 삶의 자유』, 문학과지성사, 1985.

2. 국내논저

(1) 단행본

강남주, 『중심과 주변의 시학』, 전망, 1997.

계명대 철학연구소, 『인간과 자연』, 서광사, 1995.

고익진, 『불교의 체계적 이해』, 새터, 1994.

구도완, 『한국 환경운동의 사회학』, 문학과지성사, 1996.

구모룡, 『한국문학과 열린 체계의 비평 담론』, 열음사, 1992.

구승회, 『에코필로소피』, 새길, 1995.

구인환, 『한국문학의 비평적 탐구』, 삼지원, 1991.

구자건 외, 『생태계 위기와 한국의 환경문제』, 따님, 1996.

구자희, 『한국 현대 생태담론과 이론 연구』, 새미, 2004.

권보드래, 『한국 근대소설의 기원』, 소명출판, 2000.

권영민, 『서사양식과 담론의 근대성』, 서울대학교출판부, 1999.

______, 『한국현대문학사』, 민음사, 2002.

권영민·이남호·이문열 엮음, 『한국문학이란 무엇인가』, 민음사, 1995.

김경복, 『한국 아나키즘시와 생태학적 유토피아』, 다운샘, 1999.

김병익, 『상황과 상상력』, 문학과지성사, 1988.

김상일, 『현대물리학과 한국 철학』, 고려원, 1991.

김용민, 『생태문학-대안사회를 위한 꿈』, 책세상, 2003.

김용옥, 『노자와 21세기(상)』, 통나무, 1999.

김욱동 편, 『포스트모더니즘과 예술』, 청하, 1991.

______, 『포스트모더니즘의 이해』, 문학과지성사, 1995.

______, 『대화적 상상력』, 문학과지성사, 1988.

______, 『문학생태학을 위하여』, 민음사, 1998.

______, 『생태학적 상상력』, 나무를 심는 사람, 2003.

김윤식, 『김동리와 그의 시대』, 민음사, 1995.

______, 『이상 문학의 텍스트 연구』, 서울대학교 출판부, 1998.

______, 『한국 근대문학 사상 연구 2』, 아세아 문화사, 1994.

______, 『한국근대작가논고』, 일지사, 1985.

김윤식·김현, 『한국문학사』, 민음사, 1973.

김인걸 외, 「한국 현대사 강의」, 돌베개, 1999.

김정숙, 『김동리 삶과 문학』, 집문당, 1996.

김종성, 『한국 환경생태소설 연구』, 서정시학, 2012.
김종철, 『시적 인간과 생태적 인간』, 삼인, 1999.
김종회, 『한국소설의 낙원의식 연구』, 문학아카데미, 1990.
김종회 편, 『황순원』, 새미, 1998.
김지하, 『생명』, 솔, 1992.
______, 『생명과 자치』, 솔, 1996.
______, 『율려란 무엇인가』, 한문화, 1999.
김진송, 『현대성의 형성 : 서울에 딴스홀을 허하라』, 현실문화연구, 1999.
김찬기, 『한국 근대문학과 전통』, 국학자료원, 2002.
김태곤, 『한국 무속연구』, 집문당, 1981.
김형효, 『구조주의의 사유체계와 사상』, 인간사랑, 1989.
나병철, 『모더니즘과 포스트모더니즘을 넘어서』, 소명출판, 1999.
______, 『문학의 이해』, 문예출판사, 1994.
______, 『한국문학의 근대성과 탈근대성』, 문예출판사, 1996.
도정일, 『시인은 숲으로 가지 못한다』, 민음사, 1994.
문순홍, 『생태위기와 녹색의 대안』, 나라사랑, 1993.
박이문, 『노장사상』, 문학과지성사, 1980.
______, 『문명의 미래와 생태학적 세계관』, 당대, 1997.
______, 『자연, 인간, 언어』, 철학과현실사, 1998.
______, 『환경철학』, 미다스북스, 2002.
박재주, 『주역의 생성논리와 과정 철학』, 청계, 1999.
박찬부 외, 『우리시대의 욕망 읽기』, 라깡과 현대정신분석학회 편, 문예출판사, 1999.
박희병, 『한국의 생태사상』, 돌배개, 1999.
백 철, 『신문학사조사』, 신구문화사, 1979.
불교 신문사, 『불교에서 본 인생과 세계』, 홍법원, 1988.
송하섭, 『한국 현대소설의 서정성 연구』, 단국대학교, 1996.
송희복, 『생명문학과 존재의 심연』, 좋은날, 1998.
신덕룡, 『초록생명의 길』, 시와사람사, 1997.
______, 『환경 위기와 생태학적 상상력』, 실천문학사, 1999.
신명직, 『모던 뽀이 경성을 거닐다』, 현실문화연구, 2003.
양명수, 『녹색윤리』, 서광사, 1997.
양선규, 『한국 현대소설의 무의식』, 국학자료원, 1998.

여홍상, 『바흐친과 문화이론』, 문학과지성사, 1995.

역사문제연구소, 『전통과 서구의 충돌』, 역사비평사, 2001.

우한용, 『한국 현대소설 구조 연구』, 삼지원, 1990.

유종호, 『동시대의 시와 진실』, 민음사, 1982.

윤평중, 『포스트모더니즘의 철학과 포스트마르크스주의』, 서광사, 1992.

이강수, 『노자와 장자』, 길, 1997.

이광풍, 『현대소설의 원형적 연구』, 집문당, 1985.

이남호, 『녹색을 위한 문학』, 민음사, 1998.

이승하, 『생명 옹호와 영원 회귀의 시학』, 새미, 1999.

이승훈 외, 『포스트모더니즘과 문학비평』, 고려원, 1994.

이재선 편, 『김동리』, 서강대 출판부, 1995.

이재선, 『한국 현대소설사』, 홍성사, 1979.

이재인, 『오영수 문학 연구』, 문예출판사, 2000.

이정배, 『생태학과 신학』, 종로서적, 1989.

장순용, 『선이란 무엇인가』, 세계사, 1991.

장일순, 『나락 한알 속의 우주』, 녹색평론사, 1997.

장정렬, 『생태주의 시학』, 한국문화사, 2000.

장회익, 『자연과학과 메타과학』, 지식산업사, 1999.

전광용, 『신소설연구』, 새문사, 1986.

정덕준 편, 『조명희』, 새미, 1999.

정문길, 『소외론 연구』, 문학과지성사, 1978.

정수복, 『녹색 대안을 찾는 생태학적 상상력』, 문학과지성사, 1996.

정효구, 『우주 공동체와 문학의 길』, 시와시학사, 1998.

정효구, 『한국 현대시와 자연탐구』, 새미, 1998.

조동일, 『한국 소설의 이론』, 지식산업사, 1981.

중국 철학회, 『현대의 위기 동양철학의 모색』, 예문서관, 1997.

지순임, 『산수화의 이해』, 일지사, 1991.

채수영, 『문학생태학』, 새미, 1997.

천이두, 『종합에의 의지』, 일지사, 1974.

_____, 『한국 현대소설론』, 형설출판사, 1983.

최동호, 『하나의 도에 이르는 시학』, 고려대학교 출판부, 1997.

최원식, 『한국계몽주의문학사론』, 소명출판, 2002.

최인호, 『풍수사상의 이해』, 세종출판사, 1999.

최재서, 『문학원론』, 춘조사, 1957.

최창조, 『한국의 풍수사상』, 민음사, 1984.

한국불교환경교육원, 『동양사상과 환경문제』, 모색, 1996.

한기형, 『한국 근대소설사의 시각』, 소명출판, 1999.

한면희, 『환경윤리』, 철학과현실사, 1997.

황석자, 『소설의 다음성 현상, 함의와 해석』, 한신문화사, 1989.

(2) 논문

강규한, 「토마스 핀천의 생태학적 상상력」, 서울대학교 박사학위논문, 1998. 8.

고　은, 「김동리 서설」, 『동리문학연구』, 서라벌예대, 1973.

고성호, 「생태계의 구조와 변동」, 『외국문학』, 47호, 1996 여름.

곽경숙, 「한국 현대소설의 생태학적 연구」, 전남대학교 박사학위논문, 2001. 2.

______, 「한국 현대소설과 생태학적 상상력」, 『현대문학이론연구 제18집』, 현대문학
　　　　이론학회, 2002.

______, 「1930년대소설에 나타난 자연인식」, 『현대문학이론연구』 제23집, 현대문학이
　　　　론학회, 2004. 12.

______, 「소설과 생태학적 상상력」, 『녹색평론』, 녹색평론사, 2005. 1.

______, 「개화기소설에 나타난 자연인식」, 『한국언어문학』, 한국언어문학회, 2005.
　　　　10.

______, 「산업화 초기 소설에 나타난 생태의식의 양상 고찰」, 『한국언어문학』, 한국
　　　　언어문학회, 2006. 9.

______, 「조명희의 <낙동강>에 나타난 자연인식」, 『현대문학이론연구』, 현대문학이
　　　　론학회, 2007. 1.

______, 「1990년대 소설에 나타난 생태의식」, 『현대문학이론연구』, 현대문학이론학
　　　　회, 2007. 8.

곽학송, 「내가 아는 오영수와 그의 소설」, 『월간문학』 127호, 월간문학사, 1979.

구창환, 「金里東의 文學世界」, 『동리문학이 한국문학에 미친 영향』, 중앙대, 1979.

구창환, 「황순원의 생명주의 문학」, 『한국언어문학』 제4집, 한국언어문학회, 1966.

김경복, 「부정과 생성의 대립을 넘어」, 『오늘의 문예비평』 Vo. 44, 산지니, 1999. 4.

김동환, 「생태학적 위기와 소설의 대응력」, 『실천문학』, 실천문학사, 1996 가을.

김병욱, 「영원 회귀의 문학」, 『동리문학연구』, 서라벌 예대, 1973.

김병익, 「자연에의 친화와 귀의」, 『동리문학연구』, 서라벌 예대, 1973.

김상태, 「한국 현대소설의 문체 변화」, 『말과 삶과 자유』, 문학과지성사, 1985.

김영수, 「동리문학의 사상적 궤적」, 『동리문학이 한국문학에 미친 영향』, 중앙대 문예창작과, 1979.

김윤식, 「한국문학과 포스트모더니즘」, 『포스트모더니즘과 문학 비평』, 고려원, 1994.

김인호, 「오영수 소설에 나타난 생태학적 상상력」, 『동국대 국어 국문학 논문집』, 1998. 2.

김인환, 「인고의 미학」, 『황순원 전집 6』, 문학과지성사, 1981.

김종성, 「한국 현대소설의 생태의식 연구」, 고려대학교 박사학위논문, 2003. 12.

김종철, 「시의 마음과 생명공동체」, 『녹색평론선집1』, 녹색평론사, 1993.

김종회, 「생명 사랑, 인간 사랑의 문학을 위하여」, 『경희대 한국문화 연구』, 1998. 2.

김준오, 「후반기 문학과 삶에 대한 집념」, 『한국문학 연구 입문』, 지식산업사, 1982.

김춘성, 「해월 사상의 현대적 의의」, 『해월 최시형과 동학 사상』, 예문서원, 1999.

남송우, 「생태문학론 혹은 녹색문학론의 현황과 과제」, 『오늘의 문예비평』, 1998. 9.

박양호, 「황순원 문학 연구」, 전북대학교 박사학위논문, 1994.

박이문, 「녹색의 원리」, 『녹색평론』, 녹색평론사, 1994, 3~4월호.

박재묵, 「환경운동의 사회학을 넘어서」, 『문학과 사회』, 문학과지성사, 1997. 2.

박찬두, 「김동리 소설의 시간 의식 연구」, 동국대학교 박사학위논문, 1994.

박혜경, 「황순원 문학 연구」, 동국대학교 박사학위논문, 1994.

서정기, 「한국 현대소설에 나타난 신화적 상상력」, 『문학사상』, 문학사상사, 1995. 12.

성민엽, 「존재론적 고독의 성찰」, 『황순원 전집 8』, 문학과지성사, 1983.

손화숙, 「존재의 고독과 모성의 추구」, 『부산외대 우암어문논집 4』, 부산외국어대 국어국문과, 1994. 2.

신동욱, 「김동리의 무녀도」, 『동리문학이 한국문학에 미친 영향』, 중앙대, 1979.

신동욱, 「미토스의 지평」, 『현대문학』, 현대문학사, 1965. 2.

신동욱, 「황순원 문학의 역사성」, 『문학사상』, 문학사상사, 1994. 2.

신명아, 「윌리엄 포크너의 주요 작품에 나타난 어머니의 부재 현상과 그의 생애의 역동적 관계의 분석」, 『외국문학』, 연세대학교 한국기독교문화연구소, 1994 봄.

신정현, 「문명비판과 환경에 대한 관심」, 『문학사상』, 문학사상사, 1992. 11.

안은주, 「생태학적 위기와 제국주의」, 『외국문학』 47호, 연세대학교 한국기독교문화연구소, 1996 여름.

양선규, 「황순원 소설의 분석 심리학적 연구」, 경북대학교 박사학위논문, 1991.

오문환, 「동학의 생명 사상」, 『외국문학』 47호, 연세대학교 한국기독교문화연구소, 1996 여름.

오세영, 「포스트모더니즘의 한국적 수용」, 『서정시학』, 웅동, 2000. 3.

유순영, 「생태소설의 두 가지 양상」, 『논문집 제8집』, 광주대학교 민족문화예술연구소, 1999.

______, 「이효석 소설의 인물유형 연구」, 한양대학교 박사학위논문, 1992.

오영수, 「대표작 자선자평」, 『문학사상』, 문학사상사, 1973. 1.

이경순, 「생태, 자연, 여성, 시」, 『시와 사회』, 시와사회사, 1993.

이남호, 「물 한 모금의 의미」, 『현대문학』, 현대문학사, 1986. 11.

이동승, 「파멸의 저지를 위하여」, 『문학사상』, 문학사상사, 1992. 11.

이동하, 「한국문학의 전통지향적 보수주의 연구」, 서울대학교 박사학위논문, 1989.

이명재, 「변증법적 휴머니즘 소설의 미학」, 『문학사상』, 문학사상사, 1992. 12.

이소영, 「황순원 소설에 나타난 생태의식 연구」, 고려대학교 석사학위논문, 1998. 6.

이승환, 「생태학적 상상력과 우리 시의 방향」, 『실천문학』, 실천문학사, 1996. 가을.

이어령, 「우상의 파괴」, 『지성의 오솔길』, 동양출판사, 1960.

______, 「식물적 인간상」, 『사상계』, 사상계사, 1960. 4.

______, 「이상론」, 김윤식 편, 『이상문학전집 4』, 문학사상사, 1995.

이용웅·박태일, 「현대문학과 생태학적 상상력」, 『경남어문논집』, 경남대출판부, 1995. 12.

이은실, 「한국 현대 생태소설 연구」, 동덕여자대학교 박사학위논문, 2003. 12.

이재선, 「주술적 세계관과 김동리」, 『한국 현대소설사』, 홍성사, 1979.

이정배, 「생태학적 신학과 한국 신학의 과제」, 『신학사상』, 1998. 4.

이진아, 「한국 사회와 생태학적 상상력」, 『실천문학』, 실천문학사, 1996 가을.

이진우, 「기술시대의 생명윤리」, 『문학과 사회』, 문학과지성사, 1996 봄.

이추경, 「환경 오염에 대한 올바른 이해를 위하여」, 『창작과 비평』, 창작과비평사, 1990 겨울.

이태동, 「순수 문학의 진의와 휴머니즘」, 『동리문학이 한국문학에 미친 영향』, 중앙대 문예창작과, 1979.

______, 「자연과의 친화」, 이문열 외 엮음, 『한국문학이란 무엇인가』, 민음사, 1995.

이호철, 「황순원의 삶과 문학의 본질」, 『예술과 비평』, 서울신문사, 1989 가을호.

임도한, 「한국 현대 생태시 연구」, 고려대학교 박사학위논문, 1999.

임진영, 「황순원 소설의 변모양상 연구」, 연세대학교 박사학위논문, 1998. 12.
임현진, 「사회과학에서의 근대성 논의-근대화 프로젝트를 중심으로」, 『한국의 근대
    와 근대성 비판』, 역사비평사, 역사문제연구소 편, 1996.
장정렬, 「한국 현대 생태주의 시 연구」, 한남대학교 박사학위논문, 1999.
장현숙, 「황순원 소설 연구」, 경희대학교 박사학위논문, 1994. 7.
전우경, 「생태여성주의에 대한 일연구」, 이화여자대학교 석사학위논문, 1997.
전재성, 「불교사상과 환경문제」, 『동양사상과 환경문제』, 모색, 1996.
정과리, 「사랑으로 감싸는 의식의 외로움」, 『황순원 전집 5』, 문학과지성사, 1979.
정명환, 「위장된 순응주의자」, 『이효석 전집 8』, 창미사, 1983.
정현기, 「풍요호로 출발한 죽음의 항로」, 『문학사상』, 문학사상사, 1992. 11.
정혜영, 「김동리 소설 연구」, 경북대학교 박사학위논문, 1996.
조애리, 「성차별 이데올로기와 역사적 맥락」, 『창작과 비평』, 창작과비평사, 1990 가
    을.
진형준, 「모성으로 감싸기, 그에 안기기」, 『황순원 전집 12』, 문학과지성사, 1985.
천이두, 「토속 세계의 설정과 한계」, 『사상계』, 사상계사, 1968. 2.
최석호, 「불교의 세계관에서 본 환경문제」, 『창작과 비평』, 창작과비평사, 1991 여름
    호.
홍정선, 「이야기의 소설화와 소설의 이야기화」, 『말과 삶과 자유』, 문학과지성사,
    1985.
황태연, 「생태학적마르크스주의 두 갈래」, 『외국문학』 47호, 연세대학교 한국기독교
    문화연구소, 1996 여름.

3. 국외 논저

구니야 준이치로, 심귀득·안은수 옮김, 『환경과 자연인식의 흐름』, 고려원, 1992.
그레고리 베이트슨, 서석봉 옮김, 『마음의 생태학』, 민음사, 1989.
까르마 츠앙, 이찬수 옮김, 『화엄철학』, 경서원, 1990.
데이비드 로렌스, 김병철 옮김, 『성과 문학』, 일한, 1959.
데이비드 보음, 전일동 옮김, 『현대물리학의 철학적 테두리』, 민음사, 1991.
데이비드 페퍼, 이명우 외 옮김, 『현대 환경론』, 한길사, 1995.
로빈 에트필드, 구승회 옮김, 『환경윤리학의 제문제』, 따님, 1983.
르네 지라르, 김치수·송의경 옮김, 『낭만적 거짓과 소설적 진실』, 한길사, 2001.
리처드 로티, 김동식 옮김, 『실용주의 결과』, 민음사, 1996.

마단 사럽, 김해수 옮김, 『알기쉬운 자끄 라깡』, 백의, 1996.

머레이 북친, 박홍규 옮김, 『사회생태주의란 무엇인가』, 민음사, 1998.

__________, 문순홍 옮김, 『사회생태론의 철학』, 솔, 1997.

미르치아 엘리아데, 이윤기 옮김, 『샤머니즘』, 까치, 1992.

__________, 이은봉 옮김, 『성과 속』, 한길사, 1998.

__________, 이재실 옮김, 『이미지와 상징』, 까치글방, 1998.

사무엘 I. 하야까와, 김영준 옮김, 『의미론』, 현암사, 1982.

스티븐 윌리엄 호킹, 현정준 옮김, 『시간의 역사』, 삼성출판사, 1992.

알렉산더 네하마스, 김종갑 옮김, 『니체 : 문학으로서의 삶』, 책세상, 1994.

알렉스 캘리니코스, 임상훈·이동연 옮김, 『포스트모더니즘 비판』, 성림, 1994.

에른스트 슈마허, 김진욱 옮김, 『작은 것이 아름답다』, 범우사, 1998.

에리히 프롬, 『프로이드 사상의 재조명』, 진명사, 1981.

욜란디아코비, 이태동 옮김, 『칼 융의 심리학』, 성문각, 1982.

월드워치연구소 엮음, 『지구 환경 보고서 2005』, 도요새, 2005.

이안 브래들리, 이상훈·배규식 옮김, 『녹색의 신』, 뜨님, 1996.

이푸투안, 구동회·심승희 옮김, 『공간과 장소』, 대윤, 1995.

임어당, 장순용 옮김, 『장자가 노자를 이야기하다』, 자작나무, 1998.

자크 라캉, 권택영 엮음, 『욕망이론』, 문예출판사, 1994.

장 자크 루소, 주경복·고봉만 옮김, 『인간 불평등 기원론』, 책세상, 2003.

제레미 리프킨, 최현 옮김, 『엔트로피』, 범우사, 1998.

제임스 글리크, 박배식·성하운 옮김, 『카오스』, 동문사, 1993.

제임스 러브록, 홍욱희 옮김, 『가이아』, 범양사, 1990.

조세프 데자르뎅, 김명식 옮김, 『환경윤리』, 자작아카데미, 1999.

존 드라이젝, 최승 외 옮김, 『환경문제와 사회적 선택』, 신구 문화사, 1995.

존 맥클로스키, 황경식·김상득 옮김, 『환경윤리와 환경정책』, 법영사, 1995.

죠르쥬 바따이유, 조한경 옮김, 『에로티즘』, 민음사, 1989.

줄리아 크리스테바, 김열규 외 옮김, 『페미니즘과 문학』, 문예출판사, 1998.

지그문트 프로이트, 장병길 옮김, 『꿈의 해석』, 을유 문화사, 1997.

__________, 오태환 옮김, 『정신분석입문』, 선영사, 1986.

칼빈 S. 홀, 황문수 옮김, 『프로이드 심리학 입문』, 범우사, 1982.

쿠르트 휘브너, 이규영 옮김, 『신화의 진실』, 민음사, 1991.

클라우스 미하엘 보그달 편, 문학이론연구회 옮김, 『새로운 문학 이론의 흐름』, 문학과지성사, 1994.

테야르 샤르댕, 양명수 옮김, 『인간현상』, 한길사, 1997.

테오도르 아도르노·막스 호르크하이머, 김유동 옮김, 『계몽의 변증법』, 문학과지성사, 2001.

토다 키요시, 김원식 역, 『환경정의를 위하여』, 창작과비평사, 1996.

페터 지마, 허창윤 옮김, 『문예미학』, 을유문화사, 1993.

프리초프 카프라, 김용정·김동광 옮김, 『생명의 그물』, 범양사, 1998.

___________, 김재희 옮김, 『신과학과 영성의 시대』, 범양사, 1997.

___________, 이성범·김용정 옮김, 『현대물리학과 동양사상』, 범양사, 1989.

하버트 마르쿠제, 김종호, 『에로스와 문명』, 양영각, 1982.

『장자』, 한용득 역주, 홍신사, 1980.

Alfred Korzybski, Science and Sanity, Lancaster: Science Press Printing Co, 1933.

Arne Naess, "Self-Realization: An Ecological Approach to Being in the World", *The Deep Ecology Movement,* ed. by Alan Dregson & Yunichi Inoue. North Atlantic Books, 1995.

___________, "The Shallow and the Deep, Long-Range Ecology Movement: A Summary", *The Deep Ecology Movement,* ed. by Alan Dregson & Yunichi Inoue. North Atlantic Books, 1995.

Barry Commoner, *The Closing Circle : Nature, Man, Technology,* New York: Knopf, 1971.

Bateson Gregory, *Steps to an ecology of mind,* San Francisco; Chandler, 1974.

Bill Devall & George Sessions, *Deep Ecology,* Gibbs Smith Publisher, 1985.

Gary Snyder, "Re-Inhabitation". *The Deep Ecology Movement,* ed. by Alan Dregson & Yunichi Inoue. North Atlantic Books, 1995.

George Sessions, *Deep Ecology for the 21st Century,* Boston: Shambhala, 1995.

Lisa M. Benton and John R. Short, Environmental Discourse and Practice, Blackwell Publishers Inc., 1999.

Lorraine Anderson and Scott P. Slovic and O'grady, Joh, Literature and the Environment, Addison-Wesley Educational Publishers, 1999.

Lynn White, "The Historical Roots Of Our Ecologic Crisis." *Ecocriticism Reader: landmarks in Literary Ecology,* ed. by Cheryll Glotfelty & Harold From. The

University: by Georgia Press, 1996.

M. E. Zimmerman, "Feminism, Deep Ecology, and Environmental Ethics", *The Deep Ecology Movement,* ed. by Alan Dregson & Yunichi Inoue. North Atlantic Books, 1995.

Samuel I. Hayakawa, Language in thought and action, New York: Harcourt, Brace &Company, 1940.

Warwick Fox, "The Deep Ecology- Ecofeminism debate and its parallels", *Deep Ecology for the 21st Century,* Boston: Shambhala, 1995.

William Rueckert, "Literature and ecology", *Ecocriticism Reader: Landmarks in Literary Ecology,* ed. by Cheryll glotfelty & Harold From, The University: by Georgia Press, 1996.

Yi-Fu Tuan, *Topophilia: a study of environmental perception, attitudes, and values*, New Jersy: Prentice-Hall Inc., Englewood Cliffs, 1974.

저자 곽경숙

숙명여자대학교 국어국문학과를 졸업하고 동대학원에서「김동리 소설의 일반의미론적 연구」
로 석사학위를 받았다. 이후 광주로 내려와 전남대학교 국어국문학과에서「한국 현대소설의
생태학적 연구」로 박사학위를 받았다. 조선대학교 문예창작과 초빙객원교수를 역임했으며
현재 광신대학교 국제한국어교원학과 조교수로 재직하고 있다.
생태문학과 인간의 사고와 표현에 관심이 많아 이와 관련한 논문을 여러 편 썼으며, 저서로
는『삶을 바꾸는 글쓰기』(공저)가 있다.

한국 현대소설의 생태 비평적 이해

초판 인쇄 2013년 12월 2일
초판 발행 2013년 12월 10일

지은이 곽경숙
펴낸이 이대현
편 집 권분옥
펴낸곳 도서출판 역락
　　　　서울 서초구 반포4동 577-25 문창빌딩 2층
　　　　전화 02-3409-2058(영업부), 2060(편집부)
　　　　팩시밀리 02-3409-2059
　　　　이메일 youkrack@hanmail.net
　　　　등록 1999년 4월 19일 제303-2002-000014호

ISBN 978-89-5556-681-9 93810
정 가 18,000원

* 잘못된 책은 교환해 드립니다.

이 도서의 국립중앙도서관 출판시도서목록(CIP)은 서지정보유통지원시스템 홈페이지(http://seoji.nl.go.kr)와 국
가자료공동목록시스템(http://www.nl.go.kr/kolisnet)에서 이용하실 수 있습니다.(CIP제어번호: CIP2013025663)